THE MOVING FINGER

AGATHA CHRISTIE COMPLETE COLLECTION

THE MOVING FINGER

움직이는 손가락 애거서 크리스티 장편 소설 | 권도희 옮김

황금가지

THE MOVING FINGER
by Agatha Christie

정식 한국어 판 출간에 부쳐

나는 한국에서 우리 할머니의 작품을 정식으로 출간한다는 소식을 듣고 무척 기뻤다. 할머니가 1920년부터 1970년 무렵까지 오랜 세월에 걸쳐 집필한 작품들은 21세기인 지금 읽어도 신선하고 재미있다. 등장 인물들이 워낙 자연스러워서 요즘 사람들과 다를 바 없고 이들이 등장하는 상황과 장소가 전 세계 사람들의 애정과 향수를 자극하기 때문이다. 한국 독자들은 이번에 새로 나온 정식 한국어 판을 통해 그 동안 접하지 못했던 애거서 크리스티의 일부 작품들을 읽을 수 있을 것이다. 덕분에 한국에 새로운 세대의 애거서 크리스티 팬들이 탄생할지도 모르겠다는 생각을 하면 가슴이 벅차다.

애거서 크리스티는 대표적인 두 명의 주인공으로 기억되는 작가이다. 14권의 작품에 등장하는 마플 양은 영국의 작은 시골 마을에서 평온한 나날을 보내며 뜨개질과 수다로 소일하는 미혼의 할머니이지만, 놀라운 기억력과 날카로운 두뇌 회전으로 주변에서 벌어진 살인 사건을 해결한다.

그리고 마플 양과 상반되는 성격을 지닌 에르퀼 푸아로는 자신만만하고 콧수염을 포함한 자신의 외모와 벨기에라는 국적에 대한 자부심이 상당하다. 그는 이집트와 이라크를 비롯한 세계 각지에서 수수께끼를 해결하며 『오리엔트 특급 살인 Murder On The Orient Express』, 『나일 강의 죽음 Death On The Nile』, 『애크로이드 살인 사건 The Murder Of Roger Ackroyd』 등 애거서 크리스티의 여러 대표작에 모습을 드러낸다.

황금가지의 대담하고 참신한 표지와 전반적인 디자인 덕분에 작품의 성격이 잘 살아난 것 같아 기쁘다. 또한 한국 독자들이 할머니의 원작이 지닌 참된 묘미를 느낄 수 있도록 충실한 번역을 위해 애써 준 점도 높이 사고 싶다.

할머니의 작품이 20세기의 그 어떤 작가들보다 많이 팔리고 있는 이유는 나이와 국적에 상관없이 읽을 수 있는 재미와 감동을 갖추었기 때문이다. 모쪼록 한국 독자들도 황금가지에서 선보이는 애거서 크리스티 작품들을 즐겁게 감상하기를 바란다.

매튜 프리처드

애거서 크리스티의 손자

ACL 이사장

사랑하는 친구 시드니와 메리 스미스에게

차례

제1장

I

마침내 내가 깁스를 풀었을 때, 의사들은 자기들이 만족할 때까지 나를 이리저리 끌고 다녔고, 간호사들은 나를 슬슬 구슬려 조심스럽게 사지를 써 보도록 했다. 나는 어린아이 대하듯 말하는 그들에게 아주 넌더리가 났다. 마커스 켄트는 내게 시골에 가서 요양하라고 말했다.

"좋은 공기, 조용한 환경, 아무것도 하지 않는 생활. 그게 당신을 위한 처방입니다. 누이 동생 되시는 분이 잘 보살펴 주시겠죠. 잘 먹고, 잘 자고, 가능한 한 야채를 많이 섭취하십시오."

나는 그에게 내가 다시 하늘을 날 수 있을지 물어보지 않았다. 무슨 대답을 듣게 될지 몰라 두려워 차마 물어볼 수 없는 그런 질문들이 있는 법이다. 지난 5개월 동안 내가 앞으로 평생 침대에 누운 채지내야 하는 건 아닌지 물어보지 않은 것도 같은 이유였다. 간호사들이 가식적인 말로 나를 안심시키려 들까 봐 두려웠다.

"세상에, 그런 질문이 어디 있어요! 우리는 환자들이 그런 식으로 말하게 내버려 두지 않는답니다!"

그래서 나는 물어보지 않았고, 그건 잘한 일이었다. 나는 무기력한 앉은뱅이가 될 운명은 아니었다. 나는 다리를 움직일 수 있게 되었고, 자리에서 일어날 수 있었고, 마침내 몇 걸음에 불과하지만 걸음을 뗄 수 있었다. 후들거리는 무릎과 투병 생활로 연약해진 발바닥 때문에 아기가 걸음마를 배우듯 모험하는 기분을 느꼈지만, 그동안 쓰지 못해 무척 약해져 있었을 뿐 곧 나아졌다.

마커스 켄트는 친절한 의사였다. 그는 내가 묻지 않은 것까지 말해 주었다.

"당신은 완전히 회복될 겁니다. 사실 지난 화요일 마지막 진찰 때까지도 그 점을 확신할 수 없었습니다. 하지만 이제는 분명히 말씀드릴 수 있습니다. 물론 완치되기까지 앞으로 오랜 시간이 걸릴 겁니다. 분명히 길고 지루한 과정이 되겠죠. 하지만 신경이나 근육 치료를 받을 경우에는 무엇보다도 마음가짐이 중요한 법입니다. 성급함이나 조바심은 더욱 상태를 나쁘게 만들 겁니다. '빨리 나아야 한다.'는 생각을 버리세요. 서두르면 서두를수록 요양소로 다시 돌아오게 될 거라는 사실을 명심하십시오. 천천히 시간을 두고 마음 편하게 생활하셔야 합니다. 속도를 레가토(음과 음 사이를 끊어지지 않고 매끈하게 연주하라는 뜻 — 옮긴이)로 두는 거죠. 그리고 지금은 몸도 회복되어야 하지만, 오랜 투약으로 인해 약해진 신경도 다스려야 할 때입니다.

그러니까 시골로 내려가 집을 얻고, 지역 정책이나 동네 소문, 잡담 같은 것에 관심을 가지면서 지내세요. 이웃들에게 무슨 일이 있는지 신경 쓰면서 말입니다. 제안을 하나 한다면, 친구 분들이 없는 곳으로 가십시오."

나는 고개를 끄덕였다.

"안 그래도 그렇게 하려고 생각하고 있었습니다."

자신들의 문제나 동정심으로만 가득 차 있는 무리들과 떨어져 지내는 일은 전혀 서운하게 생각되지 않았다.

"그런데 제리, 자네 정말 좋아 보이는걸? 정말 그렇다니까. 이보게, 친구. 자네한테 할 말이 있어. 지금 버스터가 하는 일에 대해 어떻게 생각하는가?"

그렇다, 그들과 어울려서 나한테 좋을 일이 없었다. 그런 면에서 개들은 영리하다. 개들은 조용한 구석에 처박힌 채 상처를 핥으며 완전히 나을 때까지 세상에 나오지 않는다.

부동산업자는 영국이라는 섬 전역에 걸쳐 분포하는 부동산들을 죽 주워섬겼고, 조애너와 나는 그 얘기들을 추린 끝에 림스톡 마을의 리틀 퍼즈 저택을 가능성 있는 후보로 골랐다. 우리가 그곳을 고른 것은 이제까지 이 마을에 와 본 적이 없고, 아는 사람이 없기 때문이었다.

조애너는 리틀 퍼즈를 보자마자 우리가 원하던 집이라는 사실을 알아차렸다.

리틀 퍼즈 저택은 림스톡 마을에서 무어로 이어지는 도로에서 800미터 정도 떨어진 곳에 있었다. 깔끔한 하얀색 단층 집에 초록색으로 칠해진 빅토리아 양식의 베란다가 달려 있었는데, 약간 칠이 벗겨져 있었다. 경관 또한 뛰어나서 히스 꽃으로 뒤덮인 대지가 펼쳐져 있었고, 왼쪽 아래로 림스톡 교회의 첨탑이 보였다.

그 집은 처녀들만 살던 바턴 가의 소유로, 지금 주인은 그 가문에서 유일하게 남아 있는 에밀리 양이었다.

에밀리 바턴은 몸집이 작으면서도 아주 매력적인 노부인으로, 그 집의 분위기와 아주 잘 어울리는 사람이었다. 그녀는 변명하는 어조로 조애너에게 자신은 이제껏 한 번도 이 집을 떠난 적이 없고, 그런 일은 생각조차 해 본 적이 없다고 설명했다.

"하지만 요즘은 사정이 달라졌지 뭐예요. 세금 문제도 있고. 사실, 지금까지 내가 가진 주식이나 채권은 늘 안전할 거라고 생각하고 있었답니다. 그 중에는 은행 지점장이 추천해 준 것도 있었거든요. 하지만 요즘은 그런 것들의 가치가 전부 떨어지고 말았어요. 물론 이렇게 된 건 전부 외국 때문이지요! 어쨌든 그러다 보니 사정이 달라지고 말았답니다. 정말 이제껏 낯선 사람들에게 이 집을 세놓는다는 건 생각조차 하지 못했어요.(무슨 다른 뜻이 있어서 하는 말은 아니에요. 아가씨는 상냥해 보이니까 내 말을 잘 이해할 거라고 믿어요.) 정말 어쩔 수 없이 이렇게 되고 말았다는 뜻이에요. 하지만 막상 아가씨를 보니, 댁 같은 사람이 이 집에 살게 되어 무척 다행이라는 생각이 드네요. 아무래도 집 안에 젊은 사람들이 있으면 활기가 넘칠 테니 말이에요. 그렇지만 솔직히 말하자면, 이 집에 남자가 산다는 건 생각만 해도 끔찍하답니다!"

그 시점에서 조애너는 내 상태에 대한 이야기를 꺼내지 않을 수 없었다. 그러자 에밀리 양은 이내 기운을 차렸다.

"이런, 그랬군요. 얼마나 슬프겠어요! 비행기 사고였다고요? 그렇게 용감하고 젊은 청년이 그런 일을 당하다니. 그러니까 아가씨 오빠는 환자라는 말이군요."

그 생각이 부드럽고 작은 숙녀의 마음을 달래 준 모양이었다. 아마 내가 에밀리 바턴이 두려워하는 것과 같은 요란한 남성적인 행동들을 하지 못할 거라고 생각한 모양이었다. 그녀는 조심스럽게 내가 담배를 피우는지 물어보았다.

"골초예요. 하지만 그건 저도 마찬가지예요."

"그래요, 물론 그렇겠죠. 내가 너무 어리석었어요. 아가씨도 알겠지만, 난 이제까지 한 번도 이사를 해 본 적이 없어서 걱정이 되어 그렇답니다. 언니들도 오래 살았고, 어머니는 아흔일곱까지 사셨어요. 정말 오래 사셨죠! 더군다나 까다로운 성격이었답니다. 그래요, 맞아요. 요즘은 누구나 담배를 피우죠. 주의하실 점은, 이 집에는 재떨이가 없다는 거예요."

조애너는 우리가 재떨이를 많이 가지고 갈 거라고 대답한 뒤, 미소를 지으며 덧붙였다.

"이 멋진 가구들 위에 담배꽁초를 함부로 놓는 일은 절대로 없을 거예요. 그 점은 약속드릴게요. 그런 짓을 하는 사람들을 보면 저도 정말 화가 난답니다."

그리하여 우리는 여기 리틀 퍼즈 저택에 지내게 되었다. 계약 기간은 6개월이었지만, 우리가 원하면 3개월 정도는 더 연장할 수 있었다. 그리고 에밀리 바턴은 조애너에게 자신은 이전에 데리고 있던 늙은 하녀가 관리하는 방을 얻어 편안하게 지내게 되었노라고 말했다.

"충직한 플로렌스, 그 애는 우리와 함께 15년을 지내다가 결혼했죠. 정말 좋은 아이였답니다. 그 아이 남편은 건물 매매업을 하고 있어요. 지금 하이 스트리트에 좋은 집을 가지고 있는데, 맨 위층에 있는 아름다운 방 두 개를 내게 빌려 줬답니다. 지내기에 정말 편안할거예요. 플로렌스도 함께 지내게 됐다고 무척 기뻐하고 말이에요."

그렇게 모든 일들은 만족스럽게 처리된 듯 보였고, 조애너와 나는 계약서에 서명하고 적당한 절차를 밟아 그 집에 정착했다. 에밀리 바턴 양의 하녀였던 파트리지가 남아서 집안일을 해 주기로 했다. 그리고 좀 얼이 빠진 듯 보였지만, 싹싹한 파출부가 매일 아침와서 그녀를 도왔다.

파트리지는 중년의 무뚝뚝해 보이는 여자였는데, 음식 솜씨가 뛰어났다. 그녀는 비록 처음에는 우리 두 사람을 위해 늦게 저녁 식사를 차려야 한다는 사실을 받아들이지 못했지만(에밀리 양은 평상시삶은 달걀로 가볍게 저녁을 해결했다.) 이내 그 상황에 적응했다. 그리고 내가 체력을 튼튼하게 키워야 할 필요가 있다는 사실도 이해해주었다.

우리가 리틀 퍼즈에 자리를 잡은 첫 번째 주에는 에밀리 바턴 양이 정식으로 찾아와서 명함을 두고 갔다. 그 뒤로 변호사의 아내인 사이밍턴 부인과 그 마을 의사의 누나인 그리피스 양, 교구 목사의 아내인 데인 캘드로프 부인과 수도원장 사택에 살고 있는 파이 씨도 명함을 들고 찾아왔다.

조애너는 깊은 인상을 받았다.

"난 몰랐어. 사람들이 정말 이렇게 명함을 보내다니 말이야."

동생이 난처해하며 말했다.

"그건 네가 시골에 대해 아무것도 몰라서 그런 거지."

내가 말했다.

"말도 안 돼. 나는 주말에 시골로 내려가 사람들과 어울린 적도 많은걸."

"그런 것과는 달라."

난 조애너보다 다섯 살이 많았다. 어린 시절, 강가를 따라 펼쳐진 들판에 자리 잡은 낡고 커다란 하얀 집에서 살던 때를 기억하고 있었다. 정원사에게 들키지 않고 나무딸기 덩굴 아래로 기어 들어갔던 일, 마구간의 하얀 먼지 냄새, 그 사이로 지나가던 오렌지 색 고양이, 그리고 마구간 안에 있던 말들이 뭔가를 걷어차던 소리도 떠올릴 수 있었다.

하지만 내가 일곱 살이 되고, 조애너가 두 살이 되었을 때 우리는 고모를 따라 런던에서 살게 되었다. 그 후로 크리스마스나 부활절 휴가 때마다 동화극이나 연극, 영화를 보러 가거나, 켄싱턴 가든까지 배를 타고 유람을 한 뒤 아이스 링크에서 스케이트를 탔다. 그리고 8월이 되면 해변에 있는 호텔에서 머물곤 했다.

그런 일들을 떠올리다가, 나는 몸이 이렇게 된 이 후로 내가 얼마나 이기적이고 자기 중심적인 환자였는지 깨닫고 미안한 기분이 들어 조애너에게 자상하게 말했다.

"여기에 머무는 게 네게 너무 끔찍한 일이 될까 걱정이다. 넌 모든 것을 그리워하게 될 거야."

조애너는 아주 예쁘고 명랑한 아가씨였다. 춤추고 칵테일을 마시는 것을 즐겼고, 연애하는 것과 성능이 좋은 자동차를 타고 이리저리 신나게 다니는 것을 좋아했다.

조애너는 웃으며 전혀 걱정 없다는 투로 말했다.

"사실 이렇게 멀리 오게 돼서 난 기뻐. 사람들한테 정말 질려 버렸거든. 오빠는 별로 안됐다고 생각하지 않겠지만, 이번 기회에 난 폴을 정리하고 말 거야. 그 사람과 있었던 일을 완전히 극복하려면 오랜 시간이 걸릴 테니까."

나는 그 점에 대해서는 회의적이었다. 조애너의 연애는 언제나 같은 식이었기 때문이었다. 그 애는 결단력이라고는 전혀 찾아볼 수 없는 젊은 남자를 천재라고 착각하고, 미친 듯이 빠져들곤 했다. 조애너는 그런 남자들의 끝없는 불평을 들어주고, 그런 남자들이 인정받을 수 있도록 애를 썼다. 그리고 남자들이 그 일을 고마워하지 않으면 조애너는 깊이 상처받은 채 가슴이 무너지는 일이라고 말하곤 했다. 그 아픔은 또 다른 우울한 남자가 나타날 때까지 계속

되곤 했는데, 그 기간은 대개 3주 정도였다!

그래서 나는 조애너의 가슴이 무너졌다고 해도 별로 신경 쓰지 않았다. 하지만 나의 매력적인 동생이 시골 생활을 새로운 놀이로 여긴다는 건 알 수 있었다.

"어쨌든 마을 사람들이 날 아주 괜찮게 본 모양이야, 그렇지?"

난 동생을 찬찬히 뜯어보고는 그 애의 말에 전혀 동의할 수가 없었다. 조애너는 미르탱에서 만든 옷을 입고, 《르스포르》에나 나올 듯한 모습을 하고 있었다. 이 말은 그 애가 앞뒤가 뒤바뀐 바둑판 무늬의 이상한 스커트를 입고 있다는 뜻이었다. 그 스커트는 몸에 착 달라붙었고, 상의는 티롤(오스트리아 서부 지역 — 옮긴이) 사람처럼 보이는 우스꽝스럽게 짧은 소매가 달린 셔츠였다. 또 그 애는 얇은 실크 스타킹 위에 조금 투박하게 보이는 새로 산 가죽 신발을 신고 있었다.

"아니, 널 괜찮게 봤을 리가 없지. 그렇게 보이려면 넌 지저분한 초록색이나 바랜 갈색으로 된 낡은 트위드 스커트를 입는 편이 나을 거야. 그리고 지금 입고 있는 고급 캐시미어 스웨터 대신 허름한 카디건을 걸치고, 펠트 모자와 두꺼운 스타킹, 낡은 신발을 신어야 할걸? 그래야만 림스톡의 하이 스트리트 거리에 어울리는 모습이 될 거야. 지금 모습으로는 도저히 밖에 나갈 수 없을 것 같다. 화장도 그렇고."

"내 화장이 뭐가 어떻다는 거야? 컨트리 탠 메이크업 2호를 발랐을 뿐인데."

"정말. 하지만 네가 림스톡에 사는 여자라면 그저 콧잔등 위에 살짝 파우더를 바르거나, 그다지 잘 어울리지 않는 립스틱만 살짝 발랐을 거야. 눈썹도 4분의 1 정도만 그리는 대신 완벽한 모양으로 그렸을 테고."

조애너가 재미있다는 듯 깔깔거리며 웃었다.

"그러니까 오빠는 마을 사람들이 내 모습을 보고 끔찍하게 여길 거라는 거야?"

"그 정도는 아닐 거야. 그저 이상하게 생각하겠지."

조애너는 마을 사람들이 남겨 놓은 초대장들을 다시 살펴기 시작했다. 운이 좋았든지, 아니면 운이 나빴든지 교구 목사 부인만이 조애너가 집에 있을 때 찾아왔다.

조애너가 중얼거렸다.

"모두 좋은 사람들인 것 같아, 그렇지 않아? 변호사의 아내라는 리갈 부인도, 의사 딸이라는 도즈 양도, 그리고 다른 사람들도 전부 말이야."

그 애는 감동한 목소리로 말을 이었다.

"여긴 정말 좋은 곳인 것 같아, 오빠! 너무 다정하고, 재미있잖아. 예스럽기도 하고. 이런 곳에서는 성가신 일 같은 건 일어나지 않을 것 같아, 그렇지?"

동생이 말도 안 되는 소리를 하고 있다는 건 알고 있었지만, 나는 조애너의 말에 동의해 주었다. 림스톡 같은 곳에서 성가신 일은 아무것도 없을 것이었다. 하지만 그로부터 일주일 뒤, 우리는 첫 번째 편지를 받았고 그 생각은 달라졌다.

II

이 이야기를 어디서부터 시작해야 할지 모르겠다. 아무래도 림스톡에 대한 역사적인 배경부터 설명하지 않는다면, 이곳이 어떤 곳인지 알 수 없을 것이고, 이제부터 내가 하는 이야기를 이해할 수 없을 것이다.

먼저 림스톡은 유서 깊은 곳이다. 노르만 족의 정복이 있었을 때부터 이곳은 아주 중요한 장소였는데, 주로 종교와 관련된 일로 유명했다. 림스톡에 있는 수도원에서는 오랫동안 연이어 야심만만하고 힘 있는 수도사들을 배출했다. 주변 지역의 군주나 영주들은 신의 은총을 얻기 위해 이 마을에 많은 재물을 갖다 바쳤다. 림스톡 수도원은 점점 부유해졌고, 수세기 동안 커다란 권력을 휘두를 수 있었다. 그러나 헨리 8세 때에 이르자 이곳 사람들의 운명도 바뀌었다. 그때부터는 성에서 마을을 지배하기 시작했다. 하지만 그때까지도 림스톡은 여전히 요지로서 특권과 부를 누렸다.

그러나 림스톡은 17세기 무렵 진보의 물결 속에서 시류를 타지 못했다. 성은 무너졌고, 림스톡 근처에는 철도나 주도로들이 생기지 않았다. 이곳은 작은 지방 장터로 변했고, 서서히 잊혀 가기 시작했다. 사람들은 그 뒤로 이곳의 황무지를 개간했고, 주변에 조용한 농장과 들판이 있는 곳으로만 이름이 남았다.

장은 일주일에 한 번 섰는데, 그런 날은 길에서 가축들과 부딪히는 일도 흔했다. 1년에 두 번, 작은 경마 대회가 열렸는데 별 볼일 없는 말들이 출전했다. 고풍스러운 건물들이 일정한 간격을 두고 나란히 서 있는 매력적인 하이 스트리트도 있었는데, 빵이며 야채, 과일 등이 진열된 가게의 진열장은 거리와는 조금 안 어울린다는 느낌을 주었다. 그곳에는 길게 뻗어 있는 포목점도 있었고, 크고 무섭게 생긴 주인이 있는 철물상과 권위적인 우체국, 여기저기 흩어져 무슨 가게인지 알 수 없는 상점들과 경쟁적으로 장사를 하는 두 군데 정육점, 그리고 인터내셔널 백화점이 있었다. 병원과 '갈브레이스, 갈브레이스 앤드 사이밍턴' 법률 사무소도 있었다. 1420년대에 색슨 족이 남기고 간, 예상 밖으로 크고 아름다운 교회와 새로 지은 보기 흉한 학교, 두 군데의 술집도 있었다.

이런 림스톡에서 에밀리 바턴은 만나는 사람마다 우리를 찾아가라고 권했고, 조애너 역시 장갑 한 켤레를 산다거나, 조악한 모양의 벨벳 베레모를 써 보는 척하면서 거리를 돌아다니며 사람들과 어울렸다.

우리에게는 이곳의 모든 일들이 신기하고 재미있기만 했다. 여기는 우리의 터전이 아니었다. 그저 살면서 잠시 지나칠 곳이었다. 난 의사의 지시에 따라 이웃들의 일에 관심을 기울여 보기로 했다.

조애너와 나는 그 일이 무척 재미있다는 것을 알게 되었다. 난 마커스 켄트가 마을 소문들을 즐기라고 했던 말을 떠올렸다. 그때까지만 해도 그런 마을 소문에 내가 오르내리리라고는 전혀 생각하지 못했다.

그래서 그 편지를 처음 받았을 때는 차라리 재미있다는 생각이 들었다. 내 기억으로 편지를 받은 건 아침 식사 시간이었다. 난 천천히 우편물들을 하나하나 살펴보고 있었다. 그런데 그중에 타자기로 주소를 찍은 림스톡 소인의 편지가 섞여 있었다.

먼저 난 런던 소인이 찍힌 두 통의 편지를 열어 보았다. 한 통은 청구서였고, 다른 한 통은 지겨운 사촌이 보낸 편지였다.

그런 다음 마을 소인이 찍혀 있는 편지를 뜯었다. 안에는 인쇄된 글자들을 오려 붙인 종이가 들어 있었다. 잠시 나는 그 내용을 이해할 수가 없어서 가만히 쳐다볼 수밖에 없었다. 숨이 막힐 것 같았다.

조애너가 청구서들을 보고 얼굴을 찌푸리고는 나를 쳐다보며 말했다.

"잘 잤어, 오빠? 그런데 무슨 일 있는 거야? 많이 놀란 것처럼 보이는데."

편지에는 입에 담을 수도 없을 만큼 지독한 표현들로 조애너와 내가 친남매가 아니라는 내용이 씌어 있었다.

"아주 불쾌한 익명의 편지야."

난 여전히 충격에서 벗어나지 못하고 있었다. 조용한 분위기의 림스톡에서 이런 일이 일어나리라고는 전혀 생각하지 못했기 때문이었다.

조애너는 대번에 관심을 보였다.

"그래? 뭐라고 씌어 있는데?"

소설에서라면 이런 지저분한 내용이 담겨 있는 익명의 편지는 가능한 한 여자에게 보여 주지 않을 것이다. 여자들은 신경이 섬세하고 예민하므로 큰 충격을 받지 않도록 보호해 주어야만 하기 때문이다.

하지만 안타깝게도 조애너에게 이 편지를 보여 주지 말아야겠다는 생각은 조금도 들지 않았다. 그래서 즉시 동생에게 편지를 건네주었다.

조애너는 놀라 충격을 받기는커녕 오히려 재미있다는 반응을 보임으로써 그 애에 대한 내 믿음이 틀리지 않았음을 입증해 주었다.

"도저히 읽기 어려울 정도로 지저분한 내용이잖아! 이제껏 익명의 편지라는 건 말로만 들어 봤지, 실제로 본 건 처음이야. 항상 이런 식인 걸까?"

"모르겠다. 나도 처음 당해 본 일이라."

조애너가 깔깔거리며 웃기 시작했다.

"오빠는 틀림없이 내 화장 탓을 하겠지? 아무래도 모두들 날 자유분방한 여자라고 생각하나 봐!"

"그야, 아버지는 키가 크고 가무잡잡한 피부에 갸름한 얼굴이셨고, 어머니는 금발과 푸른 눈동자를 가진 몸집이 작은 분이셨으니까. 난 아버지를 닮았고, 넌 어머니를 닮았다는 사실에서 이런 생각을 떠올린 거겠지."

조애너는 생각에 잠긴 채 고개를 끄덕였다.

"맞아. 우리는 조금도 닮지 않았어. 외모만 봐서는 우리를 남매라고 생각하는 사람이 없을 거야."

"누군가는 분명히 그런 모양이다."

난 감정을 담아 대꾸했다.

조애너는 이 일이 정말 우스운 일이라는 생각이 든다고 말했다. 그런 다음 편지 귀퉁이를 조심스레 집어 들고 그것을 어떻게 처리할 것인지 물었다.

"가장 좋은 방법은 이 혐오스럽고 끔찍한 편지를 불길 속에 던져 버리는 거야."

내가 그 말을 그대로 실천해 보이자 조애너는 박수를 쳤다.

"멋있다, 오빠. 정말 배우 같은걸? 아직까지 불을 피우고 있어서 다행이지?"

"사실 쓰레기통에 던져 버리는 건 그다지 극적이지 않잖아. 물론 성냥으로 불을 붙인 다음 편지가 타 들어가는 걸 느긋하게 보고 있는 것도 괜찮을 거야. 천천히 타 들어가는 걸 지켜보면서."

"그건 잘되지 않을 것 같은데. 성냥불은 금세 타 버리니까. 아마 오빠는 성냥을 계속해서 그어야 할걸."

조애너는 자리에서 일어나 창문 앞으로 다가갔다. 그러고는 그 자리에 선 채로 갑자기 고개를 돌리며 물었다.

"정말 궁금해. 누가 이 편지를 보낸 걸까?"

"알아낼 수 없을 거야."

"아니, 그건 그렇지 않을 것 같아."

조애너는 잠시 입을 다물었다가 다시 말을 이었다.

"일이 이렇게 우스꽝스럽게 될 줄은 몰랐어. 오빠도 알다시피, 난 이곳 사람들이 우리가 내려온 걸 좋아한다고 생각했거든."

"마을 사람들은 그럴 거야. 이 편지는 그저 반쯤 미친 어떤 놈이 보낸 걸 테고."

"제발 그랬으면 좋겠어. 우…… 정말 불쾌한 일이야!"

조애너가 햇살 좋은 밖으로 나가고 나자, 나는 식후 담배를 피우면서 그 일에 대해 생각해 보았다. 동생의 말대로였다. 이번 일은 불쾌하기 그지없는 일이었다. 누군가는 우리가 여기에 온 것을 싫어했다. 조애너의 쾌활하고 세련된 아름다움을 싫어하는 사람이 있었다. 우리가 상처받기를 원하는 누군가가 있었다. 그냥 웃어 넘기는 것이 최선의 방법이겠지만, 그러기에는 마음을 불편하게 만드는 뭔가가 있었다…….

의사인 그리피스가 오전에 찾아왔다. 나는 일주일에 한 번 그에게 진찰을 받았다. 난 오웬 그리피스가 좋았다. 그는 가무잡잡한 피부를 가진 볼품없는 사람이었다. 행동거지가 어설프기는 하지만, 솜씨가 좋고 손놀림도 부드러웠다. 그는 항상 갑작스럽게 말을 꺼내곤 했는데, 수줍어서 그러는 것 같았다.

그리피스는 내 몸의 상태가 점차 좋아지고 있다는 진단 결과를 알려 준 뒤 이렇게 덧붙였다.

"기분이 좋아 보이는군요. 그냥 내 생각이 그런 건가요, 아니면 오늘 아침 날씨 덕분인가요?"

"사실은 그렇지도 않습니다. 아침에 기분 나쁜 익명의 편지를 받왔거든요. 차마 입에 담을 수도 없는 지저분한 내용이었습니다."

그리피스가 가방을 바닥에 떨어뜨렸다. 그의 가무잡잡하고 여윈 얼굴은 흥분한 것처럼 보였다.

"당신도 그 편지를 받았다는 말입니까?"

나는 흥미가 생겼다.

"그럼 그런 편지를 받은 사람이 또 있다는 말인가요?"

"그렇습니다. 얼마 전부터 그런 편지들이 여기저기 돌고 있어요."

"아, 그랬군요. 난 우리 같은 타지인들이 이 마을에 온 걸 못마땅하게 생각하는 사람이 있는 모양이라고 생각했습니다."

"아니, 그건 아닙니다. 이 일은 그런 것과는 전혀 상관이 없습니다. 그저……."

그리피스는 머뭇거리다가 물었다.

"뭐라고 씌어 있던가요? 적어도……."

그는 갑자기 얼굴을 붉히며 당황했다.

"아무래도 말씀하시기 곤란하겠지요?"

"아니, 기꺼이 말씀드릴 수 있습니다. 내가 동생이 아니라 고급 매춘부와 함께 사는 거라고 씌어 있었습니다. 기가 막혀서! 차마 말할 수도 없을 정도로 민망한 표현들이었습니다."

그의 가무잡잡한 얼굴이 분노로 붉게 물들었다.

"어떻게 그런 끔찍한 말을! 동생 분이 많이 놀라지 않았기를 바랍니다."

"조애너는 겉으로는 크리스마스 트리 위에 장식하는 천사처럼 순진해 보이지만, 사실은 아주 현대적이고 강한 아이랍니다. 그 애는 도리어 재미있게 생각하는 것 같더군요. 이제까지 이런 일은 겪어 본 적이 없었으니까요."

"정말 그렇기를 바랍니다."

그리피스가 따뜻하게 말했다.

"어쨌든 이번 일은 잊어버리는 게 최선이라고 생각합니다. 완전히 무시해 버리는 거죠."

나는 단호하게 말했다.

"그렇긴 합니다. 다만⋯⋯."

"그렇죠? '다만'이라는 말이 붙어서 문제지만!"

"진짜 문제는 이런 종류의 일은 한 번 일어나기 시작되면 계속 일어난다는 겁니다."

"그럴 거라고 생각합니다."

"그건 병적인 거니까요."

나는 고개를 끄덕이며 그에게 물었다.

"누가 이런 짓을 하는지 혹시 아십니까?"

"아니요. 나도 알고 싶습니다. 이런 골치 아픈 익명의 편지는 대개 원인이 둘 중 하나이게 마련입니다. 먼저 특정한 대상이 있는 경우죠. 어떤 인물이나 특정 부류의 사람들을 대상으로 벌이는 것으로, 보통 직접적인 동기가 있게 마련입니다. 뚜렷한 원한을 가지고 있는(적어도 그 사람들은 그렇다고 생각하는) 대상에게 복수하기 위해서 아주 지저분한 방법을 택한 거지요. 비열하고 혐오스러운 짓입니다만, 이 경우에는 정신 이상이라고는 말할 수 없습니다. 이런 상황에서는 편지를 쓴 사람을 찾아내기가 대체로 수월하죠. 해고된 하인이라든가, 질투에 눈 먼 여자 등등. 하지만 이처럼 특정한 사람을 목표로 한 경우가 아니고, 대상이 막연한 경우라면 문제는 좀 더 심각합니다. 편지를 무차별적으로 보내니까요. 그런 편지는 마음속 욕구 불만을 표출하는 수단이 되는 거죠. 조금 전에도 말씀드렸지만 그건 병이라고 할 수 있습니다. 광기는 점점 자라나죠. 이런 경우에는 정말 의외의 인물이 범인인 경우가 많습니다. 작년에도 이 근방에서 비슷한 사건이 있었어요. 범인은 커다란 포목점 안에 있는 모자 판매 부서의 담당자였습니다. 얌전하고 단정한 여자로 몇 년 동안 그곳에서 성실하게 일했다고 하더군요. 그리고 여기 오기 전 북쪽 지역에서 개업했을 때도 같은 일이 있었던 것이 기억납니다. 하지만 둘 다 순전히 개인적인 원한을 품은 경우였습니다. 여태껏 이런 종류의 일들을 몇 번 겪었지만 솔직히 이번에는 좀 걱정이 됩니다."

"여기서 그런 편지들이 돌기 시작한 지 오래됐습니까?"

"그런 것 같지는 않습니다. 물론 단정적으로 말씀드리기는 어렵지만요. 보통 사람들은 그런 편지를 받았을 때 다른 사람들에게 알리고 싶어 하지 않으니까요. 대부분 받는 즉시 난로에 던져 버리거든요."

그리피스는 잠시 말을 멈췄다.

"나도 한 통 받았습니다. 변호사인 사이밍턴도 받았죠. 병원에 찾아온 환자 중 두어 명도 그런 편지를 받았다고 했습니다."

"전부 같은 종류의 내용인가요?"

"그렇습니다. 성적인 문제를 언급하고 있습니다. 그게 공통된 특징인 모양입니다."

의사는 싱긋 웃었다.

"사이밍턴이 받은 편지에는 그가 사무실 여직원과 부적절한 관계라고 적혀 있었답니다. 불쌍한 노처녀 진치 양은 마흔 살은 족히 넘은 데다가, 코안경을 쓰고 토끼 같은 이를 가진 여자인데도 말입니다. 내가 받은 편지에는 내가 여자 환자들을 전문적인 방법으로 농락하고 있다고 적혀 있었습니다. 상세한 부분까지 묘사했더군요. 전부 유치하고 말도 안 되는 내용이었지만 무서울 정도로 악의가 느껴졌습니다."

그리피스는 점점 진지한 얼굴이 되더니 이렇게 말을 맺었다.

"그리고 난 그 사실이 두렵습니다. 이런 일은 아주 위험해질 소지가 있으니까요."

"정말 그렇겠군요."

"이렇게 조잡하고 유치한 방법이기는 하지만, 머지않아 이런 편지들은 그 목적을 달성하게 될 겁니다. 그때 무슨 일이 일어날지는 하느님만이 아시겠죠! 난 정말 걱정됩니다. 그렇게 되면 무지한 사람들의 마음속에는 천천히 의심이 싹트게 될 겁니다. 사람들이 편지에 적힌 내용을 보고, 그게 사실이라고 믿는 거죠. 그렇게 되면 온갖 종류의 복잡한 문제들이 발생하게 될 겁니다."

"그 편지에서 교양이라고는 도저히 찾아볼 수 없었습니다. 감히 말씀드리지만, 정말 무지한 누군가가 쓴 것이 분명합니다."

내가 생각에 잠긴 채 말했다.

"그럴까요?"

오웬은 이렇게 말하고는 그 자리를 떠났다.

나중에 생각해 보니 그 "그럴까요?"라는 말이 무척이나 불안하게 느껴졌다.

제2장

I

익명의 편지 때문에 기분이 불쾌했다는 걸 숨기고 싶은 마음은
없다. 사실이 그랬으니까. 하지만 그 생각은 이내 내 마음속에서 사
라져 버렸다. 그때만 해도 그 일을 그렇게 심각하게 받아들이지 않
았기 때문이다. 그때 이런 일은 시골에서 흔히 일어나는 모양이라
고 중얼거렸던 기억이 난다. 아마도 어떤 신경질적인 여자가 연기
라도 하는 기분으로 저지른 일일 거라고 여겼다.

어쨌든 우리가 받은 그 편지는 다른 사람들이 받은 편지들과 똑
같이 유치하고 어리석은 내용이었고, 그 때문에 큰 해를 입지는 않
았으니 말이다.

다음 사건은 그로부터 일주일 뒤에 일어났다. 파트리지가 입을
굳게 다문 채 다가와, 매일 일을 도와주러 오던 비어트리스가 오지
않았다는 사실을 알렸다.

"제 생각에는 그 아이가 속이 많이 불편했던 모양입니다."

난 파트리지가 무슨 뜻으로 그런 말을 하는 건지 확실히 알 수 없었다. 그저 비어트리스가 직접 말하기는 곤란한 어떤 복통을 일으킨 모양이라고 생각했다. (결국 틀린 생각이었지만.) 나는 비어트리스의 병이 빨리 나았으면 좋겠다고 대답해 주었다.

"그 아이는 아주 건강합니다. 전 그 애의 마음이 불편하다고 말씀을 드리는 겁니다."

"그랬나요."

나는 어정쩡하게 대꾸했다.

파트리지가 말을 이었다.

"아무래도 그 애가 받은 편지 때문에 그런 것 같습니다. 제가 생각할 때는 그게 원인인 것 같아요."

모든 책임이 나한테 있다고 말하는 듯한 그녀의 엄격한 시선에서 내가 이 일에 연관되어 있다는 것을 알아차릴 수 있었다.

사실 나는 다른 곳에서 비어트리스와 마주친다면 그녀의 얼굴을 알아볼 수 있을지조차 자신이 없었는데도 말이었다. 난 귀찮다는 생각이 들었다. 목발 없이는 제대로 걷지도 못하는 환자가 어떻게 마을 처녀들을 유혹할 수 있다는 말인가.

난 짜증스럽게 대꾸했다.

"그건 말도 안 되는 소리예요!"

"저는 그 아이의 어머니에게 말했습니다. '제가 있는 동안은 이 집에서 그런 지저분한 일은 일어난 적도 없고, 앞으로도 일어나지 않을 거예요. 비어트리스에 관해서는, 요즘 처녀들은 예전과는 많이 다르다고 할밖에요. 그리고 다른 데 가서 뭘 하는지는 제가 어찌 알겠어요.' 사실 정비 공장에 다니는 비어트리스의 남자 친구가 그 지저분한 편지를 발견했다고 합니다. 그래서 그걸 보고 그 남자가 감정적으로 격한 반응을 보이는 모양이에요."

"난 이제까지 살아오면서 이렇게 말도 안 되는 이야기는 처음 들어요."

내가 화를 내며 말했다.

"제 생각에는 그 아이를 그냥 내보내는 게 좋을 것 같아요. 비어트리스가 정말로 숨기고 싶은 게 아무것도 없는 아이였다면 이렇게 나오지 않았을 겁니다. 아무래도 아니 땐 굴뚝에는 연기가 나지 않는 법이니까요."

나는 이렇게 기가 막힌 이야기 때문에 피곤해질 거라고는 여태껏 생각조차 해 본 적이 없었다.

II

그날 아침에 나는 모험하는 셈 치고 마을까지 걸어서 내려가 보기로 했다. (조애너와 나는 늘 그곳을 마을이라고 부른다. 원칙적으로는 그런 호칭이 맞지 않고, 림스톡도 그 사실을 알면 기분 나빠 할지 모르지만 말이다.)

태양은 눈부시게 빛나고, 봄의 달콤한 기운을 담은 공기는 선선

하고 상쾌했다.

나는 조애너가 같이 가겠다고 하는 것을 단호하게 물리치고 목발을 짚은 채 발걸음을 내딛었다.

"아니, 난 수호천사가 옆에서 근심 어린 목소리로 격려해 주는 건 원하지 않아. 남자는 혼자 움직여야만 가장 빨리 갈 수 있다는 말이 있단다. 난 오늘 볼일이 아주 많아. 먼저 '갈브레이스, 갈브레이스 앤드 사이밍턴' 사무실에 가서 주식 양도에 따른 서명을 해야 하고, 빵집에 들려서 건포도 식빵에 대해 할 말이 있어. 그리고 오는 길에는 우리가 빌린 책을 반납할 예정이야. 그러니까 이제 가도 되겠지, 아가씨. 일을 다 처리하려면 오전 시간도 모자랄 것 같은데."

점심 시간쯤에 언덕을 오르는 길 앞으로 조애너가 자동차로 마중을 나오기로 했다.

"아마 가는 길에 림스톡에 있는 모든 사람들과 인사를 나누게 될 거야."

"그렇겠지. 이제야 누가 누군지 알 수 있겠구나."

내가 대답했다.

하이 스트리트의 아침은 사람들이 물건을 사러 나와 서로 소식을 주고받는 시간이었다.

하지만 나는 도저히 다른 사람의 도움 없이는 마을까지 내려갈 수가 없었다.

200미터 정도 내려갔을 때, 내 뒤에서 자전거 벨 소리가 들렸다. 그리고 브레이크를 잡는 소리가 들리더니 메건 헌터가 거의 넘어지

듯 자전거에서 내렸다.

"안녕하세요?"

메건은 숨을 헐떡이며 일어나더니 옷에 묻은 먼지를 털었다.

나는 메건을 좋아했다. 그녀를 보면 언제나 이상하게도 애처로운 느낌이 들었다.

메건은 사이밍턴 변호사의 의붓딸로, 사이밍턴 부인이 첫 번째 결혼에서 얻은 딸이었다. 그녀의 친아버지인 헌터에 대해 말해 주는 사람은 아무도 없었지만, 내가 생각하기에는 잊어버리는 게 최선인 그런 사람인 것 같았다. 그는 사이밍턴 부인에게 아주 심하게 대했던 모양이었다. 부인은 결혼한 지 1년인가 2년 후에 그 남자와 이혼했다.

그녀는 어느 정도 재산을 가지고 있었는데, 그걸 가지고서 '모든 것을 잊어버리기 위해' 어린 딸을 데리고 림스톡에 정착했다. 그리고 결국 이곳에서 리처드 사이밍턴이라는 괜찮은 독신남을 만나 재혼하기에 이르렀다.

재혼 후 두 사람 사이에서는 아들 둘이 태어났고, 부부는 헌신적으로 자식들을 키우기 시작했다. 메건이 때때로 가족 중에서 겉도는 기분일 거라는 생각이 들었다.

메건은 어머니인 사이밍턴 부인을 전혀 닮지 않았다. 부인은 작은 체구에 빈혈 증세가 있었고, 서서히 시들어 가고 있기는 했지만 여전히 아름다운 여인이었다. 그리고 건강에 대해서 이야기할 때나 하인들을 꾸짖을 때면 힘없고 구슬픈 목소리로 말하는 사람이었다.

메건은 실제 나이는 스무 살이었지만, 마치 열여섯 살 여학생처럼 보이는 키가 크고 볼품없는 아가씨였다. 아무렇게나 하나로 묶고 다니는 갈색 머리카락과 개암 빛의 초록 눈동자, 골격이 가는 얼굴을 가지고 있었다. 그녀가 한쪽 입가로 기울어지는 미소를 지을 때면 의외로 매력적으로 보였다. 하지만 항상 단조로운 색상에 어울리지 않는 옷을 입고 구멍난 무명 스타킹을 신고 있었다.

내가 보기에 그날 아침 그녀의 모습은 사람이라기보다는 말에 가까웠다. 미처 길들여지지 않은 아주 근사한 말 같았다.

메건은 평상시처럼 숨 돌릴 틈도 없이 재잘거리기 시작했다.

"난 지금까지 농장에 있었어요. 래셔의 농장 아시죠. 그곳에서 오리알도 볼 수 있었어요. 아주 예쁜 새끼 돼지들도 많이 있었어요. 얼마나 귀엽던지! 버턴 씨는 돼지를 좋아하세요? 난 그 냄새까지도 좋아해요."

"잘 키운 돼지는 냄새가 나지 않는데요."

"그래요? 거기서는 아무렇게나 키워요. 그런데 지금 걸어서 시내까지 가시는 거예요? 혼자 계신 걸 보고 같이 걸어가야겠다고 생각했어요. 자전거를 세우는 게 너무 요란했나요?"

"스타킹이 찢어진 것 같군요."

메건은 자신의 오른쪽 다리를 애처롭게 내려다보며 말했다.

"정말 그러네요. 하지만 벌써 구멍이 두 군데나 나 있던 거니까 별로 상관없을 거예요."

"메건, 스타킹을 꿰매서 신는 편이 좋지 않아요?"

"그야 뭐, 어머니가 뭐라 그러시면 그렇게 해요. 하지만 평상시에는 내가 뭘 하는지 거의 신경 쓰지 않으시니까 차라리 다행이지요, 안 그래요?"

"이제 메건도 어른이 됐다는 걸 알아야죠."

"그럼 버턴 씨 동생 분처럼 하고 다녀야 한다는 뜻인가요? 머리에서 발끝까지 한껏 차려입고?"

난 그녀가 조애너에 대해 그렇게 말하는 게 거슬렸다.

"그 애는 단정하고 깔끔해요. 다른 사람들 보기에도 좋잖아요."

"그분은 정말 예뻐요. 그런데 버턴 씨하고는 전혀 닮지 않았어요. 어떻게 그럴 수가 있죠?"

"남매라고 모두 닮은 건 아니죠."

"맞아요. 정말 그래요. 나도 브라이언이나 콜린과 전혀 닮지 않았어요. 또 브라이언과 콜린도 서로 닮지 않았고요."

그녀는 잠시 멈췄다가 다시 말했다.

"정말 이상하죠, 그렇지 않아요?"

"뭐가 말이에요?"

메건이 짧게 말했다.

"가족 말이에요."

나는 조심스레 대답했다.

"그렇죠."

난 그녀가 속으로 무슨 생각을 하고 있는지 궁금했다. 우리는 잠시 잠자코 걸었다. 그러다 메건이 수줍은 목소리로 물었다.

"비행기를 몰았다면서요?"

"그래요."

"그래서 이렇게 다치신 거예요?"

"그래요, 비행기가 추락하는 바람에."

"여기 사람들은 아무도 비행기를 타지 않아요."

"글쎄요, 그런 것 같지는 않은데요. 메건은 비행기를 타고 싶지
않아요?"

"내가요? 세상에, 아니에요. 난 틀림없이 멀미를 할 거예요. 기차
만 타도 멀미를 하니까."

메건이 깜짝 놀란 얼굴로 대답했다. 그녀는 잠시 입을 다물었다
가 어린아이처럼 직설적으로 물었다.

"버턴 씨는 다시 비행기를 탈 정도로 나을 수 있는 건가요, 아니
면 영원히 그렇게 불구로 살아야 하는 건가요?"

"의사 말로는 완전히 나을 거라고 하더군요."

"그렇군요, 하지만 의사들은 거짓말을 잘하잖아요?"

"난 그렇게 생각하지 않아요. 나 역시 나을 거라고 확신하고 있는
편이니까. 난 의사를 믿어요."

"그렇다면 다행이네요. 하지만 의사들 중에는 거짓말하는 사람들
도 많아요."

나는 말없이 그녀의 말이 부인할 수 없는 사실임을 수긍했다.

메건은 마치 재판관이라도 되는 것처럼 말했다.

"정말 다행이에요. 난 버턴 씨가 평생 불구로 살아야 해서 그렇게

기분이 안 좋은 건 줄 알았거든요. 그것 때문이 아니라 원래 그런 거라면 얘기가 다르니까요."

"난 기분 나쁘지 않은데요."

내가 차갑게 대꾸했다.

"그래요? 그렇다면 조바심을 내는 건가 보네요."

"어서 빨리 몸이 낫기를 바라다 보니, 조바심을 내는 것처럼 보일 수는 있겠지만……. 이런 일은 서두른다고 해결되는 건 아니죠."

"그렇다면 왜 그렇게 안절부절못하는 거예요?"

나는 웃음을 터뜨렸다.

"이봐요, 메건. 아가씨는 이제까지 무슨 일에서든 조바심을 내 본 적이 없어요?"

메건은 그 질문에 대해 곰곰이 생각하더니 대답했다.

"네, 없어요. 어째서 그래야 하는데요? 이제까지 그렇게 서둘러야 할 일은 아무것도 없었어요. 아무 일도 없었으니까요."

그 말 속에서 왠지 모를 절망감 같은 것이 느껴졌다. 나는 부드럽게 말했다.

"메건은 이곳에서 무슨 일을 하고 있나요?"

그녀는 어깨를 으쓱해 보였다.

"무슨 일을 하고 있나니요?"

"취미 같은 건 없어요? 좋아하는 운동을 한다거나, 친구들과 함께 돌아다닌다거나 하지 않나요?"

"난 운동에 소질이 없어요. 또 좋아하지도 않고요. 더군다나 이곳

에는 여자 애들도 많이 없고, 그나마 있는 아이들 중에도 좋아하는
친구는 없어요. 그 애들은 모두 나를 무서워하거든요."

"말도 안 돼. 왜 아가씨를 무서워하겠어요?"

메건은 고개를 저었다.

"지금까지 학교에는 다녀 본 적 있어요?"

"예, 집에는 1년 전에 돌아왔어요."

"학교 생활은 재미있었어요?"

"나쁘진 않았어요. 선생이라는 사람들이 아무 소용 없고 이상한
것만 가르쳐 주기는 했지만."

"그게 무슨 뜻이죠?"

"글쎄, 어중이떠중이라고 할까요. 모두들 어떤 것에도 제대로 된
의견을 가지고 있는 사람이 없었어요. 학비가 싼 학교라 별로 뛰어
난 교사가 없어서 그런 것 같기도 하지만. 어쨌든 무슨 질문을 해도
제대로 답해 주는 사람이 없었어요."

"그렇게 해 줄 수 있는 선생은 많지 않죠."

"어째서요? 교사라면 당연히 그렇게 해야 하는 거 아닌가요?"

나는 그녀의 말에 동의했다.

"물론 나도 멍청하긴 해요. 하지만 많은 것들이 내게는 쓸모 없어
보였어요. 이를테면 역사 과목 같은 걸 한번 보세요. 책마다 내용이
다 다르잖아요!"

"그건 정말 재미있는 건데."

"그리고 문법도 그래요. 또 어리석은 작문 시간도 있었죠. 셸리가

종달새에 관해 주절거린 글이나, 워즈워스가 수선화에 대해 쓴 바보 같은 시 같은 건 아무 데도 소용없고 시시할 따름이에요. 셰익스피어도 마찬가지고요."

"셰익스피어는 뭐가 마음에 안 들어요?"

내가 흥미롭게 물어보았다.

"너무 글을 어렵게 써 놔서 무슨 뜻인지 알 수가 없잖아요. 하지만 셰익스피어의 작품 중에 좋아하는 건 있어요."

"셰익스피어가 기뻐할 일이군요."

메건은 내 말 속에 담긴 빈정거리는 기미를 알아차리지 못하고 환한 얼굴로 대답했다.

"난 고네릴과 리건(「리어 왕」에 나오는 리어 왕의 세 딸 중 탐욕스러운 두 딸 — 옮긴이)이 좋아요."

"왜 그 두 사람이 좋다는 거죠?"

"나도 모르겠어요. 그 두 사람은 괜찮은 것 같아요. 버턴 씨는 그두 사람이 왜 그렇게 됐다고 생각하시나요?"

"뭐가 말이죠?"

"그 두 사람이 그렇게 된 이유 말이에요. 난 그들이 그렇게 될 수밖에 없었던 분명한 이유가 있다고 생각해요."

나는 그 문제에 대해 처음으로 생각해 보았다. 언제나 리어의 그두 딸을 탐욕스러운 인물로만 여겼는데, 메건의 말을 듣고 나니 그들이 그렇게 될 수밖에 없었던 이유가 궁금해졌다.

"그 문제에 대해서는 앞으로 생각해 보지요."

"아, 신경 쓰지 마세요. 문득 생각났을 뿐이니까. 어쨌든 그건 문학 작품에 불과하니까요. 그렇지 않아요?"

"잠깐, 잠깐만요. 그럼 메건이 좋아하는 과목은 아무것도 없어요?"

"수학은 좋았어요."

"수학?"

나는 깜짝 놀라 되물었다.

메건의 얼굴이 환해졌다.

"난 수학이 좋아요. 하지만 학교에서는 잘 가르쳐 주지 않았어요. 난 정말로 수학을 잘 배우고 싶었어요. 그럼 정말 근사할 것 같아요. 숫자는 뭔가 대단한 것 같다는 생각이 들거든요. 안 그런가요?"

"난 잘 모르겠군요."

나는 솔직히 대답했다.

우리는 하이 스트리트로 접어들었다. 메건이 날카롭게 말했다.

"저기 그리피스 양이 오고 있어요. 정말 끔찍한 여자죠."

"싫어하나 보군요?"

"정말 지긋지긋해요. 저 여자는 늘 나를 바보 같은 소녀단에 가입시키려고 하거든요. 도대체 왜 별로 배우는 것도 없는데 제복을 차려입고 배지를 달고 숲 속을 헤매 다녀야 하는 건데요? 난 정말 쓸데없는 짓이라고 생각해요."

그 점에서는 나도 대체로 메건의 생각에 공감하고 있었다. 하지만 그리피스 양은 그런 내 생각을 말로 꺼내기도 전에 이미 우리 앞에 다가와 있었다.

전혀 어울리지 않는 에이미라는 이름을 가지고 있는 그녀는 의사 선생의 누나로서, 동생에게는 없는 적극적인 자신감으로 충만한 여성이었다. 그리피스 양은 수려한 외모와 남자처럼 햇볕에 그을은 얼굴, 기운 넘치는 목소리를 가지고 있었다.

그리피스 양이 우리를 보고 짖어 대는 듯한 목소리로 말했다.

"안녕하세요. 정말 기분 좋은 아침이죠? 메건, 안 그래도 만나고 싶었어. 보수당 협회에 보낼 편지의 주소를 적어야 하는데 네 도움이 필요해서 말이야."

메건은 뭔가 알아들을 수 없는 말을 중얼거리더니 자전거를 도로 연석에 세워 두고는 인터내셔널 백화점 안으로 쏜살같이 뛰어 들어갔다.

그리피스 양이 메건을 쳐다보며 말했다.

"정말 별난 아이죠. 게을러 빠졌다니까요. 오전 내내 쓸데없이 돌아다니기나 하고. 사이밍턴 부인한테도 큰 골칫거리일 거예요. 메건에게 뭔가 일을 시키려고 부인이 얼마나 애를 쓰는지 전 잘 알고 있답니다. 속기 타자를 치는 일이나, 요리를 배운다거나, 앙고라 토끼를 돌보는 일 같은 것 말이에요. 저 애는 자기가 어떻게 살아야 할지 좀 더 관심을 가져야만 해요."

나는 그녀의 말이 맞다는 생각은 들었다. 하지만 내가 메건의 입장이었다고 해도 에이미 그리피스의 제안에는 단호하게 맞설 것 같았다. 그녀의 지독한 인신 공격에 나는 메건의 입장을 지지하게 되었다.

그리피스 양이 말을 이었다.

"어쩌면 저렇게 게으름을 피우는지 모르겠어요. 게으름을 피우는 건 젊은 사람들을 위해서 정말 좋지 않은데 말이에요. 게다가 메건은 그렇게 예쁘지도 매력적이지도 않잖아요? 가끔 저는 저 애가 얼빠진 것 같다고 생각해요. 사이밍턴 부인은 딸 때문에 무척 실망하고 있답니다. 저 애 아버지는……."

그녀는 목소리를 낮추며 계속 말했다.

"별로 좋은 사람이 아니었어요. 아마 메건은 자기 아버지를 닮았나 봐요. 부인 입장에서는 고통스러운 일일 거예요. 뭐, 하기야 세상에는 온갖 종류의 사람들이 다 있는 법이지요."

"그나마 다행스러운 일이죠."

내가 대꾸했다.

에이미 그리피스는 기분 좋게 웃었다.

"정말 그래요. 사람들이 전부 똑같이 만들어지지 않아서 말이에요. 하지만 전 누구라도 자기 인생을 제대로 살아가지 않는 사람은 좋아하지 않아요. 전 인생을 즐겁게 살고 있고, 다른 사람들도 모두 그렇게 살아가기를 원한답니다. 사람들은 제게 평생 이런 시골에서 사는 게 지겹지 않느냐고 물어요. 그러면 전 전혀 그렇지 않다고 대답하죠. 늘 바쁘고 행복하니까요! 이곳에는 항상 일이 있어요. 소녀단과 학회, 다양한 모임 활동으로 바쁜 시간을 보내고 있죠. 동생을 보살피는 일이야 말할 필요도 없고 말이에요."

바로 그때 그리피스 양이 길 건너편에서 아는 사람을 발견하고 큰 소리로 부르며 뛰어갔기 때문에 나는 겨우 그녀에게서 벗어나 볼일을 보기 위해 은행으로 향할 수 있었다.

나는 그리피스 양을 볼 때마다 늘 부담스러운 기분이 들었다. 비록 그녀의 힘과 활기를 동경했고 자신이 하는 일에 만족하며 살아가는 모습이 노상 불평불만만 늘어놓는 다른 여자들에 비해서 보기 좋았지만 말이다.

은행에서 일을 처리하고 '갈브레이스, 갈브레이스 앤드 사이밍턴' 사무실로 갔다. 갈브레이스 씨가 있는지 없는지는 모르겠다. 누구도 본 적이 없기 때문이다. 리처드 사이밍턴의 안쪽 사무실은 오래전에 세워진 법률 회사답게 곰팡이 냄새가 났다.

호프 부인, 에버래드 커 경, 윌리엄 예이츠비 홀스 씨, 작고한 아무개 등의 명찰이 붙어 있는 엄청난 수의 서류 상자들이 이 법률 사무소가 오래전부터 그 지역의 유서 깊은 가문에 관련된 일들을 맡아 왔음을 보여 주었다.

사이밍턴이 내가 가지고 간 서류를 고개를 숙인 채 살펴보는 동안, 난 그를 유심히 살펴보았다. 사이밍턴 부인은 첫 번째 결혼은 실패했는지 몰라도, 재혼은 성공적인 것 같았다. 리처드 사이밍턴은 아주 차분하고 존중받을 만한 인격을 지닌 사람으로 보였다. 그는 한시도 부인을 걱정시키지 않을 것 같은 부류의 남자였다. 목젖이 두드러지게 보이는 긴 목과 약간 창백한 얼굴, 그리고 길고 날카롭게 생긴 코를 가지고 있었다.

의심의 여지 없이 리처드 사이밍턴은 친절하고 좋은 남편이자 아버지일 터였다. 하지만 무언가에 미친 듯 몰두하는 열정은 없는 사람인 것 같았다.

잠시 후 사이밍턴 씨가 입을 열었다. 그는 느리지만 분명한 어조로, 자신이 가지고 있는 풍부한 지식과 통찰력을 보여 주었다. 해야할 일이 모두 끝나자 나는 자리에서 일어나며 그에게 말했다.

"여기 오는 길에 따님을 만났습니다."

잠시 사이밍턴은 누구를 말하는 건지 모르겠다는 얼굴로 나를 쳐다보다가 이내 미소를 지었다.

"아, 메건 말씀이군요. 그 애는…… 얼마 전에 학교에서 돌아왔답니다. 장차 무슨 일을 할지 생각하고 있는 중이지요. 그래요, 무슨 일이든 해야죠. 하지만 그 애는 아직 너무 어려요. 게다가 나이에 비해서 좀 뒤떨어지는 편이라고 모두들 말하더군요."

나는 밖으로 나왔다. 바깥쪽 사무실에서는 아주 나이가 많아 보이는 노인이 의자에 앉아 천천히 뭔가를 쓰고 있었다. 그리고 장난꾸러기처럼 보이는 꼬마 한 명이 있었고, 코안경을 끼고 머리를 곱실거리게 지진 중년 여자가 빠른 속도로 타자를 치고 있었다.

만일 저 여자가 진치 양이라면, 그녀와 사이밍턴이 은밀한 관계라는 건 있을 수 없는 일이라는 오웬 그리피스의 말에 동의할 수밖에 없었다.

나는 빵집에 들러 건포도 식빵에 대해 불만을 털어놓았다. 빵집 주인은 내 의견을 금세 받아들이더니 내 불신을 종식시키겠다는 듯 "갓 구운 신선한 빵입니다."라고 말하면서 즉시 새로운 건포도 식빵을 건네주었다.

　나는 가게에서 나와 조애너가 차로 마중 나왔는지 보기 위해 거리를 둘러보았다. 아직 걷는 일은 많이 피곤했다. 그리고 건포도 식빵을 든 채로 목발을 짚고 서 있기도 불편했다. 하지만 여전히 조애너의 모습은 보이지 않았다.

　그때 갑자기 나는 도저히 믿을 수 없는 놀라움과 기쁨에 눈을 크게 떴다.

　저쪽에서 여신이 걸어오는 모습이 보였다. 더 이상 어떤 말로도 표현할 수가 없었다.

　완벽한 모습이었다. 부드럽게 흘러내린 윤기 나는 금발, 큰 키에 보기 좋게 균형 잡힌 몸매! 정말 여신처럼 가볍게, 물 속을 헤엄치는 듯한 걸음걸이로 점점 가까이 다가오고 있었다. 믿을 수 없을 정도로 눈부시고, 보는 것만으로도 숨이 막혀 버릴 것 같은 여자였다!

　나는 몹시 흥분한 상태로 뭔가 폭발할 것 같은 기분을 느꼈다. 그때 어떻게 된 일인지 건포도 식빵이 내 손에서 스르르 미끄러져 내렸다. 나는 식빵을 잡으려고 하다가 그만 목발을 놓쳐 하마터면 길에 넘어질 뻔했다. 넘어지려는 나를 붙잡아 준 건 여신의 팔이었다.

　난 더듬거리며 말했다.

　"고, 고맙습니다. 저, 정말 실례가 많았습니다."

　그녀는 건포도 식빵을 집어 들더니 목발과 함께 내 손에 쥐어 주었다. 그러고는 부드러운 미소를 지으며 밝은 목소리로 말했다.

　"괜찮아요. 전 아무렇지도 않은걸요."

그녀의 평범하고 단조로운 목소리를 듣자 나를 휘감았던 마법은 갑자기 사라졌다. 그녀는 그저 아름답고 건강해 보이는, 단정한 여성일 뿐이었다.

　나는 신들이 트로이의 헬렌에게 이 여자와 같은 단조로운 목소리를 주었다면 어떻게 되었을까 생각해 보았다. 어떤 여인이 입을 다물고 있는 동안에는 영혼을 뒤흔들 정도로 매력적이었다가 입을 여는 순간 그 눈부신 마법이 그대로 사라져 버리다니 얼마나 이상한 일인가.

　물론 그 반대의 경우도 있을 수 있다는 것을 나는 안다. 누구도 두 번 돌아보지 않을 것 같은 작고 슬픈 원숭이처럼 생긴 여성이 있다. 하지만 그녀가 입만 열면 클레오파트라가 살아 돌아오기라도 한 것처럼 갑자기 매력적으로 변한다.

　어느새 조애너가 내 옆에 와 있었다. 동생이 내게 무슨 일이 있었느냐고 물었다.

　"아무 일도 아냐. 트로이의 헬렌과 그 밖에 여러 가지 일들에 대해 생각하고 있었어."

　난 정신을 차리며 대답했다.

　"그런 생각을 하기에는 장소가 좀 그렇잖아. 정말 이상하게 보였단 말이야. 건포도 빵을 가슴에 꼭 끌어안은 채 입을 쩍 벌리고 서 있다니."

　"충격을 받아서 그래. 잠시 트로이에 갔다가 되돌아온 느낌이야. 그런데 저 여자 누군지 알아?"

나는 우아하게 걸어가고 있는 그 여자의 뒷모습을 가리키며 동생
에게 물었다.

조애너는 그 여자를 쳐다보더니 사이밍턴 씨네 가정교사라고 대
답했다.

"오빠가 정신을 차리지 못했던 게 저 여자 때문이었어? 예쁘기는
하지만 왠지 축축한 물고기 같은 느낌인데."

"그래. 그냥 단정하고 친절한 여자였어. 잠깐 아프로디테가 아닌
가 싶었지만."

조애너가 문을 열어 주자 나는 차에 올라탔다.

"정말 재미있지? 사람들 중에는 외모는 뛰어난데 성적 매력이 없
는 사람들이 있어. 저 여자가 그렇잖아. 정말 안타깝다니까."

나는 그녀가 가정교사이기 때문에 그런 모양이라고 대답했다.

제3장

I

그날 오후, 우리는 파이 씨의 집에 가서 차를 마셨다.

파이 씨는 지극히 여성스럽고, 오동통하게 살찐 작은 남자로 텐트 스티치를 한 의자나 드레스덴 제의 양치기 조각상, 골동품 같은 것을 모으는 데 열중하고 있었다. 그는 예전 수도원이 있던 자리에 지어진 수도원장의 사택에서 살고 있었다.

수도원장의 사택은 아주 우아한 저택이었고, 파이 씨의 애장품들은 마음껏 그의 보살핌을 누리고 있었다. 가구들은 하나하나 윤기나게 닦여 있었고, 가장 어울리는 자리에 정확하게 자리잡고 있었다. 커튼과 쿠션 역시 색상과 분위기를 맞춰 한껏 우아함을 자랑하고 있었는데, 대부분 값비싼 비단으로 만들어진 것이었다.

도저히 남자 혼자 사는 집이라고는 보기 어려웠다. 마치 박물관에 전시된 옛날 방에 들어와 있는 느낌이었다. 파이 씨는 사람들에게 자신의 집을 구경시키는 것을 삶의 큰 기쁨으로 여기고 있었다.
심지어 그런 환경에 완전히 무관심한 사람일지라도 그의 초대는 피
할 수 없었다. 라디오나 칵테일 바, 욕실, 침대 같은 일상적인 물건
들에만 둘러싸여 사는 사람이라고 할지라도 파이 씨는 지치지도 않
고 그에게 좀 더 좋은 물건들을 보여 주기 위해 이끄는 그런 사람이
었다.

그의 작고 통통한 손은 자신의 보물들을 설명할 때는 흥분으로
떨렸으며, 베로나에서 산 이탈리아 제 침대 틀을 샀을 당시의 흥미
진진했던 상황을 설명할 때는 목소리가 커지면서 가성으로 갈라지
기까지 했다.

조애너와 나 역시 골동품과 고가구를 좋아했던 터라 그의 말에
동조했다.

"정말 기쁜 일이에요. 크나큰 즐거움입니다. 여기처럼 작은 지역
사회에서 두 분 같은 분들을 만날 수 있게 되다니 말입니다. 사실
이곳에 사는 사람들 중 많은 이들은 전원 생활을 너무나도 끔찍하
게 여겨서, 진짜 시골 사람이라고는 말할 수가 없어요. 그 사람들은
아무것도 모르죠. 반달 족(5세기 서유럽을 침략하여 로마를 약탈한 게
르만의 한 종족. 로마 문화의 파괴자로 일컬어짐 ― 옮긴이) 같은 사람들
이에요. 예술과 자연미에 대해 무지한 파괴자들이죠! 그 사람들의
집안 꼬락서니라니. 아가씨 같은 분은 틀림없이 눈물을 흘리고 말
겁니다. 눈물이 나고말고요. 안 그렇습니까?"

조애너는 그 정도는 아닌 것 같다고 대답했다.

"그래도 내 말이 무슨 뜻인지는 잘 아시겠죠? 그 사람들은 정말 끔찍할 정도로 뒤섞어 놓았더군요! 아름다운 셰라톤의 작은 가구 한 점을 본 적이 있습니다. 섬세하고 완벽한, 수집가들이 탐낼 만한 것이었죠. 그런데 그 옆에는 빅토리아 시대의 예비 탁자와 암모니아로 찐 떡갈나무 회전식 책장이 놓여 있더군요. 세상에…… 암모니아로 찐 떡갈나무였다니까요."

그는 진저리를 치며 푸념했다.

"어떻게 그 사람들은 그렇게 눈이 멀 수가 있는 겁니까? 아름다움이란 삶의 유일한 가치 아닌가요? 두 분도 그렇게 생각하실 거라고 믿습니다."

그의 열정에 매혹된 조애너는 계속해서 "맞아요, 그래요, 정말이에요."를 연발하고 있었다.

"그런데 어째서 사람들은 보기 싫은 것들에 둘러싸여 살고 있는 걸까요?"

조애너는 파이 씨의 물음에 정말 이상한 일이라고 대답했다.

"이상한 일이라고요? 그건 범죄나 마찬가지입니다! 난 그걸 범죄라고 부를 겁니다! 그 사람들은 뭐라고 변명하는지 아십니까? 편하기 때문에, 아니면 특이하기 때문이라고 말합니다. 특이하다니! 정말 끔찍한 말이지요."

파이 씨가 말을 이었다.

"두 분이 살고 있는 집은 에밀리 바턴 양의 집이죠. 지금도 그곳은 참으로 매력적인 곳입니다. 또 그녀는 좋은 물건들을 많이 가지고 있어요. 꽤 훌륭한 편이죠. 그 중에 한두 개는 정말 최상급이랍니다. 바턴 양 역시 안목이 있어요. 비록 확신할 수는 없지만. 가끔씩 나는 그녀의 그런 안목이 그저 감상에 불과한 건 아닌지 걱정될 때가 있답니다. 바턴 양이 그 물건들을 가지고 있는 것은 어떤 동기, 그러니까 조화를 이루고자 하는 동기가 있어서라기보다는 그저 모친이 남겨 준 대로 그 물건들을 지키고 있는 거란 느낌이 들 때가 있으니까요."

파이 씨는 내게 시선을 돌리며 목소리를 바꾸었다. 그 순간 그는 열성적인 예술가에서 타고난 이야기꾼으로 변모했다.

"그 가족에 대해서 전혀 모르고 계시죠? 그래요, 그렇겠군요. 부동산 중개업자를 통해서 집을 구하셨을 테니 말입니다. 하지만 그 가족에 대해서는 아셔야 합니다! 내가 여기 왔을 때만 해도 바턴 양의 모친이 살아 있었어요. 굉장한 사람이었죠. 정말 대단한 사람이었어요! 무슨 뜻이냐 하면 괴물이었단 말입니다. 분명히 괴물 같은 여자였어요. 이미 지나간 빅토리아 시대의 괴물로, 딸들의 젊음을 집어 삼켜 버렸죠. 그래요, 그 때문에 그 가족은 지금 같은 결과를 맞이하게 된 거랍니다. 그 여자는 기념비적인, 그러니까 17세기의 기념비 같은 그런 존재였어요. 그리고 다섯 명의 딸들은 모두 그녀 주위에 매달려 있어야만 했죠. '이 계집애들아!' 노모는 딸들을 항상 그렇게 불렀답니다. '이 계집애들!'이라고요. 그때 이미 큰딸 나이가 예순이 넘었는데 말입니다. '이 멍청한 계집애들 같으니라고!' 때로는 이렇게 부르기도 했어요. 딸들은 모두 흑인 노예나 다름없었습니다. 어머니의 명에 따라 허드렛일을 해야 했죠. 딸들은 10시만 되면 잠자리에 들어야 했고, 침실에는 난로도 피우지 못하게 했어요. 친구들을 집에 초대하는 것도 있을 수 없는 일이었죠. 그 여자는 딸들을 경멸했습니다. 아무도 결혼을 하지 못했다고 말이에요. 하지만 사실 그런 생활 속에서는 누구를 만난다는 게 불가능한 일이었어요. 한번은 에밀리가 아니 아그네스였던가? 하여튼 자매 중 하나가 어떤 부목사와 사귄 적이 있지요. 하지만 남자의 집이 경제적으로 넉넉하지 못하다는 사실을 알자 그 노모가 만나지 못하게 했답니다!"

"소설에서나 있을 법한 이야기네요."

조애너가 말했다.

"오, 그렇죠. 그리고 그 끔찍한 늙은 여자는 죽었어요. 하지만 그때는 이미 너무 늦어 버렸지요. 딸들은 그 집에서 계속 살면서 생전에 어머니가 바랐던 것처럼 조용한 목소리로 이야기를 나누며 지냈답니다. 심지어는 죽은 어머니 방의 벽지를 바꾸는 것조차 죄책감을 느끼면서요. 그들은 그렇게 계속 조용히 살았죠……. 하지만 딸들은 그렇게 건강하지가 못해서 한 명씩 차례로 죽기 시작했답니다. 에디스는 유행성 감기에 걸려서 죽었고, 미니는 수술까지 받았지만 끝내 회복되지 못했죠. 메이블은 뇌졸증으로 쓰러졌어요. 에밀리는 헌신적으로 언니들을 보살폈답니다. 불쌍하게도 지난 10년 동안 그녀는 언니들을 간호하느라고 꼼짝도 못했어요. 아주 매력적인 여자인데 말이에요, 안 그런가요? 드레스덴 도자기 같은 여인이죠.

돈에 욕심을 낸 게 유일한 흠이라고 할까. 결국 투자한 것들이 전부 가치가 땅에 떨어지고 말았지만."

"저희가 그 집에 살게 된 게 괜히 바턴 양께 미안한데요."

조애너가 말했다.

"아니요, 아닙니다. 아가씨가 그런 느낌을 받을 필요는 없습니다. 에밀리는 충실한 플로렌스가 잘 보살펴 주고 있는 데다가, 두 분 같은 좋은 분들에게 집을 빌려 주게 되어서 기쁘다고 제게도 말했으니까요."

이 대목에서 파이 씨는 눈썹을 살짝 찌푸렸다.

"에밀리는 자기가 정말 운이 좋다고 말하더군요."

"그 집은 정말 분위기가 아늑합니다."

내 말에 파이 씨가 나를 흘긋 쳐다보았다.

"정말입니까? 그렇게 느끼시나요? 아주 흥미롭군요. 진짜 놀랐습니다. 예, 정말 놀랍군요."

"그건 무슨 뜻이죠?"

조애너의 물음에 파이 씨는 통통한 손을 활짝 펼쳐 보이며 대답했다.

"아무것도 아닙니다. 아니에요. 그저 놀랐을 뿐입니다. 나도 분위기라는 걸 믿는 사람이니까요. 사람들은 저마다 생각과 감정이 있지 않습니까? 사람들은 벽지나 가구를 통해 인상을 남기지요."

나는 잠시 아무 말 없이 주위를 둘러보았다. 그리고 수도원장의 사택 분위기는 어떻게 표현할 수 있을지 생각해 보았다. 그런데 정말 이상하게도 이곳에서는 어떤 분위기도 느껴지지가 않았다! 그건 정말 주목할 만한 일이었다.

나는 그 점에 대해 오랫동안 생각하느라 한참 동안 조애너와 파이 씨가 나누는 대화를 거의 듣지 못했다. 그러다가 조애너가 작별 인사를 하는 소리가 듣고 나서야 정신을 차릴 수 있었다. 나는 몽상에서 빠져나와 파이 씨에게 인사를 건넸다.

우리는 현관 앞까지 같이 갔다. 현관 앞에 다가섰을 때, 우편함에서 편지 한 통이 바닥으로 떨어졌다.

"오후 우편인가 보군."

파이 씨는 중얼거리며 그 편지를 집어 들었다.

"자, 우리 젊은 분들, 다시 한 번 찾아와 주겠습니까? 이런 기분을 이해할지 모르겠지만, 마음을 터놓고 이야기하는 이런 만남을 가진다는 건 정말 즐거운 일입니다. 특히 예술적 안목이 뛰어난 분과는 더욱 그렇죠. 이미 아시겠지만 이곳에는 좋은 사람들이 많이 살아요. 하지만 만일 버턴 씨가 발레에 대한 이야기를 꺼낸다면, 여기 사람들은 기껏 한쪽 발끝으로 돌기나 툴 스커트, 「너티 나인티스」에서 오페라 안경을 든 나이 든 신사들의 모습밖에 떠올리지 못할 겁니다. 정말이에요. 시대적으로 50년은 뒤처진 곳이니까 말입니다. 그것이 내가 이곳 사람들을 상대하지 못하는 이유이기도 하죠. 사실 영국의 시골 중에는 좋은 곳이 많이 있습니다. 하지만 고립되어 있죠. 림스톡도 그런 곳 중에 하나입니다. 어쨌든 수집가의 시각에서 봤을 때는 아주 흥미로운 곳입니다. 여기 있을 때면 언제나 무방비한 상태로 지내는 것처럼 느껴집니다. 이렇게 평화로운 곳에서는 아무 일도 일어나지 않으니까요."

우리는 다시 한 번 악수를 나누었다. 그는 내가 차에 오르는 것을 과장스럽게 챙기며 도와주었다. 조애너는 운전대를 잡고 깨끗하게 손질되어 있는 잔디밭을 조심스럽게 돌아 직선 도로에 접어들었다. 그리고 저택 계단에 서 있던 파이 씨를 향해 손을 흔들었다. 나도 인사를 하려고 몸을 앞으로 숙였다.

하지만 우리의 작별 인사는 무시당했다. 파이 씨는 그때 편지를 뜯어 보고 있었다.

그는 손에 든 편지지를 노려보며 가만히 서 있었다.

조애너가 예전에 그를 가리켜 토실토실하고 발그레한 아기 천사 같다고 했던 적이 있다. 그는 여전히 통통했지만, 지금 그의 모습은 도저히 아기 천사 같다고 할 수 없었다. 얼굴은 거의 보라색으로 보일 만큼 피가 몰려 있었고, 분노와 놀라움으로 일그러져 있었다.

그 순간 나는 그 편지 봉투가 어쩐지 눈에 익다는 사실을 깨달았다. 처음 봤을 때는 바로 알아차리지 못했다. 그 편지도 금세 알아보지 못하고 무의식적으로 지나쳐 버리게 되는 그런 것들 중 하나였다.

조애너가 말했다.

"세상에, 무엇 때문에 저렇게 기분이 나빠진 거지?"

"아무래도 보이지 않는 손이 또다시 일을 저지른 모양이야."

동생이 놀란 얼굴로 나를 돌아보는 순간, 자동차는 차도를 벗어났다.

"조심해야지."

내가 주의를 주었다.

조애너는 다시 차도 쪽으로 시선을 돌렸다. 동생이 얼굴을 찌푸렸다.

"파이 씨가 받은 저 편지가 지난번에 우리가 받았던 것하고 똑같은 거라는 소리야?"

"아마도."

"이 동네 대체 왜 이래? 영국에서 보기 드물게 조용하고, 마냥 평화롭기만 한 것처럼 보이는 곳에서 어떻게……."

내가 동생의 말을 가로챘다.

"파이 씨 말에 따르면 아무 일도 일어나지 않을 곳이지. 그 사람은 때를 잘못 택해서 말한 것 같네. 이미 뭔가가 일어나고 있으니까."

"오빠, 대체 누가 그런 편지를 보내는 걸까?"

나는 어깨를 으쓱했다.

"난들 알겠니? 머리에 나사가 하나쯤 풀린 바보가 살고 있는 모양이지."

"도대체 왜 그런 짓을 하는 거지? 이건 너무 상식에서 벗어나는 일이잖아."

"그 이유를 알고 싶으면 프로이트와 융을 읽어야 할 거야. 아니면 의사인 오웬 그리피스한테 가서 물어보든가."

조애너가 고개를 저었다.

"오웬은 날 좋아하지 않아."

"그 사람은 네 얼굴조차 잘 모를 텐데."

"내가 누군지 분명히 알고 있어. 하이 스트리트 같은 곳에서 자주 마주쳤단 말이야."

"정말 이상한 일이구나. 이제까지 널 싫어하는 사람은 없었는데 말이야."

내가 안됐다는 투로 말했다.

조애너가 다시 얼굴을 찌푸렸다.

"몰라, 어쨌든 이 일은 심각한 것 같아. 오빠, 도대체 익명의 편지는 왜 쓰는 걸까?"

"아까도 말했잖아. 머리가 살짝 이상한 사람이 하는 짓이라고. 내 생각에는 편지를 보냄으로써 어떤 충동을 만족시키고 있는 것 같아. 만일 누군가 냉대를 받았다거나, 무시를 당했다거나, 좌절할 만한 일이 있거나, 아니면 생활이 너무나도 단조롭고 공허하다면, 행복하고 즐거워 보이는 사람들을 보이지 않는 곳에서 공격하고 싶어지지 않을까?"

조애너가 몸을 떨었다.

"기분 나빠."

"그래, 기분 나쁜 일이지. 이런 시골에 사는 사람들은 근친혼을 하곤 하잖아. 그러다 보니 괴짜들이 많아진 게 아닐까."

"누군지는 몰라도 제대로 배우지 못하고, 말도 제대로 못하는 사람이 아닐까? 교육을 더 받으면……"

조애너는 말을 맺지 못했다. 나는 아무 말도 하지 않았다. 이제는 교육이 모든 문제에 만병통치인 것처럼 생각할 수 없었다.

우리가 시내를 가로지르는 동안, 난 하이 스트리트를 걷고 있는 몇몇 사람들을 호기심 어린 눈으로 쳐다보았다. 무거운 짐을 지고도 씩씩하게 걸어가고 있는 저 여자들 중에 하나가 평온한 얼굴 뒤로 악의를 감추고 있을지도 몰랐다. 다음에는 누구에게 앙심을 터뜨릴까 계획하면서.

하지만 난 여전히 이 일을 그렇게 심각하게 여기지 않고 있었다.

II

이틀 후, 우리는 사이밍턴 가에서 있었던 브리지 모임에 참석했다. 그날은 토요일 오후였다. 사이밍턴 부부는 항상 브리지 모임을 토요일에 주최했는데, 그날이 법률 사무소가 쉬는 날이기 때문이었다.

브리지용 탁자는 두 개가 놓여 있었다. 이 모임에 참석한 사람은 사이밍턴 부부와 우리 남매, 그리피스 양과 파이 씨, 바턴 양과 애플턴 대령이었다. 애플턴 대령은 여기서 10킬로미터 가량 떨어진 컴 에이커에 사는 사람으로, 이번에 처음 만났다. 그는 아주 고지식한 사람의 완벽한 전형으로 보였는데, 나이는 대략 예순 살쯤이었고 엄청난 점수 차로 이기는 게임을 좋아한다고 했다. 그리고 조애너에게 지나치게 관심을 보이면서 내내 시선을 떼지 못했다.

나는 동생이 오랜만에 림스톡에 나타난 매력적인 여성이라는 사실을 인정하지 않을 수 없었다.

우리가 도착했을 때 가정교사인 엘시 홀랜드는 화려한 책상 속에서 여분의 브리지 점수 판을 찾고 있었다. 그녀는 처음 만났을 때와 마찬가지로 천사 같은 모습으로 부드럽고 유연하게 움직이고 있었다. 하지만 이번에는 그 모습에 매혹되지 않았다. 안타깝게도 그토록 완벽하게 사랑스러운 얼굴과 몸매가 전혀 매력적이지 않다는 건 일종의 낭비였다. 지금 보니 그녀의 하얀 이가 유난히 크다는 것과 웃을 때 잇몸이 보인다는 사실을 알게 되었다. 불행하게도 말을 더 듣기까지 했다.

"사이밍턴 부인, 이거면 안 될까요? 제가 너무 멍청해서 지난번에 점수 판을 어디다 두었는지 기억이 나지를 않네요. 다 제 잘못이에요. 그때 손에 점수 판을 들고 있다가 브라이언이 큰 소리를 지르며 장난감 기차를 쫓아 나오는 바람에 그애를 쫓아갔거든요. 그때 어딘가에 놔두고 나갔는데 그게 어딘지 도무지 생각이 나지가 않아요. 이게 그때 그 점수 판이 아니라는 건 저도 알아요. 그 점수 판은 가장자리가 약간 노란색이었으니까요. 아그네스에게 차는 5시에 내라고 말할까요? 전 시끄럽지 않게 아이들을 데리고 롱 바로에 가 있을게요."

착하고 밝은 아가씨였다. 나는 조애너와 시선이 마주쳤다. 그 애는 웃고 있었다. 난 동생을 노려보았다. 짜증나는 일이지만, 조애너는 언제나 내가 무슨 생각을 하는지 알고 있었다.

우리는 자리에 앉아 브리지를 하기 시작했다.

나는 이내 림스톡 사람들의 브리지 순위를 알게 되었다. 사이밍턴 부인은 굉장한 브리지 실력을 가지고 있었고 게임에도 열성적이었다. 대부분 배우지 못한 여자들과 달리 그녀는 멍청하지 않았고 타고난 날카로움이 있었다. 그녀의 남편 역시 상당한 수준의 실력을 가지고 있었지만, 약간 지나치게 신중한 편이었다. 파이 씨는 재기가 뛰어난 사람이었다. 그는 상대방의 심리를 읽는 신비한 능력을 가지고 있었다. 조애너와 나는 사이밍턴 부인과 파이 씨와 함께 점잖게 게임을 했다. 하지만 다른 탁자에서 사이밍턴 씨는 같이 카드를 치는 나머지 세 명을 요령껏 상대하며 분위기를 맞추어야 하는 상황이었다. 애플턴 대령은 앞서도 말했듯 큰 점수 차로 이기고 있었다. 내가 돌아보니, 예상대로 바턴 양의 성적이 가장 좋지 않았다. 하지만 그녀는 언제나 그렇듯이 그런 상황조차 즐기고 있는 듯 보였다. 바턴 양은 다른 사람이 내는 것과 똑같은 카드를 따라 내고 있었는데, 손에 남아 있는 패를 보아서는 그다지 바람직하지 못한 선택이었다. 그녀는 계속 점수가 어떻게 되는지도 모르는 채 불리한 패만 내놓고 있었고, 사실 승패에는 관심조차 없는 것처럼 보였다. 가끔 자기가 무엇을 하고 있는지조차 잊어버린 것처럼 보일 정도였다. 에이미 그리피스의 카드 실력은 그녀의 말 한마디로 요약할 수 있었다. "전 어리석은 것 같지 않아서 브리지 게임이 좋아요. 그래서 전 카드를 치는 중에 쓸데없는 말을 하지 않는답니다. 항상해야 할 말만 하죠. 그리고 승부가 결정되고 난 뒤에 검토 같은 건할 필요가 없어요! 이건 그저 카드 놀이에 불과하잖아요?" 이런 사람들을 상대로 게임을 해야 하는 사이밍턴 씨는 그다지 편안해 보이지 않았다.

게임은 조화롭게 계속 이어졌다. 그런 와중에도 가끔씩 애플턴 대령은 조애너를 멍하니 쳐다보곤 했다.

식당의 커다란 둥근 식탁에 차가 준비되었다. 우리가 차를 다 마셨을 때, 활기차고 요란한 소년 둘이 뛰어 들어왔다. 사이밍턴 부인은 아이 아버지 못지않게 자부심 넘치는 표정으로 아이들을 우리에게 인사시켰다.

그때 내 접시 위로 그림자가 드리워졌다. 돌아보니 메건이 좌우로 열리는 유리창 앞에 서 있었다.

"아, 메건도 있었구나."

사이밍턴 부인이 말했다.

그녀의 목소리에는 희미하게 놀란 기색이 어려 있었다. 마치 메건의 존재를 잊어버리고 있었다는 말처럼 들렸다.

메건이 어색하게 들어와 인사하자 사이밍턴 부인이 말했다.

"그만 네가 마실 차를 준비해야 한다는 걸 잊어버렸구나. 홀랜드 양이 네 동생들을 데리고 밖에 나가는 바람에 오늘은 육아실에 차를 준비하지 못했지 뭐니. 네가 동생들과 같이 있지 않았다는 걸 깜박했다."

메건이 고개를 끄덕였다.

"괜찮아요. 부엌에 가서 마시면 되니까."

그녀는 몸을 웅크린 채 식당에서 나갔다. 평상시와 똑같이 단정하지 못한 옷차림이었고 스타킹에는 구멍이 나 있었다.

사이밍턴 부인이 사과의 미소를 지으며 말했다.

"불쌍한 메건. 저 나이 때는 아무래도 다루기가 힘들어요. 요즘에는 여자 애들이 다 자라기도 전에 학교를 졸업하다 보니 수줍음도 많고 어색해서 말이에요."

그때 조애너가 고개를 쳐들었다. 그건 그 애가 호전적인 기분이 들 때 취하는 행동이라는 걸 나는 안다.

"하지만 메건은 벌써 스무 살이 되지 않았나요?"

조애너가 물었다.

"아, 맞아요. 이제 스무 살이죠. 하지만 저 애는 나이보다 많이 어리답니다. 아직도 어린아이 같지요. 난 여자 애들이 너무 빨리 어른이 되는 것보다는 그 편이 낫다고 생각해요."

사이밍턴 부인은 웃으며 말을 이었다.

"엄마들이란 아무래도 아이들이 계속 아기로 남아 있길 바라는 법인가 봐요."

"전 그렇게 생각하지 않아요. 무엇보다도 자식이 몸은 다 성장했는데, 정신 연령은 여섯 살로 남아 있다면 그건 정말 이상한 일 아닌가요?"

조애너가 말했다.

"버턴 양, 난 그런 뜻으로 한 말이 아니었어요."

그 순간 나는 사이밍턴 부인이 마음에 들지 않았다. 저 빈혈기가 있는 호리호리하고 예쁘장한 여자는 이기적이고 욕심 많은 본성을 감추고 있는 것처럼 보였다. 부인이 다시 입을 열자 난 그녀가 더욱 더 싫어졌다.

"불쌍한 메건, 저 애는 정말 다루기 어려운 아이예요. 그래서 걱정이랍니다. 난 저 애가 할 일이나 배워 볼 일을 찾아 주려고 애를 썼어요. 디자인이나 양재, 속기 타자 같은 것을 배우게 해 보았죠."

조애너의 눈은 여전히 호전적으로 빛나고 있었다. 우리가 브리지 탁자에 다시 앉자 그 애가 말했다.

"제가 보기에는 메건을 파티 같은 곳에 보내는 게 좋을 것 같은데요. 춤은 가르쳐 주셨나요?"

사이밍턴 부인이 깜짝 놀라며 대답했다.

"춤이오? 아, 아니요. 이곳 사람들은 그런 걸 좋아하지 않아요."

"그래요? 그럼 테니스 모임 같은 것밖에 없겠군요."

"우리는 테니스 코트를 지난 몇 년간 한 번도 이용하지 않았답니다. 리처드나 나나 테니스를 치지 않아요. 아마 나중에 아이들이 크고 나면 그때나 하게 될까……. 아, 메건이 할 만한 일은 많을 거예요. 빈둥거리는 걸 너무 좋아하지만 말이에요. 그런데 내가 패를 돌렸던가요? 두 판이나 승부가 나지 않는군요."

얼마 후, 우리는 집으로 돌아갔다. 조애너는 차가 튀어 오를 정도로 거칠게 액셀러레이터를 밟으며 말했다.

"그 아가씨, 너무 불쌍한 것 같아."

"메건 말이야?"

"응, 그 아가씨 엄마가 딸을 좋아하지 않잖아."

"진정해, 조애너. 그렇게 심한 정도는 아니었어."

"그래. 나도 알아. 자기 자식을 싫어하는 엄마들이야 수없이 많지. 내가 볼 때 메건은 그 집에서 아주 곤란한 입장인 것 같아. 한마디로 방해가 되는 거지. 사이밍턴 가족의 단란한 생활에 말이야. 메건만 없으면 완벽한 가정을 이룰 수 있잖아. 예민한 사람이라면 그런 분위기가 너무 불행하게 느껴질 거야. 그런데 메건은 아주 예민하잖아."

"그래, 나도 그렇다고 생각해."

그리고 나는 잠시 아무 말도 하지 않았다.

조애너가 갑자기 장난기 어린 웃음을 터뜨렸다.

"오빠, 그 여신 일은 운이 나빴어."

"무슨 소리를 하는지 모르겠는데."

내가 점잖게 대꾸했다.

"말도 안 되는 소리. 오빠가 그 여자를 볼 때마다 남자로서 안타깝게 여기는 게 얼굴에 다 씌어 있던걸, 뭐. 나도 오빠하고 같은 생각이야. 아무 매력도 없으면서 그런 미모를 가지고 있는 건 일종의 낭비지."

"네가 무슨 말을 하는 건지 난 모르겠다."

"하지만 그래도 난 기뻤어. 완전히 기운을 되찾았다는 최초의 증거니까. 사실 오빠가 요양소에 있는 동안 무척 걱정했단 말이야. 그동안 아주 예쁜 간호사들을 봐도 오빠는 아무런 관심도 보이지 않았잖아. 굉장히 매력적이고 활발한 여자도 있었는데 말이야, 하느님이 환자에게 내리신 선물 같은."

"그건 절대로 그런 게 아니야, 조애너."

내 부정적인 대답에도 아랑곳없이 조애너는 계속 자기 말을 이어 나갔다.

"오빠가 여자에게 시선을 주는 걸 보고 나니 안심이 되더라. 사실 그 여자 정말 예쁘긴 하잖아? 안타깝게도 성적인 매력이 없어서 완벽하다고 할 수는 없지만. 그런데 정말 이상하지, 오빠? 어떤 여자한테는 있고, 또 어떤 여자한테는 없는 매력이라는 건 대체 뭘까? 이를테면 어떤 여자가 있는데, 할 줄 아는 얘기가 '시시한 날씨 이야기'밖에 없다고 해도 남자들이 그 여자와 같이 있고 싶게 만드는 그런 게 매력이겠지? 내 생각에는 하느님이 그 여자를 만드실 때 실수를 하신 것 같아. 아프로디테에게 외모와 몸매 그리고 매력까지 함께 주려고 했는데, 그만 실수로 그 매력이 평범하고 볼품없는 여자에게 가 버린 거지. 이를테면 다른 여자들은 모두 '어떤 남자가 저런 여자를 만나겠어. 정말 못생긴 여자잖아!'라고 말할 그런 여자한테 말이야."

"이제 말 다 했어?"

"그래, 오빠도 그렇게 생각하지 않아?"

나는 싱긋 웃었다.

"그녀한테 실망했다는 점은 인정하마."

"이곳에 오빠 눈에 들 만한 여자가 또 있을지 모르겠네. 아무래도 에이미 그리피스한테 기대해 보는 편이 좋지 않을까."

"제발 참아 다오."

"그래도 그만하면 꽤 예쁜 얼굴이잖아."

"너무 여장부 같아서 나한테는 안 맞아."

"그 여자는 그래도 인생을 꽤 즐기면서 사는 것 같던데. 하긴 활기도 지나치면 징그럽지. 난 그 여자가 매일 아침 찬물로 목욕한다고 해도 놀라지 않을 것 같아."

"그건 그렇고 너는 앞으로 어떻게 할 셈이야?"

"나?"

"그래, 어쨌든 너도 여기서 기분 전환할 일이 필요할 거라고 생각하는데."

"여기서 누구를 만나란 말이야? 오빠는 벌써 폴에 대한 일을 잊어버렸어?"

조애너는 한숨을 내쉬며 말했다.

"그 친구에 대해서는 내가 너보다 오래 기억할 거다. 넌 열흘만 지나면 이렇게 말할걸? '폴이라고? 폴이 대체 누구야? 난 폴이라는 사람 몰라.'"

"오빠는 정말 나를 변덕스러운 애로 생각하는구나."

"폴 같은 친구를 좋아했으니 문제지. 난 네가 그 남자랑 헤어져서 다행이라고 생각한다."

"오빠는 그 사람을 좋아하지 않았으니까. 하지만 그이는 정말 천재야."

"그럴지도 모르지. 그것도 좀 의심스럽기는 하다만. 어쨌든 내가 들은 대로라면 천재라는 친구들이 정말 싫어지더라. 다행히 여기서는 네가 천재라고 주장하는 그런 사람들을 찾을 수 없겠지."

조애너는 고개를 옆으로 돌린 채 잠시 생각에 잠겼다. 그러고는 아쉽다는 듯 대답했다.

"그렇겠지."

"넌 오웬 그리피스나 기대해 보는 편이 좋을 거야. 그 남자만 임자가 없는 모양이니까. 아니면 늙은 애플턴 대령이나 상대해야 할지도 몰라. 오후 내내 그 사람이 굶주린 블러드하운드처럼 널 쳐다보고 있더라."

조애너가 웃음을 터뜨렸다.

"그분이 그랬단 말이야? 그건 진짜 곤혹스러운 일인데."

"마음에도 없는 소리 하지 마. 네가 그 정도 일로 난처해할 애가 아니라는 거 잘 알고 있으니까."

조애너는 대문을 지나 차고 앞에 차를 세울 때까지 아무 말도 하지 않더니 문득 말했다.

"오빠 생각처럼 정말 뭐가 있는 건지도 몰라."

"무슨 소리야?"

"어떤 남자가 길에서 나만 마주치면 의도적으로 피하는 이유를 모르겠어. 다른 건 둘째 치고라도 그건 정말 무례한 거잖아."

"알겠다. 넌 냉정하게 그 남자를 잡을 생각이구나."

"글쎄, 난 날 피하는 게 싫을 뿐이야."

나는 차에서 천천히 조심스럽게 내린 다음, 목발로 균형을 잡았다. 그리고 동생에게 한마디 충고를 해 주었다.

"이것만 말해 줄게, 조애너. 오웬 그리피스는 이제까지 네가 만났던 유약하고 푸념이나 늘어놓으며 예술가인 척하는 젊은 친구들과는 전혀 다른 사람이야. 조심하지 않으면 곤경에 처하게 될지도 몰라. 위험한 남자일 수도 있어."

"와, 정말 그렇게 생각해?"

조애너가 재미있다는 듯 되물었다.

"그 불쌍한 친구는 그냥 내버려 두도록 해."

나는 단호하게 말했다.

"그래도 그 사람, 내가 오는 걸 봤으면서 어떻게 길을 건너가 버릴 수가 있어?"

"정말 여자들은 똑같다니까. 같은 얘기를 자꾸만 되풀이하니 말이야. 내가 잘못 알고 있는 게 아니라면 넌 오웬의 누나인 에이미에게 총을 맞게 될 거다."

"그 여자는 벌써 날 싫어하는걸."

그녀는 생각에 잠긴 듯 보였지만, 어딘지 만족스러운 모습이었다.

"우린 평안과 안식을 찾아 이곳까지 왔어. 그러니까 난 그렇게 지냈으면 좋겠다."

나는 분명히 말했다.

하지만 그때 이미 평안과 안식은 우리와 멀리 떨어져 있었다.

제4장

I

내가 기억하기로 그날은 그로부터 일주일쯤 지난 뒤였다. 파트리지가 베이커 부인이 찾아왔으며, 괜찮다면 나를 잠시 만나고 싶어 한다고 전해 주었다. 베이커 부인은 전혀 생소한 이름이었다.

"베이커 부인이 누구지? 내가 아니라 조애너를 만나러 온 건 아닌가요?"

내가 어리둥절해하며 물었다.

하지만 그 여자가 만나고 싶어 하는 사람은 분명히 나였다. 알고 보니 베이커 부인은 비어트리스의 엄마였다.

나는 비어트리스에 대해서는 까맣게 잊어버리고 있었다. 이미 2주 전부터 희끗희끗한 머리를 묶은 중년 여자가 욕실이나 계단, 복도에서 일을 하다 내가 나타나면 뒤로 물러서는 데 익숙해졌기 때문이다. 내가 알기로 그 여자는 새로 오게 된 파출부였다. 그래서 비어트리스에 대한 일은 이미 내 머릿속에서 사라지고 없었다.

비어트리스의 엄마를 만나지 않겠다고 거절해 보려 했지만, 조애 너도 나가고 없는 상황이라 어쩔 수가 없었다. 아무래도 그 일의 책임 소재를 밝히는 가벼운 실랑이가 생길 것 같았다. 나는 진심으로 비어트리스의 애정 관계에 연루되어 비난받지 않기만을 바라고 있었다. 그리고 이런 일을 당하게 만든, 익명의 편지를 쓴 사람을 저주했다.

결국 나는 비어트리스의 엄마를 들여보내라고 큰 소리로 말했다.

베이커 부인은 몸집이 크고 햇빛에 잔뜩 그을은 여자로, 속사포처럼 말을 쏟아 내었다.

나는 일단 그 여자에게서 분노나 비난의 기미가 보이지 않는 것을 알고 안도했다.

안내해 준 파트리지가 문을 닫고 나가자마자 그 여자는 말문을 열었다.

"선생님, 제가 이렇게 찾아와 방해가 되지 않았나 모르겠어요. 하지만 제 생각에 찾아뵐 만한 분이 선생님밖에 없어서 말이에요. 제가 처한 상황에 대해서 선생님께서 의견을 말씀해 주신다면 정말 감사하게 생각하겠습니다. 아무래도 무슨 일이 일어날 것만 같아서요. 그래서 기회를 봐서 이렇게 찾아와 말씀드리는 겁니다. 불평하고 한탄해 봐야 아무 소용도 없을 뿐더러, 교구 목사님도 지난 설교 때 '일어나서 행동하라.'고 말씀하셨거든요."

나는 뭐가 뭔지 알 수가 없었다. 아무래도 이 대화에서 뭔가 중요한 점을 놓치고 있는 것 같았다.

"일단, 여기 자리에 좀 앉으시지요, 베이커 부인. 도움이 된다면 저도 기쁘겠습니다만……."

나는 그녀가 자리에 앉을 때까지 기다렸다.

"고맙습니다, 선생님."

베이커 부인은 의자에 살짝 걸터앉았다.

"정말 좋으신 분이라는 건 알고 있었어요. 이렇게 찾아뵐 수 있어서 다행이라고 비어트리스에게도 말했지요. 그 애가 침대에 누워 울부짖고 있기에 전 말했답니다. 어떻게 해야 할지 버턴 씨는 알고 계실 거라고 말이에요. 런던에서 온 신사분이니까요. 아무래도 무슨 일이 일어날 것만 같아 불안해 죽겠어요. 젊은 남자 애가 너무 흥분해서 도대체 이성적으로 이야기를 해도 알아듣지 못하고 있답니다. 여자가 뭐라고 말해도 듣지 않는다니까요. 어쨌든 전 비어트리스에게 말했어요. 내가 너라면 할 수 있는 한 잘해 주겠다, 그리고 그 제분소 여자 아이는 어떻게 되었느냐고 말입니다."

나는 더 종잡을 수가 없었다.

"죄송합니다만, 무슨 말씀을 하시는 건지 도무지 이해하지 못하겠습니다. 무슨 일이 있었습니까?"

"편지요, 선생님. 그 사악한 편지들 말입니다. 음란한 내용이 담겨 있더군요. 성경에서는 절대로 찾아볼 수 없는 그런 말들로 씌어 있었어요."

이제 흥미는 사라져 버렸다. 난 자포자기한 채 말했다.

"따님이 그런 편지를 여러 통 받았습니까?"

"아니에요, 선생님. 그 애는 한 통밖에 받지 않았어요. 여기를 그만둘 때 받았던 편지뿐이죠."

"꼭 그 편지 때문에 그만두게 한 건 아니었습니다……."

내가 변명하듯 말하려 했지만, 베이커 부인은 단호하고도 정중하게 내 말을 가로막았다.

"그렇게 말씀하실 필요 없어요, 선생님. 그 편지에 씌어 있던 내용은 모두 사악한 거짓말이었으니까요. 전 파트리지 양의 말을 믿었을 뿐만 아니라, 그 전부터 선생님이 도저히 그러실 분이 아니라는 걸 잘 알고 있었답니다. 더군다나 선생님은 환자분이시지 않습니까. 그건 전부 사악하고 믿을 수 없는 거짓말이에요. 하지만 전 비어트리스에게 차라리 그 집을 나오는 게 낫겠다고 말했어요. 사람들 사이의 소문이란 게 어떤 건지 아니까요. 사람들은 아니 땐 굴뚝에 연기 나느냐고 말하잖아요. 여자는 아무리 조심해도 지나치지 않죠. 더군다나 그런 편지를 본 후에는 우리 아이가 먼저 수치스러움을 느끼고 있었거든요. 그래서 전 비어트리스가 이 집 일을 그만두었다고 할 때 '잘했다.'고 말해 주었죠. 물론 우리 모두에게 괴로운 일이었지만……."

마무리할 만한 다른 말을 찾지 못했는지 베이커 부인은 깊이 한숨을 내쉬고 다시 말을 이었다.

"그리고 그걸로 이 지저분한 일이 모두 끝나기만을 바랐어요. 하지만 그만 차고의 조지가 비어트리스가 관련된 편지를 받은 거예요. 우리 아이에 대해 정말 끔찍한 말이 씌어 있는 편지였죠. 프레드 레드베터의 아들인 톰과 어떻게 하고 다니느니 하는 내용이었어요. 분명히 말씀드리지만, 선생님, 제 딸아이는 그 남자와 겨우 지나치면서 인사나 나누는 정도의 사이랍니다."

내 머릿속은 레드베터 씨의 아들인 톰이라는 새로운 인물의 등장으로 한층 더 복잡해졌다.

"그러니까 한마디로 하면, 비어트리스의…… 그러니까 남자 친구가 익명의 편지를 받고 그녀가 다른 젊은 남자와 관계가 있다고 오해하고 있다는 말씀인가요?"

"그렇답니다, 선생님. 정말 좋은 말은 한마디도 씌어 있지 않았어요. 끔찍한 내용이었죠. 그 편지를 본 젊은 조지는 노발대발하면서, 비어트리스한테 쫓아와 더 이상 이런 일들을 도저히 참을 수가 없다고 말하면서, 어떻게 자기 몰래 다른 남자들과 놀아날 수가 있느냐고 하더군요. 물론 우리 아이가 전부 거짓말이라고 얘기했지만 그는 아니 땐 굴뚝에 연기가 나겠냐고 하면서 불같이 화를 내며 나가 버렸답니다. 그래서 지금 비어트리스는 어떻게 해야 할지 모르고 있어요. 불쌍한 것 같으니. 그래서 저는 그 자리에서 일어나 모자를 쓰고 곧장 선생님을 찾아온 거랍니다."

베이커 부인은 말을 멈추고는 기대에 찬 눈으로 나를 바라보았다. 마치 재주를 부린 개가 상을 기대하는 그런 표정이었다.

"그런데 왜 저를 찾아오신 겁니까?"

"저를 이해해 주세요, 선생님. 편지 중에 선생님과 연관된 것도 있고, 아무래도 런던에서 오신 신사시니까 이럴 때 어떻게 해야 좋을지 알고 계실 거라고 생각했어요."

"제가 부인이라면 곧장 경찰에 가겠습니다. 그런 일이 또 있어서는 안 되니까 말입니다."

베이커 부인은 큰 충격을 받은 표정이었다.

"오, 그건 안 돼요. 선생님. 경찰서에 갈 수는 없어요."

"왜 안 된다는 거죠?"

"이제까지 경찰에 연루된 적은 한 번도 없었으니까요. 우리 중에 그런 사람은 아무도 없었어요."

"아마 그러셨겠죠. 하지만 이런 종류의 일을 해결해 줄 사람은 경찰밖에 없습니다. 이건 경찰이 할 일이에요."

"버트 루들을 찾아가란 말씀인가요?"

버트 루들은 나도 아는 경관이었다.

"경찰서에 가면 경사도 있을 거고, 경위도 있을 겁니다."

"저보고 경찰서에 가란 말씀인가요?"

베이커 부인의 목소리에는 그것은 있을 수 없는 일이라는 비난이 담겨 있었다. 나는 그 자리가 불편해지기 시작했다.

"그게 제가 부인께 드릴 수 있는 유일한 충고입니다."

베이커 부인은 도저히 납득할 수 없다는 듯 아무 말도 하지 않았다. 그리고 생각에 잠기는가 싶더니 열성적으로 입을 열었다.

"이런 일이 다시는 일어나지 못하게 해야 해요, 선생님. 반드시 멈춰야 해요. 안 그러면 머지않아 큰 문제가 일어날 거예요."

"이미 문제는 일어난 것 같은데요."

"전 폭력적인 문제를 말씀드리는 거예요. 젊은이들은 보통 감정에 사로잡혀 폭력을 행사하니까요. 나이 든 사람도 마찬가지고요."

"그런 편지를 받은 사람이 많습니까?"

베이커 부인은 고개를 끄덕였다.

"상황은 점점 더 나빠질 거예요. 블루 보어에 사는 비들 부부는 원래 아주 행복하게 살고 있었어요. 그런데 근래에 편지를 받아 보고는 비들 씨가 부인을 의심하게 되고 말았죠. 그뿐만이 아니랍니다, 선생님."

난 몸을 앞으로 숙였다.

"베이커 부인, 혹시 누가 이런 끔찍한 편지를 써서 보내는 건지 알고 계십니까?"

놀랍게도 그녀가 고개를 끄덕였다.

"우리 모두 알고 있어요, 선생님. 그럼요, 잘 알고 있죠."

"그게 누굽니까?"

나는 그녀가 그 이름을 밝히고 싶어 하지 않을 거라고 생각했다. 하지만 부인은 즉시 대답했다.

"그건 클리트 부인이에요. 우리 모두 그 여자가 한 짓이라고 생각해요, 선생님. 클리트 부인의 짓이 틀림없어요."

그날 아침 너무나도 많은 사람들의 이름을 들어 나는 정신이 없었다.

"클리트 부인이 누구죠?"

알아낸 바에 따르면 클리트 부인은 나이가 많은 임시 고용 정원사의 아내였다. 그녀는 제본소로 가는 길에 있는 오두막 집에서 살고 있었다. 거기까지는 쉽게 대답이 나왔지만, 그 다음 질문부터는 답이 제대로 나오지 않았다. 클리트 부인이 왜 그런 편지를 써서 보내느냐는 질문에 베이커 부인은 그저 "그 여자는 그런 걸 좋아해요."라는 식의 막연한 대답밖에 하지 못했다.

마침내 부인이 자리에서 일어났을 때, 나는 다시 한 번 경찰에 가라고 충고를 해 주었다. 하지만 베이커 부인은 경찰을 찾아가지 않을 것 같았다. 나는 그녀가 무척 실망한 채 우리 집을 떠났다는 인상을 받았다.

나는 그녀가 말해 준 내용을 생각해 보았다. 분명한 증거가 있는 건 아니었지만, 마을 사람들이 전부 클리트 부인을 범인이라고 생각한다면 아마도 맞을 거라는 생각이 들었다. 난 그리피스를 찾아가 이 일에 대해 의논해 보기로 결심했다. 그는 아마 클리트 부인에 대해 잘 알고 있을 터였다. 그리피스의 생각을 들어 본 뒤, 나나 그가 경찰에 가서 신고를 할 수도 있을 터였다.

나는 그리피스가 '진료'를 거의 끝마칠 시간에 맞춰서 도착했다. 마지막 환자가 나간 뒤, 나는 진료실에 들어갔다.

"오셨습니까, 버턴 씨."

나는 그에게 베이커 부인과 했던 이야기를 들려주었다. 그리고 클리트 부인이 확실히 범인인 것 같다고 말했다. 하지만 실망스럽게도 그리피스는 고개를 저었다.

"이건 그렇게 간단한 문제가 아닙니다."

"그럼 클리트 부인이 범인이 아니란 말인가요?"

"그 여자가 했을 수도 있겠죠. 하지만 난 그렇게 생각하지는 않습니다."

"그렇다면 왜 사람들은 그녀가 범인이라고 생각하는 겁니까?"

그가 미소 지었다.

"아, 버턴 씨는 잘 모르시겠군요. 클리트 부인은 마녀랍니다."

"그럴 수가!"

내가 외쳤다.

"요즘 세상에 아마 이상하게 들리실 겁니다. 하지만 사람들에게는 아직도 그 여파가 남아 있답니다. 그런 사람들은 공격하지 않는 게 영리한 짓이라고 여기죠. 클리트 부인은 '마녀' 가문의 자손이니까요. 그녀는 전해 내려오는 말을 그럴듯하게 만들려고 애쓰고 있죠. 어딘지 신랄하고 비꼬는 성향이 있는 괴팍한 여자예요. 이를테면 아이가 손가락을 다치거나, 높은 곳에서 떨어지거나, 유행성 이하선염에 걸리기라도 하면, 고개를 끄덕이면서 이렇게 말합니다. '맞아, 그 아이가 지난 주 우리 집 사과를 훔쳤지.'라고 말하거나, '그 아이가 우리 집 고양이 꼬리를 잡아당기더니.' 하는 식으로요. 그럼 아이 엄마들은 아이들을 집으로 끌고 들어가고, 다른 여자들은 꿀이니 케이크 같은 것들을 클리트 부인의 앞에 가져다 주며 그녀가 '병에 걸려라.'는 소원을 말하지 않기만 비는 겁니다. 분명히 미신이고 어리석은 짓이기는 하지만, 실제로 일어나고 있는 일에요. 그래서 사람들은 자연스럽게 이번 일도 그녀가 범인이라고 생각하는 겁니다."

"그렇다면 그 여자가 범인이 아니라는 말인가요?"

"그럴 겁니다. 그 여자는 그런 짓을 할 사람이 아니에요. 이번 일은…… 그렇게 간단하지 않을 겁니다."

"그럼 선생은 누가 범인이라고 생각하십니까?"

나는 호기심 어린 눈으로 그를 쳐다보았다.

그는 고개를 저었다. 하지만 눈이 멍해 보였다.

"모르겠습니다. 전혀 모르겠어요. 하지만 정말 싫군요. 이 일은 틀림없이 큰 해를 불러올 겁니다."

II

집에 돌아오니 메건이 무릎에 턱을 괸 채 베란다 계단에 앉아 있었다.

그녀는 평소처럼 일상적인 인사는 생략하고 나를 맞이했다.

"이제 오네요. 점심 먹으러 왔는데 괜찮죠?"

"그럼요."

"갈비 요리라든가, 그 외에 나눠 먹기 어려운 음식이면 말씀해 주세요."

뒤에서 메건이 큰 소리로 말하는 것을 들으며 나는 파트리지에게 점심 식사를 3인분 준비하라고 알리러 갔다.

나는 그 순간 파트리지가 콧방귀를 뀌었다고 생각했다. 뭐라고 말을 하지는 않았지만, 메건에 대해 그다지 좋게 생각하지 않는 것 같았다.

나는 다시 베란다로 나갔다.

"괜찮겠어요?"

메건이 걱정스러운 듯 물었다.

"아무 문제없어요. 아이리시 스튜니까."

"아, 그건 왠지 개가 먹는 음식 같지 않아요? 거의 감자와 양념뿐이잖아요."

"그렇죠."

나는 담배 상자를 꺼내 메건에게 먼저 권했다. 그녀의 얼굴이 달아올랐다.

"버턴 씨는 정말 친절해요."

"한 대 안 피울래요?"

"아니요, 담배는 못 피워요. 하지만 나한테 먼저 권해 주신 건 정말 고마워요. 내가 진짜 사람이 된 것 같았거든요."

"진짜 사람이 된 것 같다니, 무슨 소리예요?"

나는 깜짝 놀라 물었다.

메건은 고개를 저었다. 그러고는 화제를 돌려 내게 봐 달라는 듯이 다리를 길게 뻗었다.

"스타킹을 꿰맸어요."

그녀가 자랑스럽게 말했다.

그러나 그 스타킹은 꿰맨 것만으로는 문제가 해결되지 않았다. 주름이 잔뜩 진 데다가 얼룩만 더 도드라져 보여서 의도했던 만큼 성공적이지 못했다.

"구멍이 났을 때보다 더 불편해요."

"그렇게 보이네요."

　나는 그녀의 말에 동의했다.

"동생분은 양말을 잘 꿰매나요?"

　나는 그 방면에서 조애너의 솜씨가 어땠는지 기억해 보려고 애쓰다 그냥 솔직히 말했다.

"모르겠어요."

"그럼 동생분은 스타킹에 구멍이 나면 어떻게 하나요?"

"내가 보기에 그 애는 구멍이 난 건 그냥 버리고 새 스타킹을 샀던 것 같아요."

　난 마지못해 대답했다.

"아주 현명한 방법이네요. 하지만 난 그렇게 못해요. 용돈이 1년에 40파운드밖에 안 되니까요. 그 정도 액수로는 구멍이 날 때마다 스타킹을 새로 살 수 없죠."

　나도 그 말에는 동의했다.

　메건이 슬픈 듯이 말했다.

"검은 스타킹을 신으면 구멍난 곳으로 보이는 다리에 잉크로 칠해 버리면 그만일 텐데. 학교 다닐 때는 늘 그랬거든요. 교사였던 배트워시 양은 우리가 스타킹을 잘 꿰맸는지 항상 검사를 하곤 했는데, 그분은 이름처럼 박쥐만큼 눈이 침침했어요. 그래서 그 방법이 아주 유용했죠."

"그랬을 것 같군요."

내가 파이프 담배를 피우는 동안 우리는 잠시 아무 말도 하지 않았다. 상당히 편안한 침묵이었다. 그러나 메건이 갑자기 격한 목소리로 이렇게 말하는 바람에 그 침묵은 깨졌다.

"버턴 씨도 다른 사람들처럼 날 끔찍한 아이라고 생각하시나요?"

나는 너무 놀라 입에 물고 있던 파이프를 떨어뜨리고 말았다. 그 파이프는 해포석으로 된 것으로 색깔도 아주 마음에 드는 것이었는데, 그만 깨지고 말았다. 나는 메건에게 화를 내며 말했다.

"이걸 봐요, 메건이 무슨 짓을 했는지."

메건은 당황하기는커녕 철없는 아이처럼 그저 싱긋 웃기만 했다.

"난 당신이 좋아요."

그 말은 정말 도발적인 선언이었다. 마치 개가 사람에게 말을 하는 것 같은 그런 비일상적인 느낌이었다. 메건은 여전히 말을 닮았지만, 개와 같은 성질을 가지고 있을지도 모른다는 생각이 들었다. 확실히 그녀를 완전한 인간으로 볼 수는 없었다.

"그 전에 뭐라고 했죠?"

나는 깨진 파이프 조각들을 조심스레 주우며 물었다.

"당신도 나를 끔찍하게 여기냐고 물었어요."

처음 그 말을 했을 때와는 전혀 다른 어조였다.

"왜 내가 그렇게 생각한다는 거죠?"

메건이 진지하게 대답했다.

"난 정말 끔찍하니까요."

"어리석게 굴지 마요."

메건이 고개를 저었다.

"그건 그래요. 사실 난 어리석지 않아요. 모두 내가 멍청하다고 생각하지만요. 사람들은 내가 마음속으로 그들이 어떤 사람들인지 알고 있다는 것도, 내가 모두를 증오하고 있다는 것도 모르죠."

"사람들이 미워요?"

"미워요."

그녀는 조금도 어려 보이지 않는 우울한 눈동자로 뚫어져라 내 눈을 쳐다보았다. 깊은 슬픔이 담긴 시선이었다.

"만일 당신이 나라면, 당신도 사람들을 증오했을 거예요. 아무도 원하지 않는 존재였다면 말이에요."

"그렇게 생각하는 건 너무 심한 게 아닐까요?"

"그렇죠. 사람들은 모두 당신처럼 말해요. 하지만 그건 사실이에요. 아무도 날 원하지 않고, 왜 그런지도 똑똑히 알아요. 어머니는 날 조금도 좋아하지 않아요. 아마 날 보면 아버지가 떠오르기 때문일 거예요. 아버지가 어머니에게 얼마나 잔혹하게 굴었는지, 얼마나 끔찍한 존재였는지 들었어요. 다만 어머니란 사람들은 자식들을 원하지 않는다고 말하거나, 도망가 버릴 수 없죠. 그렇다고 죽일 수도 없고 말이에요. 고양이들은 새끼가 미우면 잡아먹어 버려요. 차라리 그러는 편이 나름대로 합리적이라고 생각해요. 낭비도 없고 혼란도 없으니까. 하지만 사람의 엄마들은 아이들을 지키고 보살펴 줘야 하는 거잖아요. 내가 학교에 있는 동안에는 이렇게 심하지 않았어요. 하지만 지금 어머니가 원하는 건 새아버지와 동생들만 같이 지내는 거예요."

내가 천천히 말했다.

"그래도 그렇게 생각하는 건 너무 심해요, 메건. 하지만 정말 그렇다고 생각한다면 어째서 집을 나와 혼자서 생활하지 않는 거죠?"

그녀는 아이 같지 않은 미소를 지었다.

"직업을 가지라는 소리로군요. 생활비를 벌라는 말이죠?"

"그래요."

"무슨 일을 하란 말인가요?"

"무슨 일이든 배우면 할 수 있어요. 속기 타자를 치는 일이나 부기 같은……."

"그런 일은 내가 할 수 있을 것 같지 않아요. 난 그런 일에는 소질이 없으니까. 더군다나……."

"또 뭐죠?"

메건은 고개를 저쪽으로 돌렸다. 그리고 천천히 다시 내 쪽으로 고개를 돌렸다. 잔뜩 충혈된 눈에는 눈물이 가득 고여 있었다. 그녀는 다시 어린아이 같은 말투로 말했다.

"왜 내가 그래야 해요? 어째서 집을 나와야 하는 거냐고요? 그 사람들은 날 원하지 않아요. 하지만 난 계속 붙어 있을 거예요. 계속 그 집에서 버티면서 모두 후회하게 만들 거예요. 그 사람들 모두 후회하게 만들고 말 거라고요! 꼴 보기 싫은 돼지들! 난 림스톡에 있는 사람들을 증오해요. 그 사람들한테 보여 주고 말 거예요. 보여 줄 거예요. 내가……."

그건 유치하고 이상하게 애처로운 분노였다.

그때 누군가가 집 모퉁이를 돌아 자갈 길을 걸어 다가오는 소리가 들렸다.

"일어나요. 어서 집 안으로 들어가 욕실로 가요. 복도 끝에 있어요. 세수해요. 빨리."

내가 매정하게 말했다.

창문으로 조애너가 집 모퉁이를 돌아오는 모습을 본 메건은 어색하게 자리에서 일어났다.

"아, 너무 더워."

조애너가 외쳤다. 그 애는 머리에 두르고 있던 티롤 사람들이 쓰는 스카프로 얼굴을 부치며 내 옆에 앉았다.

"이 망할 가죽 신발을 길들이려고 일부러 몇 킬로미터나 걸었지 뭐야. 하지만 그렇게 해서 알게 된 건 신발에 구멍이 있으면 안 된다는 거야. 그러면 가시금작화 가시에 찔리거든. 알겠어, 오빠? 그리고 개를 한 마리 키워야 할 것 같은데, 어때?"

"난 상관없어. 그리고 메건이 점심 먹으러 왔다."

"그래? 잘됐다."

"넌 메건이 좋으니?"

"난 그녀가 바꿔 치기 아이 같다는 생각이 들어. 요정이 문에 놔

두고 가는 아이 말이야. 그런 사람을 만나는 건 재미있잖아. 아, 어서 가서 씻어야겠다."

"아직 안 돼. 메건이 씻고 있어."

"아, 메건도 걸어오다 가시에 찔렸나 보구나?"

조애너는 거울을 꺼내더니 한참 동안 열심히 얼굴을 비춰 보기 시작했다.

"이 립스틱은 어울리지 않는 것 같아."

그 애는 단정적으로 말했다.

창문으로 메건의 모습이 보였다. 마음이 가라앉았는지 아까보다 훨씬 단정해 보였다. 조금 전에 보여 줬던 격한 감정의 흔적은 남아 있지 않았다. 그녀는 자신 없는 표정으로 조애너를 쳐다보았다.

조애너는 자기 얼굴에서 눈을 떼지 않은 채 인사했다.

"어서 와요. 점심 먹으러 와 줘서 기뻐요. 이런, 코에 주근깨가 생겼네. 어떻게든 해야겠다. 주근깨는 스코틀랜드 사람에게는 중요한 문제니까."

파트리지가 다가오더니 냉정한 목소리로 점심 준비가 끝났다고 말했다.

조애너가 자리에서 일어나며 말했다.

"어서 가요. 난 배가 고프니까."

그 애는 메건의 팔짱을 끼고 나란히 집 안으로 들어갔다.

제5장

I

내가 이야기하다 빠뜨린 것이 하나 있다. 난 데인 캘드로프 부인
과 캘럽 데인 캘드로프 목사는 전혀 언급하지 않았다.

목사와 그의 부인은 아주 독특한 성격을 가진 사람들이다. 데인
캘드로프 목사는 이제까지 내가 만났던 그 누구보다도 일상 생활과
동떨어져 있는 인물이었다. 그는 평생을 책을 읽거나 연구하며 지
냈는데, 주로 초기 교회 역사에 대한 연구에 몰두하고 있었다. 반면
데인 캘드로프 부인은 이곳에서는 아주 무서운 존재로 통하고 있었
다. 어쩌면 내가 의도적으로 이 부인에 대한 이야기를 미루었던 것
도 처음 만났을 때부터 그녀가 무서웠기 때문인지 모른다. 부인은
올림포스 산에 사는 힘센 여신 같은 여자였다. 적어도 전형적인 목
사의 아내같이 보이지는 않았다. 아니, 말은 이렇게 했지만, 사실 나
는 목사의 아내들에 대해 거의 아는 바가 없다.

유일하게 기억나는 목사의 아내는 무척 조용하고, 다른 특징은 전혀 없었던 여자로, 환상적으로 설교를 하는 힘이 넘치는 남편에게 아주 헌신적이었다. 그녀는 말을 거의 하지 않았기 때문에 대화를 하려면 이야기를 어떻게 이끌어야 할지 도무지 알 수가 없었다.

그녀 말고 내가 아는 목사 부인은 아무 데나 간섭하고 다니는 단순 무식한 소설 속 목사 부인들뿐이었다. 하지만 그런 여자들은 실제로는 이 세상에 없을 것이었다.

데인 캘드로프 부인은 아무 곳에나 간섭하고 다니지는 않았다. 하지만 그녀에게는 신비한 힘이 있어 모르는 것이 없었다. 이곳에 온 지 얼마 지나지 않아 마을 사람들 대부분이 부인을 두려워하고 있다는 사실을 알게 되었다. 그녀는 어떤 충고나 간섭도 하지 않았지만, 양심에 걸리는 게 있는 자들에게는 하느님의 권위를 보여 주는 존재였다.

나는 지금까지 이토록 주위 환경과 물질에 무관심한 여자는 본 적이 없었다. 데인 캘드로프 부인은 아주 더운 날에도 해리스 트위드로 된 옷을 입고 돌아다니는가 하면, 비가 오거나 심지어 진눈깨비가 내리는 날에도 강아지가 그려진 면으로 된 드레스를 입은 채 멍하니 마을을 뛰어다녔다. 그녀는 흡사 그레이하운드 같은 길고 가느다랗고 점잖은 얼굴로 항상 성실한 말만 골라 했다.

메건이 점심을 먹고 간 다음 날, 하이 스트리트에서 부인이 나를 보더니 걸음을 멈추었다. 나는 깜짝 놀랐다. 데인 캘드로프 부인은 언제나 시선을 먼 지평선에 고정한 채 토끼 사냥이라도 나선 그레이하운드처럼 힘차게 전진했기 때문이다. 그래서 누구나 부인이 그 자리보다 훨씬 멀리 떨어진 곳을 목표 지점으로 삼아서 가고 있다고 생각했다.

"아, 버턴 씨!"

데인 캘드로프 부인이 불렀다. 마치 굉장히 어려운 문제를 푼 사람인 양 의기양양한 말투였다.

내가 인사를 하자 데인 캘드로프 부인은 지평선에 고정되어 있는 시선을 내게 맞추려고 애쓰는 것처럼 보였다.

"그런데 내가 왜 버턴 씨를 만나고 싶어 했을까요?"

그 문제는 나도 도와줄 수가 없었다. 부인은 무척 혼란스러운지 얼굴을 찌푸린 채 그 자리에 서 있었다.

"뭔가 안 좋은 일이었는데."

그녀가 중얼거렸다.

"그렇다면 유감인데요."

나는 깜짝 놀라 대꾸했다.

"아, 생각났어요. 익명의 편지! 당신이 익명의 편지를 이곳에 몰고 왔다는데 대체 어떻게 된 일인가요?"

"제가 가지고 온 것이 아닙니다. 이미 예전부터 있었습니다."

"버턴 씨가 이곳에 오기 전까지는 그런 편지를 받은 사람이 아무도 없었어요."

데인 캘드로프 부인은 비난하듯 말했다.

"데인 캘드로프 부인, 그 전부터 받은 사람들이 있었습니다. 문제는 이미 시작된 다음이었어요."

"오, 이런. 난 이런 게 정말 싫어요."

그녀는 그 자리에 선 채 다시 시선을 먼 곳으로 돌렸다.

"이건 전부 잘못된 일이에요. 우린 이런 일이 생기는 걸 원하지
않아요. 시기, 원한, 그리고 그 밖에 모든 악의가 가득한 사소한 죄
악들 말이에요. 도저히 그런 짓을 저지르는 사람이 있다는 사실을
생각조차 할 수 없어요. 아니, 정말 모르겠어요. 그게 나를 괴롭히는
문제예요. 난 알고 있어야만 하니까."

지평선을 바라보던 그녀가 고개를 돌려 내 눈을 바라보았다. 그
녀의 눈동자는 근심에 차 있었고 천진한 어린아이처럼 당혹스러워
하는 듯 보였다.

"부인이 어떻게 알 수 있단 말입니까?"

"항상 그랬으니까요. 난 언제나 그게 내 의무라고 생각했어요. 캘
럽은 유익한 설교와 교리를 설파하고, 성찬식을 거행하죠. 그건 목
사의 의무예요. 하지만 성직자가 결혼을 하게 되면, 그 아내 되는 이
는 사람들이 무엇을 생각하고 느끼는지를 알아야 한다고 생각해요.
비록 아무것도 할 수 없을지라도 말이에요. 그런데 지금은 누가 그
런 생각을 가슴에 품고 있는지조차 알 수가 없으니……."

그녀는 말을 잠시 멈추었다가 멍하니 덧붙였다.

"전부 그런 어리석은 내용일 텐데."

"그렇다면 혹시 부인도 그 편지를 받으셨습니까?"

나는 조심스럽게 물어보았다. 하지만 데인 캘드로프 부인은 눈을

약간 크게 뜨고 아무렇지 않게 대답했다.

"아, 그럼요. 두 통인가, 아니 세 통 받았어요. 정확한 내용은 잊어버렸지만. 캘럽과 학교 교사가 무슨 관계가 있다는 말도 안 되는 내용이었어요. 정말 터무니없는 얘기죠. 캘럽은 그런 부정한 관계에는 전혀 관심이 없는 사람이니까요. 그이는 절대로 그럴 사람이 아니랍니다. 정말 남편이 목사라는 게 너무나도 다행한 일이었지요."

"그렇습니다. 정말 그래요."

"캘럽은 성인이 될 수도 있었을 거예요. 지나치게 똑똑하지만 않았다면 말이에요."

그 말에는 내가 뭐라고 대꾸할 만한 자격이 없는 것 같았다. 부인은 어쩔 줄 몰라 하다가 남편이 받은 편지에 대한 이야기로 다시 돌아갔다.

"그 편지를 쓴 사람은 많은 걸 알고 있는 것처럼 얘기하고 있지만 사실은 그렇지 않아요. 정말 이상한 일이에요."

"편지를 보면 그걸 쓴 사람이 나름대로 자제했다는 생각은 하기 어렵던데요."

내가 씁쓸하게 말했다.

"하지만 그 사람은 아무것도 모르는 것 같았어요. 실질적인 내용은 하나도 없었다고요."

"무슨 말씀이시죠?"

맑지만 생각을 알 수 없는 그녀의 눈동자가 나의 눈과 마주쳤다.

"그야 당연하잖아요. 그 편지에는 이곳에서 일어나는 온갖 부정한 관계에 대한 이야기가 가득해요. 일종의 수치스러운 비밀들을 모두 모아 놓은 셈이죠. 그런데 그 편지를 쓴 사람은 왜 그 점을 이용하지 않는 거지요?"

부인은 잠시 쉬었다가 갑자기 내게 물었다.

"당신이 받은 편지에는 무슨 내용이 적혀 있던가요?"

"제 동생이 친동생이 아니라고 적혀 있더군요."

"사실이에요?"

데인 캘드로프 부인은 주저 없이 흥미를 드러내며 물었다.

"조애너는 제 친동생이 맞습니다."

부인은 고개를 끄덕였다.

"그 점이 내가 말하고 싶은 거예요. 감히 말하지만 그 편지에는 뭔가 다른 게 있어요……."

그녀는 영리하고 무관심해 보이는 눈동자로 생각에 잠긴 채 나를 쳐다보았다. 그 순간 나는 림스톡 사람들이 어째서 부인을 두려워하는지 이해할 수 있었다.

모든 사람들은 자신의 생활 중에 남에게 알려지지 않기를 원하는 부분이 있게 마련이다. 난 데인 캘드로프 부인이 그런 부분까지 전부 다 알고 있는 것 같다고 느꼈다.

때마침 에이미 그리피스의 우렁찬 목소리가 들려왔다. 그녀의 목소리가 그토록 반가웠던 적이 없었다.

"안녕하세요, 모드. 마침 만나서 다행이에요. 바자회 날짜를 바꿨으면 해서 말이에요. 아, 버턴 씨도 있네요."

그녀가 말을 이었다.

"식료품점에 잠시 들리기만 하면 되는데, 그래도 괜찮으시면 협회에 같이 가면 어떨까요?"

"그럼요, 그렇게 해요."

데인 캘드로프 부인이 대답했다.

에이미 그리피스는 인터내셔널 백화점 안으로 들어갔다.

데인 캘드로프 부인이 중얼거렸다.

"불쌍한 사람."

나는 뭐가 뭔지 알 수가 없었다. 부인이 에이미를 동정하는 건 아닐 텐데?

"버턴 씨, 어쩐지 난 무서워요."

"그 편지 말씀입니까?"

"예, 당신도 그게 뭘 의미하는지 알 거예요……. 그건 틀림없이……."

그녀는 할 말을 잊은 듯 입을 다물고 눈살을 찌푸렸다. 그리고 문제를 풀어 가는 사람처럼 천천히 말을 이었다.

"눈에 보이지 않는 증오……. 그래요. 눈에 보이지 않는 증오가 숨어 있어요. 장님이라고 해도 심장을 찌를 수는 있는 법이죠……. 그렇게 되면 그때는 어떤 일이 일어날까요, 버턴 씨?"

하루가 지나기도 전에 우리는 그 해답을 알게 되었다.

II

그 비극적인 소식을 전해 준 사람은 파트리지였다. 그녀는 불행한 사건이 일어나면 좋아했다. 무엇이든 나쁜 소식을 알게 될 때마다 즐거운 듯 코를 씰룩거리곤 했다.

조애너의 방에 들어온 파트리지는 연신 코를 씰룩거리고 눈동자를 빛내면서도 침울한 표정을 보이려고 입술을 과장해서 쑥 내밀고 있었다.

"오늘 아침엔 정말 끔찍한 소식이 있어요, 아가씨."

파트리지가 커튼을 걷어 올리며 말했다.

런던에서 늦게 일어나던 습관 때문에 조애너가 완전히 정신을 차리기까지 시간이 조금 걸렸다. 그 애는 무의식적으로 대꾸했다.

"음, 뭔데요."

파트리지는 조애너 옆에 차를 가져다 주며 다시 말했다.

"정말 끔찍한 일이 생겼어요. 충격적인 일이에요! 처음 그 소식을 들었을 때는 도무지 믿을 수가 없었어요."

"무슨 일이 일어났다는 거예요?"

조애너가 잠을 깨려고 애쓰며 물었다.

"불쌍한 사이밍턴 부인이……."

파트리지가 뜸을 들이다 극적으로 말을 맺었다.

"죽었어요."

"죽어요?"

조애너는 침대에서 벌떡 일어났다. 그제야 잠이 완전히 깼던 것이다.

"예, 아가씨. 어제 오후에 죽었대요. 더 심각한 건 부인이 자살했다는 거죠."

"오, 파트리지. 어떻게 그런 일이."

조애너는 큰 충격을 받았다. 사이밍턴 부인은 그런 종류의 비극에 엮일 사람이 아니었다.

"사실이에요, 아가씨. 계획적인 자살이었답니다. 하지만 그렇게 할 수밖에 없었을 거예요. 불쌍한 영혼이죠."

"그렇게 할 수밖에 없었다니? 그럼……?"

조애너는 그제야 상황을 눈치 챘다. 그 애가 묻는 듯한 눈으로 쳐다보자 파트리지가 고개를 끄덕였다.

"그래요, 아가씨. 그 너저분한 편지 때문이랍니다!"

"어떤 내용이었는데요?"

하지만 파트리지는 안타깝게도 거기에 관해서는 알지 못했다.

"그런 편지를 자꾸 보내다니 정말 잔인한 일이에요. 하지만 아무리 그렇다고 해도 그 따위 편지 때문에 자기 목숨을 끊다니 이해할수가 없어요."

조애너의 말에 파트리지는 뭔가 알고 있다는 듯 의미심장하게 대꾸했다.

"그 편지 내용이 사실이었을 수도 있죠, 아가씨."

"아."

조애너가 신음했다.

동생은 파트리지가 방에서 나가자 차를 마신 후, 재빨리 가운을 걸치고 내 방으로 달려와 그 소식을 전해 주었다.

나는 오웬 그리피스가 했던 말을 떠올렸다. 머지않아 큰 일이 생길 거라고 했던 말을. 사이밍턴 부인이 결국 일을 당하고 말았다. 그녀도 다른 여자들과 마찬가지로 숨기고 싶은 비밀이 있었던 것이다……. 그건 틀림없었다. 나는 곰곰이 생각했다. 부인은 예민한 사람으로 강한 여자가 못 되었다. 빈혈에 시달리고 남에게 의존해야 하는 부류의 여인이라 더욱 쉽게 무너졌을 것이다.

조애너가 내 주의를 환기시키며 무슨 생각을 그렇게 하느냐고 물었다.

나는 오웬이 했던 말을 동생에게 들려주었다.

"물론 그 사람이야 다 알고 있었다고 하겠지. 그 남자는 모든 걸 알고 있다고 생각하는 사람이니까."

조애너가 심술궂게 말했다.

"그 친구는 영리해."

"그 사람은 잘난 척하는 거야. 밉살맞게 잘난 척하는 거라고!"

잠시 후 동생이 말했다.

"부인의 남편이 얼마나 놀랐을까……. 그 딸은 또 심정이 어떻겠어. 오빠 생각에는 메건이 이 일을 어떻게 받아들일 것 같아?"

아무 생각도 나지 않았다. 메건이 무슨 생각을 하고, 어떻게 느낄지 도무지 알 수 없었다.

조애너가 고개를 끄덕이고는 말했다.

"그래, 원래 요정이 두고 간 못생긴 아이에 대해서는 알 수 없는 법이지."

잠시 후 동생이 다시 말했다.

"오빠 생각은 어때? 내가 생각하기에는, 하루나 이틀 정도 메건을 우리 집에 와 있게 하면 어떨까 싶은데. 그 나이 때 아가씨라면 충격이 클 테니 말이야."

"그 집에 찾아가서 그렇게 하자고 얘기나 한번 해 보자."

나도 동의했다.

"남자아이들은 괜찮을 거야. 가정교사가 잘 보살펴 줄 테니까. 하지만 메건 입장에서 보면 그 가정교사는 사람을 미치게 만드는 부류라고."

그럴 것 같다는 생각이 들었다. 엘시 홀랜드가 끊임없이 상투적인 위로의 말을 중얼거리며 쉴 새 없이 차를 권하는 장면이 상상이 되었다. 정말 친절한 사람이기는 하지만, 메건처럼 예민한 아가씨에게는 그 진가가 발휘되지 못할 터였다.

나는 메건을 직접 가서 데리고 와야겠다고 생각했다. 조애너가 먼저 그런 생각을 했다는 사실이 기뻤다.

우리는 아침 식사를 마친 뒤 사이밍턴 가로 출발했다.

조애너와 나는 무척 조심스러웠다. 우리가 잔인한 호기심을 만족시키기 위해 찾아온 것처럼 보일 수도 있었기 때문이었다. 다행히 우리는 대문 앞에서 오웬 그리피스를 만났다. 그는 잔뜩 근심 어린 얼굴이었다.

그는 나를 보더니 얼굴 표정이 밝아졌다.

"안녕하세요, 버턴 씨. 이렇게 마주치니 정말 반갑군요. 내가 머지 않아 끔찍한 일이 일어날 거라고 했지 않습니까? 정말 무서운 일입니다!"

"안녕하세요, 그리피스 선생님."

조애너가 귀가 어두운 아주머니에게 말하듯 큰 소리로 외쳤다.

그리피스는 깜짝 놀라며 얼굴을 붉혔다.

"아, 안녕하십니까, 버턴 양."

"저는 안 보이나 봐요?"

오웬 그리피스의 얼굴이 한층 더 붉어졌다. 수줍음에 완전히 휩싸인 듯 보였다.

"제, 제가 미처 알아보지 못해…… 정말 죄송합니다."

조애너가 계속 무자비하게 말했다.

"알아보지도 못할 만큼 제가 작은가 보죠?"

"이런 말괄량이 같으니."

난 엄하게 동생에게 주의를 주고는 말을 이었다.

"그리피스 씨, 동생과 나는 메건이 우리 집에서 하루나 이틀 정도 같이 지내면 어떨까 싶어서 찾아왔습니다. 어떻게 생각하십니까? 굳이 간섭하고 싶지는 않습니다만, 이번 일이 그 불쌍한 아가씨에게 너무 잔인한 것 같아서 말입니다. 사이밍턴 씨가 어떻게 받아들일까요?"

그리피스는 잠시 생각해 보고는 대답했다.

"내가 보기에는 아주 좋은 생각인 것 같습니다. 메건은 아주 예민한 아가씨니, 이 집에서 되도록 멀리 떨어져 있는 편이 좋을 겁니다. 지금 홀랜드 양이 놀라울 정도로 잘 처신하고 있습니다만, 남자아이들과 사이밍턴 씨를 보살피는 것만으로도 정신이 없을 겁니다. 사이밍턴 씨는 완전히 넋이 나갔습니다. 정신이 없더군요."

"그런데…… 자살이 맞습니까?"

내가 주저하며 물었다.

그리피스가 고개를 끄덕였다.

"예, 그건 의심의 여지가 없습니다. 부인은 '난 안 돼요.'라고 쓰인 종이를 쥐고 있었어요. 그 편지는 어제 오후 우편으로 받았답니다. 봉투는 의자 밑에 떨어져 있었고, 편지는 구겨진 채 벽난로에 던져져 있었습니다."

"무슨 내용인지……."

나는 입을 다물었다. 문득 그런 질문을 하는 자신이 소름 끼치게 생각되어 사과했다.

"미안합니다."

그리피스가 순간 씁쓸한 미소를 지었다.

"신경 쓰지 마십시오. 어차피 그 편지는 심리에서 공개될 테니까요. 내용을 알고 나면 부인에 대한 동정심만 한층 더 커질 겁니다. 그 편지도 다른 것들과 마찬가지였습니다. 아주 지저분한 내용이더군요. 주된 내용은 둘째 아들 콜린이 사이밍턴의 자식이 아니라는 것이었습니다."

"그게 사실이라고 생각하십니까?"

내가 도저히 믿을 수 없어서 큰 소리로 물었다.

그리피스는 어깨를 으쓱해 보였다.

"난 거기에 대해 뭐라고 말할 수 있는 자격이 안 됩니다. 이곳에 온 지 5년밖에 되지 않으니까요. 내가 봐 온 바로 사이밍턴 부부는 서로에게나 아이들에게나 헌신적인 평범하고 행복한 가정이었습니다. 그 아이가 부모를 많이 닮지 않은 건 사실입니다…… 그 애 혼자 선명한 붉은 머리를 가지고 있는 것만 봐도 그렇죠. 하지만 아이들이란 종종 조부모를 닮는 경우도 많으니까요."

"외모가 부모를 닮지 않았다는 점을 이용해서 그런 편지를 보낸 거군요. 비열하기는 하지만, 다른 편지들과 마찬가지로 그저 아무 생각 없이 지껄여 본 소리였을 겁니다."

"그럴 겁니다. 틀림없이 그랬을 거예요. 독기 어린 그 편지는 사실 근거도 없이 써서 보내는 것이니까요. 원한과 미움이 가득하기는 하지만."

"우연히 정곡을 찌른 걸 수는 있죠. 그렇지 않았다면 부인이 자살할 이유가 없잖아요?"

조애너가 말했다.

그리피스가 그 말에 의심스럽다는 듯 대꾸했다.

"그건 확실하지 않습니다. 부인은 때로 건강이 좋지 않았는데, 신경증이 있었죠. 전 그동안 부인의 신경증을 치료해 왔습니다. 제 생각에는 그 편지를 받은 충격만으로도 이번 일은 충분히 있을 수 있는 일입니다. 지나치게 지저분한 내용의 편지를 읽은 뒤, 곧장 공황 상태에 빠졌다가 낙심해서 죽음을 결심했을 수도 있다는 겁니다. 자신이 그 편지에 담긴 내용을 부인해도, 남편이 믿지 않을지도 모른다는 생각이 들었겠죠. 그리고 그 편지로 인해 받은 수치심과 혐오감이 일시적으로 판단을 그르치게 만든 걸 수도 있습니다."

"그러니까 부인이 제정신이 아닌 상태에서 자살했을 수도 있다는 말이군요."

조애너가 말했다.

"그렇습니다. 저는 그럴 가능성이 많다고 생각합니다. 그래서 심리에서도 그런 관점에서 진술할 생각입니다."

"그래요?"

동생의 목소리에는 오웬으로 하여금 반발하게 만드는 뭔가가 있었다.

"충분히 근거가 있는 얘기입니다!"

그가 화난 목소리로 외치고는 물었다.

"버턴 양은 그게 아니라는 겁니까?"

"아, 저도 그렇게 생각해요. 제가 당신이라도 그렇게 생각했을 거예요."

오웬은 그 말을 믿지 못하겠다는 눈빛으로 그 애를 쳐다보더니 천천히 발걸음을 돌렸다. 조애너와 나는 집 안으로 들어갔다.

현관문은 열려 있었고 집 안에서는 엘시 홀랜드의 목소리가 들려왔다. 초인종을 누르지 않아도 될 것 같았다.

그녀는 멍하니 넋을 놓고 의자에 웅크리고 앉아 있는 사이밍턴에게 말을 걸고 있었다.

"안 돼요. 정말 이러시면 안 돼요, 사이밍턴 씨. 뭐든 좀 드셔야 해요. 어젯밤부터 아무것도 드시지 않으셨는데, 아침 식사도 전혀 안 드셨잖아요. 마음이 괴로우실 거라는 건 알지만, 이러시다 병에라도 걸리면 어떻게 해요. 무엇보다도 건강에 좀 더 신경 쓰셔야죠. 의사 선생님도 떠나시기 전에 그렇게 말씀하셨어요."

사이밍턴이 단조로운 목소리로 말했다.

"정말 친절하군요, 홀랜드 양. 하지만……."

"뜨거운 차 한 잔 드셔 보세요."

엘시 홀랜드가 단호하게 그의 손에 마실 것을 쥐어 주었다. 나라면 지금 같은 상황에서 불쌍한 사이밍턴에게 독한 위스키소다를 가져다 주었을 것이다. 그에게는 술이 필요한 것처럼 보였다. 어쨌든 사이밍턴은 찻잔을 받아 들고 엘시 홀랜드를 올려다보며 이렇게 말했다.

"당신이 해 준 모든 일들에 대해 어떻게 감사해야 할지 모르겠군요, 홀랜드 양. 당신은 정말 대단한 사람입니다."

가정교사는 얼굴을 붉힌 채 기뻐했다.

"그렇게 말씀해 주셔서 감사드려요, 사이밍턴 씨. 제 도움이 필요한 일이라면 뭐든지 시켜 주세요. 아이들은 걱정하지 마시고요. 제가 아이들을 잘 보살필 테니까요. 그리고 하인들도 진정시켰으니 염려하지 마세요. 편지를 쓰는 일이라든가, 전화를 걸 일이라든가 제가 할 수 있는 일이 있으면 주저 없이 말씀하세요."

"당신은 정말 좋은 사람입니다."

사이밍턴이 다시 말했다.

엘시 홀랜드는 돌아서서 나오다가 우리를 발견하고는 서둘러 다가왔다.

"정말 끔찍한 일이죠?"

그녀가 나지막한 목소리로 속삭였다.

나는 엘시를 쳐다보며 정말 착한 여자라고 생각했다. 친절하고, 유능하고, 긴급한 상황에서 실질적인 도움이 되는 그런 여자였다. 여주인의 죽음이 몹시 슬픈지 커다랗고 푸른 눈동자가 희미하게 충혈되어 있었다.

"잠시 이야기를 좀 나누었으면 하는데요. 사이밍턴 씨를 귀찮게 해 드리고 싶지 않아서 말이에요."

조애너가 말했다.

엘시 홀랜드는 알았다며 고개를 끄덕이고는 홀의 반대쪽에 있는 응접실로 우리를 안내했다.

엘시가 말했다.

"사이밍턴 씨에게는 너무 힘든 일이에요. 엄청난 충격을 받으셨지 뭐예요. 이런 일이 있을 거라고 누가 생각이나 했겠어요? 사실 지금 와서 생각해 보면 부인이 조금 이상했다는 생각도 들어요. 무척 신경질적이셨고 자주 눈물을 흘리셨죠. 전 부인이 건강 문제 때문에 그러시는 줄 알았어요. 물론 그리피스 선생님이 언제나 별 다른 이상은 없다고 말씀하셨지만 말이에요. 초조해하고 짜증을 많이 내기는 했지만 그래도 이런 일을 저지르실 줄은 아무도 몰랐어요."

"우리가 여기 찾아온 이유는 메건을 며칠 정도 우리 집에 데리고 있으면 어떨까 해서요. 물론 메건이 그렇게 하겠다면 말이지만."

엘시 홀랜드는 조금 놀란 듯 보였다.

"메건을요? 전 뭐라 드릴 말씀이 없네요. 무척 친절한 제안이지만, 그 아가씨는 조금 이상해서 말이에요. 이 일을 어떻게 생각할지 모르겠네요."

그녀가 의아해하며 말했다.

"그렇게 하는 편이 메건에게 도움이 될 거라는 생각이 들어요."

조애너가 애매하게 말했다.

"그야 그렇게만 되면 도움이 되겠지요. 아무래도 전 아이들과(아이들은 지금 요리사와 함께 있답니다.) 불쌍한 사이밍턴 씨를 보살펴 드려야 하니까요. 사실 그분은 다른 누구보다도 많이 살펴 드려야 해요. 그러다 보니 메건한테 신경 쓸 시간이 사실 없답니다. 아마 지금 메건은 맨 위층에 있는 오래된 육아실에 있을 거예요. 사람들과 어울리고 싶지 않은 것 같았어요. 거기 없다면 어디에 있는지 저도 모르겠어요……."

조애너가 내게 눈짓을 했다. 나는 재빨리 방에서 나가 계단을 올라갔다.

오래된 육아실은 그 집의 맨 위층에 있었다. 나는 문을 열고 안으로 들어갔다. 아래층에 있는 방들은 정원이 보여서 커튼을 치지 않았지만, 이 방은 길에 인접해 있어서인지 커튼이 쳐져 있었다.

방은 어둑했지만 나는 메건을 볼 수 있었다. 그녀는 벽에 붙여 놓은 긴 의자에 몸을 웅크린 채 앉아 있었다. 마치 상처입은 동물이 숨어 있는 것 같은 모습이었다. 그녀는 공포에 질려 망연자실한 상태로 보였다.

"메건."

나는 앞으로 다가갔다. 나는 무의식적으로 겁에 질린 동물을 다독거리듯 말하고 있었다. 사실 내가 설탕이나 당근을 내밀지 않은 게 놀라울 지경이었다. 정말 그런 기분이으니까.

메건은 나를 쳐다보았지만 조금도 몸을 움직이지 않았다. 그녀의 표정에는 아무 변화가 없었다.

"메건, 아가씨만 좋으면 우리 집에서 며칠 지내면 어떨지 물어보러 왔어요."

내가 다시 말했다.

그녀의 목소리가 어둠 속에서 공허하게 울렸다.

"당신과 함께 지내자고요? 당신 집에서?"

"그래요."

"그러니까 이 집에서 날 데리고 나가 주겠다는 말인가요?"

"그래요."

갑자기 메건이 온몸을 떨기 시작했다. 그녀의 몸은 공포에 질린 듯 심하게 떨리고 있었다.

"오, 제발 날 데리고 가 줘요! 부탁이에요. 여긴 너무 무서워요.

도저히 견딜 수가 없어요."

내가 메건에게 다가가자 그녀는 내 옷소매를 꼭 붙잡았다.

"난 지독한 겁쟁이예요. 이렇게 겁이 많은지 나도 정말 몰랐어요."

"그건 당연한 일이에요. 이런 일을 당하게 되면 누구나 마음이 약해지는 법이지. 어서 갑시다."

"지금 바로 가는 건가요? 지체하지 않고 곧장?"

"글쎄, 물건들은 좀 챙겨서 가야겠죠?"

"무슨 물건을요? 왜요?"

"이봐요, 아가씨. 우리 집에 가면 침대와 욕실 같은 것들은 준비되어 있지만, 내 칫솔까지 빌려줄 수는 없잖아요?"

메건이 희미하게 미소를 지었다.

"알겠어요. 내가 오늘 정말 멍청하게 구네요. 신경 쓰지 마세요. 가서 짐을 싸 올게요. 그 사이에…… 가 버리지 않을 거죠? 날 기다려 줄 거죠?"

"아래층에서 기다릴게요."

"고마워요. 정말 고마워요. 너무 멍청하게 굴어서 미안해요. 하지만 당신도 어머니가 돌아가신다면 얼마나 끔찍한 기분인지 알게 될 거예요."

"알아요."

내가 그녀의 등을 다정하게 두드리며 대답하자, 메건은 얼굴을 붉히며 고맙다는 표정을 지었다. 그러고는 육아실 밖으로 나가 침실로 들어갔다. 나는 아래층으로 내려왔다.

"메건을 찾았어요. 같이 가겠다고 하더군요."

내 말에 엘시 홀랜드가 기뻐하며 말했다.

"오, 그건 정말 잘됐군요. 그러는 편이 메건도 근심을 잊는 데 도움이 될 거예요. 아무래도 아주 예민한 아가씨니까 견디기 어렵겠죠. 이제는 저도 메건을 다른 가족들처럼 돌보지 못해 미안한 마음을 덜어도 되겠군요. 버턴 양은 정말 친절하신 분이세요. 메건이 많이 귀찮게 하지 말아야 할 텐데. 아, 전화가 왔군요. 어서 가서 전화를 받아야겠어요. 아무래도 사이밍턴 씨는 전화를 받지 못하실 테니까요."

그녀는 서둘러 방에서 나갔다. 그 모습을 보며 조애너가 말했다.

"정말 구원의 천사네!"

"어쩐지 좀 비딱하게 들리는데. 아주 착한 여자잖아. 유능하기도 하고."

내가 주의를 주었다.

"그렇긴 하지. 저 여자도 그 사실을 잘 알고 있고."

"네가 좋아할 만한 여자가 아니긴 해, 조애너."

"그러니까 저 여자는 메건을 돌보지 못하겠다는 말이잖아?"

"그렇지."

"난 저렇게 다른 사람들한테 잘 보이려는 사람을 보면 도무지 참을 수가 없어. 애써 참고 있는 성질을 건드린다니까. 메건은 어떻게 찾았어?"

"어두운 방 안에서 겁에 질린 영양처럼 잔뜩 웅크리고 있더라."

"불쌍해라. 우리 집에 가겠다고 해?"

"뛸 듯이 좋아하던걸."

쿵쿵거리는 소리가 들리더니 메건이 옷 가방을 끌고 나타났다. 나는 그녀에게 다가가 옷 가방을 받아 들었다. 내 뒤에서 조애너가 재촉했다.

"어서 가요. 난 뜨거운 차를 마시라는 걸 벌써 두 번이나 사양했어요."

우리는 자동차가 있는 곳으로 나왔다. 나는 조애너가 메건의 가방을 차 안에 집어 던지는 것이 못마땅했다. 이제 나는 한쪽만 목발을 짚어도 걸을 수 있었지만, 아직은 운동 선수처럼 민첩하게 움직일 수 없었다.

"어서 타요."

나는 메건에게 말했다.

그녀가 차에 오르자 나도 차를 탔다. 조애너가 차를 출발시켰다.

우리는 리틀 퍼즈에 도착해서 거실로 들어갔다.

그런데 메건이 의자에 주저앉더니 갑자기 눈물을 흘리며 열에 들뜬 어린아이처럼 울기 시작했다. 아니, 울부짖었다고 하는 편이 적당한 표현일 터였다. 난 뭔가 그녀를 진정시킬 만한 것이 없는지 찾아보기 위해 방에서 나왔다. 내가 보기에는 조애너도 어찌 할 바를 모르고 가만히 서 있는 것 같았다.

얼마 안 있어 메건이 갈라진 목소리로 조애너에게 말하는 게 들렸다.

"이런 모습을 보여서 정말 죄송해요. 바보같이 보이죠?"

조애너가 다정하게 대답했다.

"전혀 안 그래요. 여기 손수건 있어요."

나는 메건에게 필요한 걸 만들었다. 그런 다음 거실로 들어가 메건의 손에 가득 찬 유리잔을 들려 주었다.

"이게 뭐예요?"

"칵테일."

"정말요? 진짜 칵테일이라고요? 이제까지 한 번도 마셔 본 적이 없어요."

메건의 눈물은 금세 말랐다.

"무슨 일이든 처음이 있는 법이죠."

메건은 조심스럽게 한 모금 마셨다. 그러고는 얼굴이 환해지는가 싶더니 고개를 뒤로 젖히고 단숨에 한 잔을 다 마셔 버렸다.

"정말 맛있어요. 한 잔 더 마셔도 돼요?"

"안 돼요."

"왜요?"

"그 이유는 10분쯤 지나면 알게 될 거예요."

"아!"

메건이 조애너를 돌아보며 말했다.

"좀 전에 울고불고하면서 귀찮게 해 드려서 정말 죄송해요. 나도 왜 그랬는지 모르겠어요. 여기 온 게 너무 기쁘다 보니 그렇게 어리석게 굴었나 봐요."

"괜찮아요. 우리도 메건이 여기서 함께 지내게 되어 무척 기쁘답니다."

조애너가 대답했다.

"사실은 그렇지 않으실 거예요. 당신 입장에서는 그저 친절을 베풀어 주시는 거겠지만 난 정말 감사하게 생각하고 있어요."

"제발 부담 갖지 마요. 그러면 오히려 내가 불편해요. 메건이 같이 있게 되어 기쁘다고 한 말은 진심이에요. 오빠와 나는 이미 다 얘기가 된 거니까. 더 이상 아무 말 마요."

"그리고 이제부터는 온갖 재미있는 토론도 할 수 있을 거예요. 이를테면 고네릴과 리건에 대한 것처럼."

내 말에 메건의 얼굴이 밝아졌다.

"나도 그 문제에 대해 생각해 봤는데 답을 알 것 같아요. 그 이유는 늙고 무서운 아버지가 너무나도 딸들을 괴롭혔기 때문이에요. 아버지는 딸들이 항상 자기에게 고마워하고, 관대하다고 떠받들어 주길 원했어요. 계속 그러다 보니 두 딸의 마음속에서도 반발심이 생기기 시작했고, 결국 그게 쌓이고 쌓여 더 이상 참을 수 없어지자 아버지를 박대하기 시작한 거예요. 고네릴과 리건의 입장에서 조금만 생각해 보면 충분히 이해할 수 있는 일이잖아요? 늙은 리어는 정말 괴팍했어요. 처음에 코델리아한테 그런 냉정한 말을 들어도 할말 없는 사람이었다고요."

"앞으로는 셰익스피어의 작품에 대해 재미있는 이야기를 많이 나눌 수 있을 것 같은데."

내가 말했다.

"그렇게 하면 두 사람 모두 교양이 높아지겠군요. 난 늘 셰익스피
어가 끔찍하게 따분하다고 생각해 왔거든요. 대사가 긴 장면들 같
은 건 술에 취해서나 읽으면 좀 재미있을까……."

"술 이야기가 나왔으니 말인데, 기분이 어때요?"

내가 메건을 돌아보며 물었다.

"괜찮아요. 신경 써 줘서 고마워요."

"머리가 아프지는 않아요? 조애너가 둘로 보인다거나 그런 증상
없어요?"

"아니요, 평상시보다 말을 많이 하고 싶기는 하지만 아무렇지 않
아요."

"세상에. 메건은 타고난 술꾼임이 분명해요. 정말 칵테일을 처음
마신 게 맞다면."

"처음 마신 거예요."

"숙취로 인한 두통이 없다는 건 큰 장점이에요."

내가 말했다.

조애너는 짐을 풀도록 메건을 2층으로 데리고 갔다.

그때 파트리지가 못마땅한 표정으로 들어와서 점심으로 커스터
드를 2인분밖에 준비하지 않았는데 어쩌면 좋겠느냐고 물었다.

제6장

심리는 사흘 후에 열렸다. 참석한 사람들은 가능한 한 조용히 하려 했지만, 워낙 많은 사람들이 모인지라 여기저기에서 소곤거리는 소리들이 계속 들렸다.

사이밍턴 부인의 사망 시간은 오후 3시에서 4시 사이로 추정되었다. 그 시각, 남편인 사이밍턴 씨는 사무실에서 일을 하고 있었고, 하녀는 휴가 중이었으며, 엘시 홀랜드와 아이들은 산책을 하고 있었고, 메건도 자전거를 타고 밖에 나가고 없었다.

그 편지는 오후에 배달된 것이 틀림없었다. 사이밍턴 부인은 우편함에서 그 편지를 발견하고 읽었다. 그런 다음 큰 충격을 받은 상태에서 온실로 가서 말벌을 죽이는 데 쓰는 청산가리를 가지고 와서 물에 녹였다. 그리고 "난 안 돼요."라는 글귀를 남기고 물에 녹인 청산가리를 그대로 마셨다.

오웬 그리피스는 우리에게 말했던 것처럼 사이밍턴 부인의 신경증 증세와 약한 체력을 강조하는 의학적 소견을 발표했다. 검시관은 예의바르고 신중한 사람이었다. 그는 익명의 편지를 쓰는 비열한 인간을 비난하면서, 누구인지 몰라도 그처럼 사악하고 거짓 편지를 쓴 사람은 도의적으로 살인자라고 말했다. 그는 경찰이 그자가 남자든 여자든 어서 빨리 그 사기꾼을 잡아 합당한 조치를 취해 주기를 바란다고 했다. 그리고 그런 비열하고 사악한 짓을 하는 자는 엄중한 법의 심판을 받아야 한다고 강조했다. 그의 진술까지 다 듣고 난 후, 배심원들은 평결을 내렸다. 일시적인 정신 착란에 의한 자살이었다.

검시관은 최선을 다했다. 오웬 그리피스 역시 애썼다. 하지만 그 후 남의 말 하기 좋아하는 마을 여자들이 모여서 나도 이미 잘 알고 있는 끔찍한 이야기들을 소곤거리는 말소리가 들려왔다. "아니 땐 굴뚝에 연기 나겠어. 내 생각에는 사실이라니까!", "확실히 뭔가가 있어. 그렇지 않다면 그렇게 죽을 이유가 없잖아……."

잠시 동안 나는 이곳 림스톡이라는 비좁은 동네와 남의 이야기나 속닥거리는 여자들이 몹시 싫어졌다.

II

그 다음에 무슨 일이 일어났는지 순서가 정확하게 기억나지 않는다. 물론 그 다음으로 가장 중요한 일은 내시 총경이 찾아온 일이었다. 하지만 내가 기억하기로는 그 전에 여러 사람들이 찾아왔다. 그들과 대화를 나누며 각자의 성격과 특성을 뚜렷하게 알 수 있어 아주 흥미로운 시간이었다.

에이미 그리피스가 찾아온 건 심리가 있은 다음 날 아침이었다. 그녀는 언제나처럼 건강하고 생기 넘치는 모습으로, 곧장 이야기를 시작했다. 조애너와 메건은 밖에 나가고 집에 없었기 때문에 내가 그녀를 상대해야 했다.

"안녕하세요. 메건 헌터가 이 집에서 머무르고 있다는 이야기를 들었는데 사실인가요?"

그리피스 양이 물었다.

"그렇습니다."

"정말 좋은 분이네요. 틀림없이 귀찮고 성가셨을 텐데. 그 아이를 우리가 데리고 가면 어떨까 싶어서 왔어요. 틀림없이 메건에게 유익한 길을 찾아 줄 수 있을 겁니다."

나는 그다지 호의적이지 않은 눈으로 에이미 그리피스를 바라보며 말했다.

"정말 친절하시군요. 하지만 우린 메건과 함께 있어서 좋습니다. 그리고 메건도 여기서 편안하게 잘 지내고 있고요."

"그렇겠죠. 하지만 그 아이는 너무 게으름을 피우는 걸 좋아해요. 할 줄 아는 것도 없고 얼빠진 아이죠."

"전 메건이 아주 영리한 아가씨라고 생각합니다."

에이미 그리피스가 냉정한 시선으로 나를 쳐다보았다.

"그 애에 대해 그렇게 이야기하는 사람은 버턴 씨가 처음이에요. 그렇다면 어째서 당신이 메건에게 이야기할 때 그 아이가 당신 말을 이해하지 못하는 것처럼 보이는 거죠?"

"아마 그 이야기에 관심이 없었나 보지요."

"그렇다면 그 애가 정말 무례한 거군요."

"그럴지도 모르죠. 하지만 얼빠진 아가씨는 아닙니다."

그리피스가 날카롭게 단언했다.

"메건은 열심히 일해야 할 필요가 있어요. 뭔가 인생에서 관심을 기울일 수 있는 것으로 말이에요. 버턴 씨는 여자에 대해서 잘 모르고 있어요. 전 많은 것을 알고 있지요. 소녀단이 여자들을 얼마나 변하게 만들어 주는지 아신다면 깜짝 놀라실 거예요. 메건은 아무것도 안 하고 어슬렁거리고 있기에는 나이가 너무 많아요."

"메건에게 뭔가를 하게 만드는 건 어려울 겁니다. 사이밍턴 부인이 언제나 메건을 열두 살짜리 소녀로만 생각하고 대했으니까요."

그리피스 양이 비웃었다.

"알고 있었어요. 전 정말 그런 부인의 태도를 참을 수가 없었답니다. 물론 지금은 저세상 사람이 되었지만 말이에요. 불쌍한 사람이지요. 그래서 이렇게 말하고 싶지는 않지만, 그녀는 제가 생각하는 무지한 가정 주부의 표본에 가까운 사람이었어요. 브리지와 남의 소문, 아이들밖에 몰랐으니까요. 아니, 아이들도 사실은 홀랜드 양이 보살펴 줬죠. 이러다가 사이밍턴 부인에 대해 좋지 못한 생각만 하게 될까 봐 걱정이에요. 그 일이 사실이라는 건 당연하니까."

"편지 내용이 사실이라는 겁니까?"

내가 날카롭게 물었다.

그리피스 양이 얼굴을 붉혔다.

"딕 사이밍턴에게는 안된 일이지만, 심리에서 모든 사실이 다 밝혀졌잖아요. 정말 그 사람에게는 너무 끔찍한 일이죠."

"하지만 당신도 심리에서 사이밍턴 씨가 그 편지 내용은 사실이 아니라고 말하는 걸 들으셨지 않습니까?"

"물론 말이야 그렇게 했죠. 그건 잘한 거예요. 남자란 아내를 감싸 줘야 하는 법이니까요. 그래서 딕은 그렇게 말한 거예요."

그리피스 양은 잠시 사이를 두었다가 다시 설명하기 시작했다.

"아실지 모르겠지만, 전 딕 사이밍턴과 알고 지낸 지 좀 오래됐거든요."

나는 깜짝 놀랐다.

"정말입니까? 동생 분 말로는 이곳에 온 지 몇 년 되지 않았다고 하던데요."

"그건 그래요. 하지만 우리가 북쪽 지방에서 개업했을 때부터 가끔씩 그 사람을 찾아가 같이 지내곤 했어요. 그러니까 그 사람과 알고 지낸 지는 꽤 됐죠."

그리피스의 갑자기 부드러워진 목소리를 듣고 있자니, 늙은 유모가 했던 말이 문득 떠올랐다. "여자들이란 남자와 달리 쉽게 속단을 내리는 법이다."

나는 호기심 어린 눈으로 에이미를 쳐다보았다. 그녀는 여전히 부드러운 목소리로 말하고 있었다.

"전 딕을 아주 잘 알고 있답니다……. 그는 자존심이 아주 강한 사람이지요. 하지만 그런 종류의 남자들은 질투심이 아주 대단하답니다."

"그렇다면 사이밍턴 부인이 남편에게 그 편지에 대해 말하거나 보여 주는 것을 꺼렸던 이유가 설명이 되는군요. 질투심이 많은 사람이라 부인이 아니라고 해도 믿지 않았을 테니까요."

나는 신중하게 말했다.

그리피스 양은 화를 내며 나를 비웃듯이 쳐다보았다.

"세상에, 어떤 여자가 사실도 아닌 모함 때문에 청산가리를 먹고 죽을 생각을 한단 말인가요?"

"검시관은 그런 일이 가능하다고 생각하는 것 같던데요. 동생 분 역시……."

에이미가 내 말을 가로챘다.

"남자들은 전부 똑같다니까. 그저 체면만 지키려 들고. 하지만 제가 그런 말을 믿을 거라고 생각하지 마세요. 아무 죄가 없는 여자였다면 그런 말도 안 되는 익명의 편지 같은 걸 받았을 때, 그저 웃어 넘겼을 거예요. 저는……."

그녀는 갑자기 말을 멈췄다가 이렇게 맺었다.

"그렇게 했을 거예요."

하지만 난 그녀가 머뭇거렸던 것을 놓치지 않았고, 그녀가 하고 싶었던 말이 "저는 그렇게 했어요."라는 것을 확신할 수 있었다.

난 과감히 찔러 보기로 하고 아무렇지 않은 듯 물어보았다.

"알겠습니다. 그렇다면 그리피스 양도 그 편지를 받으셨겠군요?"

에이미 그리피스는 거짓말을 수치로 여기는 부류의 여자였다. 그녀는 잠시 입을 다물었다가 얼굴을 붉히며 말했다.

"그건 그래요. 하지만 난 그 따위 편지 때문에 조금의 걱정도 하지 않았어요!"

"지저분한 내용이었나 보군요?"

나는 동병상련의 기분을 느끼며 안됐다는 투로 물었다.

"그야 당연하죠. 이런 일은 언제나 그런 법이니까. 허튼소리를 하는 미치광이의 소행 아니겠어요? 몇 줄 읽지 않아도 쓰레기통에 버릴 그런 편지라는 걸 알겠더라고요."

"경찰에 신고할 생각은 하지 않았습니까?"

"그때는 그렇게까지 생각하지 않았어요. 그런 일은 금세 없어질 거라고 믿었으니까요."

나는 정색을 하고 "아니 땐 굴뚝에 연기 날 리가 없죠."라고 말하고 싶은 충동을 느꼈지만 가까스로 참았다. 나는 그 유혹을 피하기 위해 메건에 대한 문제로 화제를 돌렸다.

"메건은 경제적으로 어떤 상태입니까? 단순히 호기심 때문에 물어보는 게 아니라, 그 아가씨가 생활비를 벌어야 하는 상황인지 궁금해서 그렇습니다만."

"그 정도로 곤란한 상황은 아니라고 알고 있어요. 그 애 할머니가 유산을 조금 남겨 줬으니까요. 그리고 딕 사이밍턴도 그 애를 한 가족으로 생각하고 도와줄 거예요. 물론 그 애를 꼭 맡아야 하는 책임은 없지만. 어쨌든 메건이 일을 해야 하는 건 원칙상의 문제예요."

"어떤 원칙 말입니까?"

"버턴 씨, 사람은 일을 해야 한다는 원칙 말이에요. 남자나 여자나 모두 일을 해야 해요. 게으름은 용서받지 못할 죄니까."

"나중에 외무부 장관이 된 에드워드 그레이 경은 옥스퍼드조차 포기한 게으름뱅이였다고 합니다. 제가 알기로는 웰링턴 공작 역시 게으르고 움직임이 굼뜬 분이었다고 들었습니다. 그리피스 양, 생각해 보십시오. 어쩌면 당신은 런던까지 기차를 타고 다니지 못했을 수도 있습니다. 조지 스티븐슨이 어린 시절, 하는 일 없이 빈둥거리지 않았다면 그의 어머니 주방에서 김 때문에 들썩이는 주전자 뚜껑에 관심을 가지지 않았을지도 모르고, 그랬다면 증기 기차라는 문명의 이기는 태어나지 않았을 테니까요."

에이미는 그저 콧방귀만 뀌어 댔지만 나는 계속 주장을 펼쳤다.

"그러니까 저는 위대한 발명이나, 천재의 주요 업적들은 자발적이든, 억지로 시켜서든 게으름에서 나왔다고 생각합니다. 인간의 정신은 본래 다른 사람들의 생각을 그대로 받아들이기를 좋아하는 법입니다. 하지만 다른 사람들의 생각을 심어 주지 않으면 어쩔 수 없이 혼자서 생각하게 되죠. 기억하십시오. 그렇게 떠올린 생각은 자신만의 생각이고, 가치 있는 결과를 가지고 올 수 있다는 걸 말입니다."

에이미가 또다시 비웃기 전에 나는 재빨리 말을 이었다.

"더군다나 예술적인 측면에서는 더욱 그렇죠."

나는 자리에서 일어나 책상에 간직하고 있던 사진을 꺼내 왔다. 그건 중국인의 모습을 담은 것으로 내가 제일 좋아하는 사진이었다. 나무 아래 한 노인이 앉아 손가락과 발가락에 실을 걸고 한가로이 실뜨기를 하고 있는 모습이었다.

"이 사진은 중국 전시회에 출품됐던 작품입니다. 제가 무척 좋아하는 거죠. 당신한테 보여 드리고 싶습니다. 제목은 「유유자적하게 즐기는 노인」이랍니다."

에이미 그리피스는 내가 아끼는 그 사진을 보고도 별다른 감흥을 받지 못한 것 같았다. 그녀가 말했다.

"중국인들이 게으르다는 건 누구나 아는 사실이죠!"

"이 사진을 봐도 아무것도 느껴지는 게 없습니까?"

"솔직히 말씀드리면 없어요. 전 예술에는 전혀 관심이 없습니다. 버턴 씨, 지금 당신은 전형적인 남자들의 태도를 보여 주고 있어요. 여자가 일을 하는 것도, 그래서 여자들과 경쟁해야 한다는 것도 싫은 게 아닌가요?"

나는 깜짝 놀랐다. 그녀가 여권주의자일 줄이야. 에이미는 얼굴을 붉힌 채 계속 말을 이었다.

"여자들이 일을 하고 싶어 한다는 건 당신 같은 사람들한테는 믿기 힘든 이야기겠지요. 우리 부모님도 그러셨어요. 전 의사가 되고 싶어 의학 공부를 하려 했어요. 하지만 두 분은 학비를 대 줄 생각을 하지 않으셨어요. 하지만 오웬을 위해서는 기꺼이 학비를 대 주셨죠. 그렇지만 않았으면 전 동생보다 좋은 의사가 될 수 있었을 거예요."

"그 점은 안타깝게 생각합니다. 당신한테는 무척 힘든 일이었겠군요. 누구나 하고 싶은 일을 하지 못한다면……."

그녀가 재빨리 말을 이었다.

"아, 이제는 괜찮아요. 전 자제심이 많은 편이니까요. 제 인생은 충분히 바쁘고 활동적이에요. 림스톡에서 가장 행복한 사람 중 한 명이죠. 할 일이 아주 많으니까요. 그렇지만 여자들은 항상 집에 있어야 한다는 어리석은 구시대의 편견에는 언제라도 맞서 싸울 준비가 되어 있어요."

"제가 마음을 상하게 했다면 죄송합니다. 그건 정말 제 의도가 아니었어요. 메건도 집에만 있을 아가씨는 아니라고 생각합니다만."

"불쌍한 아이예요. 전 그 애가 어디에서도 어울리지 못할까 봐 걱정이에요."

에이미는 마음을 가라앉히고 평상시와 다름없는 목소리로 다시 말을 이었다.

"아시겠지만, 그 애 아버지는……."

그녀가 머뭇거리는 것을 보고 나는 무뚝뚝하게 말했다.

"알 수가 없네요. 사람들마다 '그 애 아버지'라는 말만 나오면 말 끝을 흐리더군요. 그 사람이 대체 무슨 일을 저질렀습니까? 아직까지 살아 있기는 한 건가요?"

"그건 모르겠어요. 저도 정확하게 알지는 못해요. 하지만 그 사람이 나쁜 짓을 많이 한 건 틀림없어요. 전 그 사람이 감옥에 있을 거라고 믿어요. 아주 비정상적인 사람이었을 거예요. 그래서 전 메건이 좀 '모자란다'고 해도 놀라지 않아요."

"메건은 모자라는 구석이 전혀 없습니다. 좀 전에도 말씀드렸다시피, 전 메건이 아주 영리한 아가씨라고 생각합니다. 제 동생 역시 그렇게 생각하고요. 조애너는 메건을 많이 좋아합니다."

"동생 분이 여기서 지루해하지 않을까 걱정이네요."

에이미의 말 속에서 왠지 가시가 느껴졌다. 에이미 그리피스는 내 동생을 싫어했다. 그녀가 상투적인 투로 말을 이었다.

"우린 모두 궁금하게 여기고 있었어요. 어떻게 당신이나 동생 분이 이런 한적한 곳에서 지낼 생각을 했는지 말이에요."

"의사의 지시였습니다. 아주 조용하고 아무 일도 없는 곳에서 요양하라고 하더군요."

나는 한숨 돌렸다가 덧붙였다.

"이제 보니 림스톡은 조용한 곳이 아니었지만 말입니다."

"그래요. 정말 그렇죠."

에이미는 걱정스러운 어조로 대답하고는 자리에서 일어나며 말했다.

"이제 그런 지저분한 일들은 더 이상 없어야 해요! 그런 일이 일어나게 내버려 둘 수 없어요."

"경찰이 알아서 해결할 수 있을까요?"

"그럴 거라고 생각해요. 하지만 전 우리 손으로 직접 해결해야 한다고 생각해요."

"우리는 경찰보다 아는 게 없지 않습니까."

"그렇지 않아요! 우리에겐 어쩌면 그 이상의 판단력과 지성이 있을 수도 있으니까! 결심만 하면 되는 거죠."

그녀는 불쑥 작별 인사를 하고 떠났다.

조애너와 메건이 산책에서 돌아왔다. 내가 메건에게 중국인의 사진을 보여 주자 그녀의 얼굴이 밝아졌다. 메건이 말했다.

"여긴 천국인 것 같아요, 그렇지 않아요?"

"나도 그렇게 생각해요."

메건의 이마에 내가 잘 아는 그녀 특유의 주름이 잡혔다.

"하지만 이렇게 살기는 어렵겠죠, 그렇죠?"

"한가롭게 사는 거 말이에요?"

"아니요. 한가롭게 사는 것뿐만 아니라, 그 생활을 즐기는 것 말이에요. 당신도 이렇게 노숙해지면······."

그녀가 머뭇거렸다.

"이 사람은 완전히 노인인데."

"내 말은 그러니까, 그렇게 늙으라는 말이 아니에요. 나이가 많다는 뜻이 아니라, 내가 하려고 했던 말은, 그러니까······."

"그러니까 메건이 하고 싶었던 말은 도를 닦다 보면 무위의 경지에 오르게 된다, 그런 거 아닌가요? 내가 보기에 메건은 중국 시 백 편만 더 읽으면 더 이상 배울 게 없을 것 같은데."

III

그날 늦게 나는 시내에서 사이밍턴을 만났다.

"메건을 잠시 우리 집에서 지내게 하려는데 괜찮을까요? 조애너의 친구로 말입니다. 이곳에는 친구가 없다 보니 동생이 가끔 외로워하거든요."

"아, 메건 말입니까? 그럼요, 정말 친절하신 분이군요."

나는 사이밍턴에 대한 혐오감을 더 이상 참을 수가 없었다. 그는 메건에 대해서 완전히 잊어버리고 있었던 것이 분명했다. 만일 그가 메건이 부인의 전 남편의 아이라 질투가 나서 싫어하는 거라면 나도 신경 쓰지 않았을 것이다. 하지만 그는 메건을 싫어하는 게 아니라, 아예 관심이 없었다. 사이밍턴은 집에서 키우는 개만큼도 그녀에 대해 신경 쓰지 않는 것 같았다. 설사 개라고 할지라도 혼내고 꾸짖거나, 가끔씩 쓰다듬어 줄 정도의 관심은 가지게 마련인데 말이다. 나는 사이밍턴이 의붓딸에게 전혀 관심이 없는 것을 보고 화가 났다.

"그 애에 대해서는 어떻게 하실 생각입니까?"

내 질문에 그는 깜짝 놀란 듯했다.

"메건 말인가요? 글쎄, 계속 우리 집에서 같이 살 겁니다. 그 아이 집은 여기니까요."

내가 무척 좋아한 우리 할머니는 기타를 치며 옛날 노래를 불러 주시곤 했다. 내가 기억하고 있는 노래 중에 하나는 끝이 이랬다.

오, 정말 사랑스러운 아가씨, 난 여기 없다오.

집도 머물 곳도 없어. 바닷가에도 모래밭에도 있을 곳이 없네.

하지만 그대 마음속에 머무르리.

나는 그 노래를 흥얼거리며 집으로 돌아왔다.

IV

차를 마시고 찻잔을 막 치웠을 때 에밀리 바턴이 찾아왔다.

그녀는 정원에 대해 이야기하고 싶어 했다. 그래서 우리는 30분 가량 정원을 돌아보며 이야기를 나눈 다음 집으로 걸어갔다.

그때 바턴 양이 갑자기 목소리를 낮추며 중얼거렸다.

"그 아이가 이번 끔찍한 일로 너무 큰 충격을 받지 않았나 모르겠군요."

"메건 어머니의 자살을 말씀하시는 겁니까?"

"그것도 물론 그렇지만, 사실 내가 말하고 싶은 건, 그러니까……그 불쾌한 소문 때문에 마음 상하지는 않았느냐는 거예요."

나는 호기심이 생겼다. 그 모든 일에 대한 바턴 양의 반응을 알고 싶었다.

"그 일에 대해서 어떻게 생각하십니까? 정말 그 편지에 담긴 내용이 사실일까요?"

"오, 아니에요, 아니에요. 그건 절대로 사실이 아니에요. 사이밍턴 부인은 절대로 그럴 사람이 아니에요. 그자는 그런 짓을 해서는 안 되는 거였어요."

에밀리 바턴은 얼굴을 붉히며 어쩔 줄을 몰라 했다.

"그러니까 그건 사실이 아니라는 거예요. 물론 그것을 일종의 심판이라고 볼 수도 있겠지만."

"심판이라고요?"

나는 그녀를 쳐다보며 되물었다.

에밀리 바턴의 얼굴이 드레스덴 중국 자기보다도 더 붉게 달아올랐다.

"온갖 슬픔과 고통을 가져다 주는 그 무서운 편지들이 왠지 어떤 목적이 있어서 오는 거라는 생각이 자꾸만 들어요."

"그 편지들은 분명히 목적을 가지고 있습니다."

내가 단호히 말했다.

"아니요, 아니에요. 버턴 씨. 내 말을 잘못 알아들었군요. 난 그 편지를 쓴 나쁜 사람에 대해, 그러니까 다시는 그런 짓을 못하게 만들어야 하는 그 범인에 대해 한 이야기가 아니에요. 난 이게 하느님의 섭리라고 생각해요! 우리의 결점을 일깨워 주기 위해서 이렇게 하시는 거라는 말이에요."

"정말 하느님의 뜻이었다면 이처럼 불미스러운 방법을 선택하지 않으셨을 겁니다."

내 말에 에밀리 바턴은 하느님의 뜻은 알 수 없는 법이라고 중얼거렸다.

"아니요, 인간이 자유 의지로 행하는 사악한 짓을 신의 뜻으로 돌리시면 안 됩니다. 물론 바턴 양의 말씀도 일리는 있다고 생각합니다. 하지만 신께서 직접 우리에게 벌을 내리실 필요는 없어요. 우리는 스스로 벌을 내리기에도 지나치게 바쁘니까 말입니다."

"누군지는 몰라도 도대체 왜 이런 일을 벌이는 건지 그 이유를 모르겠어요."

나는 어깨를 으쓱했다.

"비뚤어진 심리 상태에서 그러는 거겠죠."

"그렇다면 정말 슬픈 일이에요."

"제가 보기에는 별로 슬픈 일이 아닌데요. 제게는 저주받을 일로 여겨질 뿐이니까요. 이런 표현을 했다고 해서 사과하고 싶은 생각은 없습니다. 전 정말 그렇게 생각하니까요."

바턴 양의 얼굴에서 붉은 기운이 완전히 가셨다. 그녀의 뺨은 창백할 정도로 하얗게 변했다.

"하지만, 버턴 씨, 왜 그랬을까요? 도대체 왜요? 이렇게 해서 무슨 이득이 있다는 거죠?"

"그건 바턴 양이나 제가 도저히 이해할 수 없는 일입니다."

에밀리 바턴은 목소리를 낮추었다.

"사람들은 클리트 부인의 짓이라고 말하고 있어요. 하지만 난 그렇게 생각하지 않아요."

나는 고개를 끄덕였다. 그녀는 초조해하며 말을 이었다.

"이전에는 이런 일이 한 번도 없었어요, 내가 기억하기로는. 아주 행복한 작은 마을이었죠. 어머니가 살아 계셨다면 이 일을 두고 뭐라고 하셨을까요? 이 일을 저지른 사람이 누군지는 몰라도 지금 우리 어머니가 안 계신 걸 다행으로 여겨야 할 거예요."

나도 죽은 바턴 부인이 이 일을 들었다면 어떤 반응을 보일지 생각해 보았다. 이제까지 부인에 대해서 들은 이야기를 종합해 보면 차라리 이번 일을 즐기지 않았을까 싶은 생각이 들었다.

에밀리가 계속 말을 이었다.

"이번 일은 정말 날 괴롭히는군요."

"혹시, 바턴 양도…… 편지 같은 걸 받으셨습니까?"

그녀의 얼굴이 진홍빛으로 달아올랐다.

"아, 아니에요. 그런 건 아니에요. 오! 그랬다면 정말 끔찍한 일일 거예요."

내가 급히 사과했지만 그녀는 몹시 곤혹스러워하며 떠났다.

나는 집 안으로 들어갔다. 조애너가 거실 벽난로 옆에 서 있었다. 저녁이면 쌀쌀한 편이라 불을 피우려던 모양이었다.

동생은 손에 개봉된 편지를 한 통 들고 있었다.

내가 들어서자 조애너가 고개를 돌려 나를 보았다.

"오빠! 우편함에서 이 편지를 발견했어. 방금 온 모양이야. 맨 앞에 '당신은 짙게 화장한 매춘부'라고 씌어 있어."

"또 무슨 소리가 적혀 있는데?"

조애너가 인상을 찡그렸다.

"전부 쓰레기 같은 소리야."

조애너는 편지를 난로에 집어 던졌다. 나는 부상당하기 전과 같은 날샌 동작으로 편지에 불이 붙기 전에 재빨리 건져 올렸다.

"태우면 안 돼. 이 편지가 필요할지도 몰라."

"이게 필요하다고?"

"경찰들한테."

V

다음 날 아침, 내시 총경이 찾아왔다. 처음 그를 보자마자 나는 그가 마음에 들었다. 내시는 유능한 수사과 요원처럼 보이는 지방 총경이었다. 차분하고 사려 깊은 눈매와 솔직하고 예의바른 태도를 가진 키가 크고 단정한 사람이었다.

"안녕하십니까, 버턴 씨. 저를 만났으면 좋겠다고 하셔서 이렇게 찾아왔습니다만."

"예, 이번 편지 사건 때문에 드릴 말씀이 있어서요."

그가 고개를 끄덕였다.

"버턴 씨도 그 편지를 받은 적이 있습니까?"

"예, 이곳에 온 지 얼마 안 돼서 받았습니다."

"정확하게 뭐라고 씌어 있던가요?"

나는 잠시 생각했다. 그리고 신중하게 가능한 한 편지에 씌어 있던 그대로 이야기했다.

총경은 아무 표정 없이 그 이야기를 들었고, 어떤 감정도 내비치지 않았다. 내가 이야기를 마치자 그가 말했다.

"알겠습니다. 그 편지를 가지고 계십니까, 버턴 씨?"

"죄송합니다. 그 편지는 없습니다. 그때만 해도 그저 새로 온 사람에 대한 일시적인 거부감 때문인 줄 알았으니까요."

총경이 이해한다는 듯 고개를 숙이고는 간략하게 말했다.

"안타깝군요."

"하지만 어제 제 동생이 또 편지를 받았습니다. 불에 태워 버리려는 걸 제가 말렸지요."

"감사드립니다. 버턴 씨, 아주 사려 깊은 행동이었습니다."

나는 책상 서랍에서 편지를 꺼냈다. 파트리지 눈에 띄면 좋을 것 같지 않아 안에 넣어 두었던 것이다. 난 내시에게 그 편지를 건네주었다.

그는 편지를 읽은 다음 고개를 들고 내게 물었다.

"이건 지난번에 왔던 것과 같은 모양입니까?"

"그렇습니다. 제가 기억하기로는."

"봉투와 편지지 모두 똑같습니까?"

"예, 봉투에는 타자로 주소가 찍혀 있었습니다. 편지 내용은 인쇄된 글자를 오려 붙인 것이었습니다."

내시는 고개를 끄덕이더니 편지를 주머니에 집어넣으며 말했다.

"버턴 씨, 괜찮으시면 경찰서까지 같이 가 주실 수 있을까요? 거기 가서 의논을 한다면 시간과 수고를 많이 줄일 수 있을 것 같은데 말입니다."

"그러시죠. 지금 바로 갈까요?"

"괜찮으시다면."

문 앞에 경찰차가 서 있었다. 우리는 함께 그 차를 타고 경찰서로 향했다.

"이번 일을 해결할 수 있을 거라고 생각하십니까?"

내시는 자신만만하게 고개를 끄덕였다.

"그럼요. 우린 이제부터 이번 사건의 진상을 파헤칠 겁니다. 단지 시간과 절차의 문제가 남아 있을 뿐이죠. 이런 사건의 경우는 일의 진행이 더디기는 해도 반드시 해결되는 법입니다. 조금씩 사건의 범위를 좁혀 나가는 거죠."

"소거법인가요?"

"그렇습니다. 가장 일반적인 방법이죠."

"그렇다면 우편함을 조사한다거나, 타자기에 묻은 지문을 조사하는 건가요?"

총경이 미소 지었다.

"말씀하신 대로입니다."

경찰서에 도착해서 보니 사이밍턴과 그리피스가 이미 도착 해 있었다. 나는 키가 크고 핼쑥한 얼굴을 한 사복 차림의 그레이브스 경위를 소개받았다.

"그레이브스 경위는 우리를 도와주기 위해 런던에서 왔습니다. 경위는 이번과 같은 익명 편지 사건 전문이죠."

내시가 설명해 주었다.

그레이브스 경위가 애처로워 보이는 미소를 지었다. 평생 익명의 편지를 쓴 사람을 추적하며 산다는 것은 분명히 우울한 일일 거라는 생각이 들었다. 그러나 그레이브스 경위는 침울해 보이기는 했지만 의욕적인 모습을 보여 주었다.

"이런 사건들은 대개 비슷합니다. 여러분 모두 놀라셨을 겁니다. 편지에 담긴 내용이나 표현 때문에 말입니다."

그가 침울한 블러드 하운드처럼 애처로운 목소리로 말했다.

"2년 전에도 이와 비슷한 사건이 있었습니다. 그때도 그레이브스 경위가 와서 도와주었지요."

내시가 말했다.

그레이브스 앞에 놓인 탁자에는 편지들이 여러 통 펼쳐져 있었다. 편지들을 살펴보고 있었던 모양이다.

"어려운 점은 이런 편지들을 입수하는 일입니다. 대부분의 사람들은 편지를 난로에 던져 태워 버리거나, 그런 편지를 받았다는 사실조차 인정하려 들지 않습니다. 어리석음과 두려움이 경찰의 수사를 곤란하게 만드는 거죠. 사실 여기서도 이런 편지들이 돈 지는 꽤 됐죠."

내시가 말했다.

"지금까지 우리는 상당한 양의 편지들을 모았습니다."

그레이브스가 말했다. 내시는 주머니에서 내가 준 편지를 꺼내 그에게 건네주었다.

그레이브스 경위는 그 편지를 대충 살펴본 뒤, 다른 편지들과 함께 펼쳐 놓고는 만족스럽게 쳐다보았다.

"아주 좋군요. 아주 좋습니다."

나라면 그 편지들을 놓고 그런 식으로 말하지 않겠지만, 전문가들에게는 나름대로의 관점이 있을 거라는 생각이 들었다. 이렇게 지독하고 쓰레기 같은 내용의 편지를 보고도 기뻐하는 사람이 있다는 게 재미있었다.

그레이브스 경위가 말했다.

"이제는 수사를 시작할 수 있을 정도로 충분히 모은 것 같습니다. 그리고 여러분에게 부탁하겠습니다. 이 외에 다른 편지를 가지고 계시다면 즉시 가져다 주십시오. 혹시 누군가가 이런 편지를 받았다는 사실을 알게 되면(특히 의사 선생님, 환자들 중에서요.) 가능한 한 그 사람에게 편지를 가지고 경찰서로 오게 해 주십시오. 지금 제가 가지고 있는 건……."

그는 손가락을 하나하나 꼽으며 설명했다.

"사이밍턴 씨가 두 달 전에 받은 편지와 그리피스 선생님, 진치 양, 정육점의 무지 부인이 받은 것, 그리고 스리 크라운스 술집의 여급인 제니퍼 클라크와 사이밍턴 부인이 받은 편지, 그리고 지금 막 버턴 양이 받은 편지입니다. 아, 은행 지점장이 받은 편지도 한 통 있군요."

"대표적인 것만 잘 모으셨군요."

내가 한마디 했다.

"그렇지만 이번 경우에는 다른 사건들과 일치하는 게 하나도 없어요! 지난번 이 근처에서 있었던 모자 가게 여자가 범인이었던 사건과는 전혀 다르단 말입니다. 이 사건은 차라리 노섬버랜드에서 어느 여학생이 저질렀던 사건과 비슷합니다. 여러분, 제 입장에서 말씀드리자면, 저는 늘 똑같은 것보다는 새로운 걸 좋아합니다."

"이 세상에 새로운 일이 뭐 있나요."

내가 중얼거렸다.

"그건 그렇습니다. 하지만 우리 일에 종사하다 보면 제 말을 이해하실 수 있을 겁니다. 이해하고말고요."

내시가 한숨을 쉬며 말했다.

사이밍턴이 물었다.

"그 편지를 쓴 사람에 대해 뭔가 밝혀진 사실이 있습니까?"

그레이브스는 목을 가다듬고 일장 연설을 시작했다.

"이 편지들은 확실한 유사점을 가지고 있습니다. 제가 여러분들이 생각하고 계신 것부터 차례대로 설명하기로 하죠. 일단 편지 내용은 인쇄된 책에서 오려낸 글자를 하나하나 붙여서 만들었습니다. 그 책은 아주 옛날 책으로 1830년대에 인쇄된 것으로 보입니다. 이런 방법은 필체 때문에 정체가 드러날지도 모르는 위험을 피하기 위해서 사용한 것입니다. 오늘날에는 대부분의 사람들이 알고 있고, 그래서 아주 흔한 방법이기도 하지요……. 소위 필적 위조를 한다고 해도 전문가의 감정을 받게 되면 금세 들통나게 마련이니까요. 특이하게도 이 편지나 봉투에는 어떤 지문도 남아 있지 않습니다. 이 편지들을 우편 기관에서 취급했다면 수납자를 비롯해서, 여러 사람의 지문이 남아 있어야 하는데 그렇지 않다는 것은 누군가 장갑을 끼고 조심스럽게 다루었다는 걸 뜻하죠. 이 봉투에 씌어진 글씨는 원저 7형 타자기로 친 겁니다. a와 t자가 일직선으로 나타나는 낡은 타자기가 분명해요. 이 편지들은 대부분 이 지역에서만 배달되었고, 각 가정의 우편함에 넣어져 있었습니다. 그 사실로 미루어 출처는 이 지역이 분명합니다. 모두 여자가 쓴 것으로, 제 소견으로는 중년 또는 그보다 나이가 많은 여성이 쓴 것입니다. 또 확실하지는 않지만 이 편지들을 쓴 사람은 미혼일 확률이 높습니다."

경위의 추리에 감탄하느라 우리는 잠시 아무 말도 할 수 없었다. 이윽고 내가 입을 열었다.

"타자기에 대해서는 분명히 확신하고 계신 모양이군요, 아닙니까? 여기는 그리 크지 않은 곳이니 그 타자기를 찾으면 범인을 잡을 수가 있겠군요."

그레이브스 경위가 슬픈 얼굴로 고개를 저으며 대답했다.

"그건 그렇지 않습니다."

내시가 말했다.

"그 타자기는 누구나 칠 수 있는 곳에 놓여 있었습니다. 그건 사이밍턴 씨가 사무실에서 쓰던 것을 여성 회관에 기증한 낡은 타자기였습니다. 누구라도 쉽게 그 타자기를 이용할 수 있습니다. 이곳 여성들은 회관을 자주 드나드니까요."

"그렇다면, 정확하게 뭐라고 부르는지는 모르겠습니다만…… 타자 치는 습관 같은 것에서 뭔가 알아낼 만한 것은 없었습니까?"

그레이브스가 다시 고개를 끄덕였다.

"예, 그것도 살펴보았죠. 하지만 알아낸 사실은 손가락 하나만 이용해서 쳤다는 것뿐입니다."

"그렇다면, 타자기를 잘 치지 못하는 사람의 짓이란 말인가요?"

"아니요, 그렇게 말할 수는 없습니다. 타자를 칠 줄은 알지만 그 사실을 우리에게 알리고 싶지 않아서 이렇게 한 것 같습니다."

"이 편지들을 보낸 사람은 누구든 간에 굉장히 교활한가 봅니다."

내가 천천히 말했다.

"여자입니다. 범인은 여자예요. 속임수에 도통한 여자일 겁니다."

그레이브스가 말했다.

"저는 이런 시골 여자들 중에 그런 머리를 가지고 있는 사람이 있을 거라고는 생각해 본 적이 없습니다."

내가 말했다.

그레이브스가 헛기침을 했다.

"제가 분명히 말씀드리지 않았나 봅니다. 이 편지들은 틀림없이 교육받은 여성이 쓴 겁니다."

"그럼 '숙녀'의 짓이란 말인가요?"

그 단어는 무의식적으로 사용한 것이었다. 사실 나는 지난 몇 년 간 '숙녀'라는 단어는 써 본 적이 없었다. 그런데 지금 자동적으로 그 말이 튀어나왔다. 어렴풋이 할머니의 오만한 목소리가 귓가에 울리는 것 같았다. "그 여자는 '숙녀'가 아니란다."

내시는 내 말을 금세 이해했다. 숙녀라는 단어에서 그도 뭔가를 떠올린 모양이었다.

"반드시 숙녀일 필요는 없지요. 하지만 확실히 이 마을 여자는 아닙니다. 여기 여자들은 대부분 교육을 받지 못해서 철자도 잘 모를 뿐만 아니라, 자기 의사를 확실히 표현할 줄 모르니까 말입니다."

나는 잠시 아무 말도 하지 못했다. 그건 무척 충격적인 사실이었다. 이곳은 아주 작은 마을이었다. 무의식적으로 나는 그 편지들을 쓴 사람으로 클리트 부인처럼 심술궂고 얼빠진 듯 위장하고 있는 여자를 떠올려 보았다.

사이밍턴이 이런 내 생각을 읽기라도 했는지 날카롭게 말했다.

"하지만 여기는 작은 곳이라 그런 여자는 전부 합쳐도 열 명 안팎입니다."

"그렇습니다."

"도저히 믿을 수 없습니다."

사이밍턴이 불쑥 말했다. 그는 말소리를 내기도 싫다는 듯 앞을 똑바로 쳐다보며 말을 이었다.

"제가 심리에서 진술한 내용을 들으셨을 겁니다. 그때 그 진술을 제가 죽은 아내를 보호하기 위해 한 말이라고 생각하고 계실지 모르기 때문에 다시 한 번 분명히 말씀드리겠습니다. 아내가 받은 편지의 내용은 완전히 거짓입니다. 전 그게 사실이 아니라는 걸 분명히 알고 있습니다. 아내는 아주 예민한 여자였어요. 글쎄요, 어떤 측면에서 보면 숙녀인 척하는 거라고 볼 수도 있겠군요. 어쨌든 그 편지는 아내에게 엄청난 충격이었을 겁니다. 게다가 그 사람은 몸도 약했어요."

그레이브스가 바로 대답했다.

"틀림없이 그럴 거라고 생각합니다. 그 편지들 중에 구체적으로 뭔가를 알고 있는 것 같은 대목은 조금도 없었으니 말입니다. 그저 맹목적인 비난 일색이죠. 더군다나 공갈 협박의 기미도 전혀 없습니다. 그렇다고 종교적인 편견 같은 것이 보이는 것도 아니지요. 오직 그 짓과 욕설뿐입니다! 이 사실이 우리를 범인에게 인도하는 좋은 길잡이가 되어 줄 것입니다."

사이밍턴이 자리에서 일어났다. 냉정하고 감정을 잘 드러내지 않는 그가 입술을 떨고 있었다.

"그 편지를 쓴 악마를 어서 빨리 잡아 주기 바랍니다. 제 아내는 그 여자에게 칼에 찔려 살해된 거나 마찬가지니까요."

그는 잠시 사이를 두었다가 물었다.

"지금쯤 그 여자는 어떤 기분일까요?"

그러고는 질문만 던진 채 대답도 듣지 않고 나갔다.

"그리피스 씨, 그 여자는 어떤 기분일까요?"

내가 물었다. 왠지 그 대답이 그의 소관이라고 느껴졌기 때문이었다.

"하느님만이 아시겠죠. 어쩌면 후회하고 있을지도 모릅니다. 아니면 사람들을 이렇게 만든 자기 힘에 즐거워하고 있을지도 모릅니다. 사이밍턴 부인의 죽음이 그 여자의 열망을 채워 주었을지도 모르죠."

"그렇지 않기만 바랄 뿐입니다. 만일 정말 그런 거라면, 그 여자는……."

내가 몸을 떨며 말했다.

내가 말을 끝맺기를 주저하자 내시가 대신 말했다.

"또다시 이런 일을 시도할 거라는 말입니까? 버턴 씨, 우리가 범인을 잡는 데는 그 여자가 편지를 다시 보내 주는 편이 유리합니다. 그리고 투수는 한 번 잘 들어가면 계속 같은 공을 던진다는 사실을 기억하십시오."

"이런 일을 계속한다면 그 여자는 미친 겁니다."

내가 소리쳤다.

"그 여자는 계속할 겁니다. 그런 사람들은 언제나 그렇죠. 한 번만으로 그칠 수 없다는 게 그들의 가장 큰 약점이니까요."

그레이브스가 말했다.

나는 몸서리를 치며 고개를 끄덕였다. 그리고 더 이상 볼일이 없으면 그만 돌아가도 괜찮겠냐고 물었다. 그 안의 공기 중에도 사악한 기운이 감도는 것 같았다.

"그만 돌아가셔도 좋습니다, 버턴 씨. 다만 항상 주의를 살피십시오. 그리고 가능한 한 다른 사람들에게도 많이 알려 주십시오. 누구든 편지를 받은 사람이 있으면 저희에게 연락하라고 말입니다."

내시가 말했다.

나는 고개를 끄덕였다.

"지금쯤 이곳에 사는 사람들 모두 한 번쯤은 이 끔찍한 편지를 받았을 것 같은데요."

"저도 궁금하군요. 그런데 정말 모르십니까? 아직까지 편지를 받지 않은 사람이 누군지?"

그레이브스가 고개를 비스듬히 기울인 채 물었다.

"정말 이상한 질문이군요! 제게 비밀을 털어놓는 사람은 그다지 많지 않습니다."

"아니, 그렇지 않습니다. 버턴 씨. 저는 그런 뜻으로 말씀드린 게 아닙니다. 그저 잘 아는 분들 중에 편지를 받지 않은 사람을 알고 계시냐는 뜻이었어요."

"그거야, 사실 조금은 알고 있습니다."

나는 망설이며 대답했다. 그리고 에밀리 바턴과 나누었던 대화와 그녀가 했던 이야기를 들려주었다.

그레이브스는 목석 같은 얼굴로 내 이야기를 듣고 난 후, 이렇게 말했다.

"방금 그 이야기는 많은 도움이 될 것 같습니다. 그 점에도 주의해야겠군요."

나는 오웬 그리피스와 함께 오후 햇살이 반짝이는 밖으로 나왔다. 일단 거리로 나오자 나는 큰 소리로 외쳤다.

"태양 속으로 나오는 것만으로도 기운이 나고, 상처받은 마음을 다스릴 수 있는 이곳은 대체 어떤 곳입니까? 이곳은 썩은 독기로 가득하면서도 에덴의 동산처럼 평화롭고 순결해 보이니 말입니다."

"에덴의 동산에도 한 마리의 뱀은 있었지요."

그리피스가 냉담하게 대꾸했다.

"그리피스 씨, 저 사람들이 정말 뭔가를 알고 있는 걸까요? 무슨 생각이 있는 것처럼 보입니까?"

"모르겠습니다. 어쨌든 저 사람들은 전문적인 기술을 가진 경찰이니까요. 솔직하게 다 털어놓고 있는 것처럼 보이지만, 사실은 우리에게 아무것도 알려 주지 않았잖아요."

"그건 그래요. 그런데 내시는 좋은 사람인 것 같더군요."

"아주 유능한 사람이기도 합니다."

"만일 여기에 박쥐 같은 친구가 있다고 하면 적어도 당신은 알고 있어야죠."

내가 책망하듯 말했다.

그리피스는 고개를 저었다. 낙심한 듯 보였다. 아니, 그보다는 걱정이 있는 것처럼 보였다. 나는 그가 혹시라도 어떤 실마리를 가지고 있는 건 아닌지 궁금했다.

우리는 하이 스트리트까지 함께 걸어왔다. 나는 복덕방 앞에서 걸음을 멈추었다.

"임대 계약을 연장하고 임대료를 미리 지불해야겠어요. 깨끗하게 정산해 놓는 편이 조애너나 나나 마음이 놓이거든요. 그렇지 않으면 지금 살고 있는 집에서 쫓겨날지도 모르니까요."

"그렇게 하지 마요."

"어째서요?"

그는 한동안 가만히 있다가 천천히 입을 열었다.

"사실…… 나도 당신 생각이 옳다고 생각해요. 하지만 림스톡은 이제 예전처럼 건전한 곳이 아닙니다. 혹시…… 당신이나 당신 동생이 해를 입게 될지도 몰라요."

"조애너한테는 아무 일도 없을 거예요. 그 애는 강하니까요. 도리어 내가 약하죠. 사실 이번 일 때문에 기분이 좋지 않습니다."

"나도 그렇습니다."

내가 복덕방의 문을 반쯤 열며 말했다.

"하지만 떠나지는 않을 겁니다. 저속한 호기심이 소심함보다는 강한 법이죠. 난 이 일이 어떻게 해결될지 알고 싶거든요."

안으로 들어가자 타자를 치고 있던 여자가 일어나 내게 다가왔다. 그녀는 곱실거리게 지진 머리 모양을 하고 억지 웃음을 짓고 있었지만, 지난번에 왔을 때 사무실을 좌지우지하던 안경 쓴 젊은 여자보다는 지적으로 보였다.

잠시 후 그녀의 얼굴이 왠지 친숙하다는 생각이 들었다. 알고 보니 그 여자는 사이밍턴의 밑에서 일하던 진치 양이었다. 나는 그녀에게 물어보았다.

"혹시 '갈브레이스 앤드 사이밍턴' 사무실에서 일하시던 그분 아닌가요?"

"맞아요. 그랬어요. 아무래도 그곳을 떠나는 편이 나을 것 같다는 생각이 들어서요. 여기도 꽤 괜찮은 직장이에요, 보수가 그렇게 많다고 할 수는 없지만. 하지만 세상에는 돈보다 더 가치 있는 일들이 있잖아요, 그렇지 않은가요?"

"그야 그렇죠."

"그 끔찍한 편지 때문에 직장을 옮겼어요. 저도 한 통 받았거든요. 제가 사이밍턴 씨가 관계가 있다고. 아, 정말 너무 지저분한 내용이었어요! 하지만 그 편지를 경찰에 가져다 주는 게 제가 해야 할 일이라고 생각했어요. 비록 기분 좋은 일은 아니지만 말이에요, 안 그런가요?"

진치 양은 숨을 죽이고 속삭이듯 이야기했다.

"그럼요. 당연히 불쾌하셨을 겁니다."

"그렇지만 경찰들이 무척 고마워하면서 제가 옳은 일을 했다고 하더군요. 하지만 그렇게 하고 난 후 전 이런 생각이 들었어요. 만일 사람들이 그게 사실일 거라고 수군거린다거나, 편지를 쓴 사람은 어떻게 그런 생각을 하게 된 걸까 궁금해할지도 모른다고 말이에요. 그래서 일단은 안 좋게 보이는 건 피해야겠다고 생각했죠. 물론 사이밍턴 씨와 저 사이에는 아무 일도 없었지만 말이에요."

나는 당혹스러웠다.

"그럼요. 당연히 그런 일은 없으셨을 테죠."

"하지만 사람들은 아주 나쁜 생각들을 해요. 그렇다니까요. 얼마나 좋지 못한 생각들을 하는지!"

피해 보려고 애를 썼지만 나는 결국 그녀와 눈이 마주치고 말았다. 그리고 나는 아주 불쾌한 사실을 알아차렸다. 진치 양은 자신과 관련된 이번 일을 즐기고 있었다.

오늘 이미 나는 익명의 편지를 보고 즐거워하는 사람을 만났다.

하지만 그레이브스 경위의 그런 열정은 직업적인 것이었다. 그러나 진치 양의 즐거움은 단지 선정적이고 혐오스러운 것에 불과했다.

그 순간 이런 생각이 갑자기 떠올랐다.

진치 양이 그 편지들을 쓴 장본인은 아닐까?

제7장

I

집에 돌아가자 데인 캘드로프 부인이 조애너와 이야기를 나누고 있었다. 그녀는 침울하고 아픈 사람처럼 보였다.

"버턴 씨, 이번 일로 난 큰 충격을 받았답니다. 불쌍한 사람, 정말 불쌍한 사람."

부인이 말했다.

"그렇습니다. 목숨을 끊어야 하는 상황에 몰린다는 건 생각만 해도 끔찍한 일이죠."

"오, 당신은 사이밍턴 부인의 일을 말하는 건가요?"

"부인은 아니었습니까?"

데인 캘드로프 부인은 고개를 저었다.

"물론 그녀의 일도 안타까운 일이기는 하죠. 하지만 그 일은 다른 상황이었다고 해도 일어났을 거예요. 그렇게 생각하지 않아요?"

"정말 그럴까요?"

조애너가 냉담하게 물었다.

데인 캘드로프 부인이 조애너를 돌아보며 대답했다.

"그럼요, 난 그렇게 생각해요. 자살을 고통에서 벗어나게 해 주는 탈출구라고 여기는 사람한테는 그 고통이 어떤 것이든 상관없어요. 언제라도 기분 나쁜 충격을 받게 되면 그녀는 이번처럼 죽음을 선택했을 거예요. 이런 일이 일어난 건 사이밍턴 부인이 원래 그런 부류의 여자이기 때문이에요. 아무도 그럴 거라고 생각하지 못했겠지요. 그 여자는 목숨에 대한 애착이 강한, 이기적이고 어리석은 여자처럼 보였으니까요. 아가씨 생각처럼 무섭다거나 하지는 않아요. 이번 일로 나는 내가 정말로 아는 것이 거의 없다는 사실을 알게 되었어요."

내가 말했다.

"그렇다면 조금 전에 '불쌍한 사람'이라고 하신 건 누구를 지칭하시는 건지 궁금하군요."

그녀는 나를 쳐다보았다.

"그야 그 편지들을 쓴 여자를 말하는 거지요."

내가 냉정하게 말했다.

"전 그렇게 생각하지 않습니다. 그런 여자는 동정할 가치도 없으니까요."

그러자 데인 캘드로프 부인이 몸을 앞으로 숙이더니 내 무릎에 손을 올리며 말했다.

"정말 모르겠어요? 느끼지 못하나요? 한번 상상해 봐요. 그런 편지를 써야 할 만큼 한없이 절망과 울분으로 가득 차 불행해하고 있을 누군가를 말이에요. 그 사람이 얼마나 외롭고, 사람의 정에서 멀리 떨어져 있을지를. 완전히 타락해서, 어두운 감정의 물결을 그런 식으로 분출할 수밖에 없는 누군가의 모습을 말이에요. 그게 내가 자책감을 느끼는 이유예요. 림스톡에 살고 있는 누군가가 그렇게 끔찍한 불행을 겪고 있었는데도 나는 그런 사람이 있으리라고는 생각도 못했어요. 난 그 사실을 알고 있어야만 했는데. 물론 누구도 그 여자가 그 일을 저지르지 못하게 막을 수는 없었을 거예요. 나 역시도 말이에요. 하지만 그렇다고 그대로 가만히 내버려 두면 썩어 들어가기 시작하는 팔이 온몸을 상하게 하듯이, 어두운 내면의 불행이 그 사람의 모든 것을 삼켜 버리고 말 거예요. 누구든 그 독기가 더 이상 해를 입히지 못하도록 흘려보내 주지 않는다면 말이에요. 그러니까 불쌍한 사람이죠. 정말 불쌍해요."

부인은 자리에서 일어났다.

나는 그녀의 말에 동의할 수 없었다. 익명의 편지를 쓴 사람이 어떤 상황이든 간에 전혀 연민의 감정이 생기지 않았기 때문이다. 하지만 난 호기심에서 이렇게 물었다.

"누가 그 편지를 썼는지 짐작 가는 사람은 있습니까?"

그녀는 나를 돌아보았다. 부인의 맑은 눈동자는 혼란스러운 듯이 보였다.

"그래요, 마음에 두는 사람은 있죠. 하지만 내 생각이 틀린 것일 수도 있어요, 그렇지 않아요?"

데인 캘드로프 부인은 현관을 나서다가 갑자기 나를 돌아보며 물었다.

"버턴 씨, 왜 아직까지 결혼을 하지 않은 거죠?"

상당히 무례한 질문이었지만, 부인은 갑자기 그 이유가 몹시 알고 싶어졌다는 얼굴을 하고 있었다.

"그야, 아직 좋은 여자를 만나지 못해서겠죠?"

나는 정신을 차리고 대답했다.

"그렇게 말할 수도 있겠죠. 하지만 그건 제대로 된 대답이라고 할수 없어요. 많은 남자들이 실제로 좋지 않은 여자와 결혼하니까요."

그리고 부인은 가 버렸다.

조애너가 말했다.

"캘드로프 부인은 정말 미친 것 같지 않아? 그래도 나는 저분이 좋아. 이 마을 사람들은 모두 부인을 두려워하는 것 같아."

"나도 약간은 그런 느낌이 들어."

"그거야 다음에 무슨 일이 일어날지 몰라서 그런 게 아닐까?"

"그래, 게다가 부인의 그런 생각을 들으니 더더욱 할 말이 없어지는구나."

조애너가 천천히 말했다.

"오빠는 정말 그 편지를 쓴 사람이 불행할 거라고 생각해?"

"그 망할 여자가 무슨 생각을 하고, 어떤 느낌인지는 난 모르겠다! 신경 쓰고 싶지도 않고. 그 여자 때문에 피해를 입은 사람들만 안됐다고 여길 뿐이야."

지금 돌이켜보면 우리가 무서운 펜 끝을 휘두르던 범인의 심리 상태 중에서 가장 분명한 사실을 놓치고 있었다는 사실이 이상하게 느껴진다. 그리피스는 범인이 아주 의기양양한 상태일 거라고 생각하고 있었다. 나는 그 여자가 자기가 쓴 편지로 인해 일어난 일에 놀라 몹시 후회하고 있을 거라고 상상했다. 데인 캘드로프 부인은 그 여자가 고통받고 있다고 생각했다.

하지만 우리가 미처 생각하지 못한, 아니 내가 알아차리지 못한 당연한 반응이 있었다. 분명히 나타날 수밖에 없는 그 감정은 바로 공포였다.

사이밍턴 부인의 죽음으로 그 편지 사건은 새로운 국면에 접어들었다. 나는 법적인 절차가 어떻게 되는지 잘 몰랐다. 사이밍턴은 알고 있었을 테지만. 하지만 분명한 건 그 편지로 인해 한 사람의 죽음이 야기되었기 때문에 범인의 입장도 아주 어려워졌다는 점이다. 그 여자는 그 편지를 쓴 사람이 자기라고 밝혀지더라도, 사실은 장난이었다는 식으로 넘어가려고 했을 것이다. 이제 경찰은 런던 경시청에서 전문가를 불러 수사를 시작했다. 익명의 편지를 쓴 자신의 정체가 드러나지 않아야 한다는 것이 무엇보다도 가장 중요한 문제였다.

그렇기 때문에 공포는 가장 기본적인 반응일 수밖에 없었다. 다른 감정들은 부차적인 문제였다. 그 당시에는 그런 가능성들이 내게 보이지 않았다. 하지만 그런 가능성들이 내재되어 있던 건 틀림없는 사실이었다.

다음 날 아침, 조애너와 나는 비교적 늦은 아침 식사를 하고 있었다. 늦었다는 말은, 림스톡의 기준에서 봤을 때 늦은 시간이라는 뜻이다. 9시 30분은 런던에 있을 때라면 조애너는 간신히 눈을 뜨고, 나는 아직 눈도 뜨지 못했을 시간이다. 하지만 파트리지가 "아침 식사는 8시 30분에 준비할까요, 9시에 준비할까요?"라고 물었을 때 차마 한 시간 더 늦추자는 말은 할 수가 없었다.

아래층에 내려와 보니 성가시기 짝이 없는 에이미 그리피스가 현관문 앞에 선 채 메건과 이야기를 나누고 있었다.

에이미는 우리를 보자 특유의 활기 넘치는 목소리로 인사했다.

"잘 잤어요, 잠꾸러기들? 전 이미 몇 시간 전에 일어났답니다."

그건 그녀 사정이었다. 의사는 틀림없이 아침 식사를 일찍 해야 할 것이고, 충실한 누나는 동생에게 차나 커피를 끓여 주어야 할 것이기 때문이다. 하지만 그것이 졸린 이웃을 찾아와 괴롭힐 이유는 되지 못했다. 9시 30분은 결코 다른 사람의 집을 찾아가기에 적당한 시간이 아니었다.

메건은 다시 집 안으로 들어와 식당으로 갔다. 아마 아침 식사를 하다가 에이미 그리피스에게 방해를 받은 모양이었다.

"전 들어가지 않겠다고 했어요."

에이미 그리피스가 말했다. 하지만 나로서는 현관 앞에 선 채 사람을 불러내서 이야기하는 것이 집 안에 들어와서 이야기하는 것과 무슨 차이가 있는지 알 수가 없었다.

"버턴 양에게 물어보고 싶은 게 있어서 들렀어요. 혹시 적십자사가 주도로에서 운영하는 공판장에 남는 채소를 기증해 줄 수 있는지 물어보려고 말이에요. 그래도 괜찮다면 오웬을 시켜서 차로 가져갈게요."

"아주 일찍부터 나가시는군요."

"일찍 일어나는 새가 벌레를 잡는 법이죠. 버턴 씨도 이 시간에 나오시면 누구든 만나고 싶은 사람과 마주칠 수 있을 거예요. 이제 파이 씨한테 들러야 해요. 오후에는 소녀단 일로 브레튼에 가야 하니까 말이죠."

"당신의 넘치는 기운이 저를 지치게 만드는 것 같습니다."

내가 이렇게 말한 순간 전화벨이 울렸다. 대황과 강낭콩이 어쩌고 하는 알아듣지 못할 소리를 중얼거리며 채소에 대해 아는 것이 없다는 티를 내고 있는 조애너를 남겨 놓고 나는 전화를 받으러 홀로 들어갔다.

"여보세요?"

나는 수화기를 들고 말했다.

상대편에서 한숨이 섞인 잠음이 들리는 듯하더니, 불안한 여자 목소리가 들렸다.

"아!"

"말씀하세요."

내가 다시 상대방을 격려하듯 말했다.

"아."

그 여자는 다시 웅얼거리고는 조심스레 입을 열었다.

"저, 그러니까, 거기가 리틀 퍼즈 맞나요?"

"그렇습니다만."

"아!"

이건 말할 때마다 나오는 버릇인 모양이었다. 그 여자는 다시 조심스럽게 물었다.

"잠시 파트리지 양과 통화할 수 있을까요?"

"그럼요. 누구라고 전해 드릴까요?"

"아, 아그네스라고 전해 주시겠어요? 아그네스 웨들이에요."

"아그네스 웨들요?"

"예."

"도날드 덕이라는 편이 어울릴 것 같은데요."라고 말하고 싶은 충동을 간신히 이겨 내고 나는 수화기를 내려놓은 다음 계단 쪽으로 가서 위층에서 일하고 있는 파트리지가 들을 수 있도록 힘껏 소리를 질렀다.

"파트리지, 파트리지."

파트리지가 계단 위에서 머리를 내밀었다. 한쪽 손에는 긴 대걸레를 들고 "무슨 일이십니까?"라는 표정을 짓고 있었다. 언제나처럼 공손한 태도를 느끼게 해 주는 빈틈없는 모습이었다.

"부르셨습니까?"

"아그네스 웨들이라는 사람이 통화하고 싶어 해요."

"누구라고 하셨나요?"

나는 큰 소리로 다시 한 번 말했다.

"아그네스 웨들이라고요."

난 들은 대로 철자를 또박또박 불러 주었다. 하지만 이내 내가 잘못 알아들었음을 알게 되었다.

"아그네스 워델이라니……. 그 애가 대체 무슨 일이지?"

파트리지는 몹시 당황한 얼굴로 대걸레를 내려놓고 서둘러 계단을 뛰어 내려왔다.

나는 그녀가 편안하게 전화를 받을 수 있도록 조용히 식당으로 자리를 피해 주었다. 식당에서는 메건이 잔뜩 굶주린 사람처럼 베이컨과 강낭콩을 먹고 있었다. 에이미 그리피스와는 달리 그녀는 '즐거운 아침을 맞이한 얼굴'이 아니었다. 내가 아침 인사를 건네자 그녀는 퉁명스럽게 대꾸하고는 아무 말 없이 식사만 계속했다.

내가 조간 신문을 펼치고 얼마 지나지 않아 조애너가 기진맥진한 표정으로 들어왔다.

"휴! 정말 피곤하네. 채소가 어떻게 자라는지, 뭐가 뭔지 하나도 모르는 내 무지가 완전히 폭로된 것 같아. 올해는 강낭콩 같은 건 아직 나오지 않았나 보지?"

"8월에 나와요."

메건이 대답했다.

"그랬군요, 런던에서는 1년 내내 구할 수 있는데."

조애너가 변명조로 말했다.

"그건 통조림이야, 이 바보. 드넓은 제국의 곳곳에서 배로 들여오는 냉동 식품이지."

내가 말했다.

"상아나 꼬리 없는 원숭이, 공작새처럼 말이야?"

"그래."

"난 공작새가 갖고 싶어."

조애너가 생각에 잠겨 말했다.

"난 애완 동물로 원숭이를 키우고 싶어요."

메건이 말했다.

조애너가 깊은 생각에 잠긴 채 오렌지 껍질을 벗기며 물었다.

"정말 에이미 그리피스에 대해서는 어떻게 생각해야 할지 모르겠어. 어떻게 항상 그렇게 기운차고 신나고 건강하게 지낼 수 있느냔 말이야. 그 사람도 피곤해하거나, 절망하거나, 무언가 부족하다는 느낌을 가질 때가 있을 거라고 생각해?"

나는 에이미 그리피스는 절대로 부족한 게 있다고 느끼지 않을 거라고 대답했다. 그리고 메건을 따라 프랑스식 창문을 통해 베란다로 나갔다.

거기에서 파이프에 담배를 채우고 있을 때 파트리지가 식당으로 들어와 무뚝뚝한 목소리로 말하는 게 들렸다.

"잠깐 드릴 말씀이 있는데요, 아가씨."

난 생각했다.

'제발, 파트리지가 일을 그만두겠다고 하지 않아야 할 텐데. 그렇게 되면 에밀리 바턴 양이 우리한테 화를 낼 거야.'

파트리지가 말을 이었다.

"먼저 전화가 온 것에 대해 사과드리겠습니다, 아가씨. 아무래도 아무것도 모르는 젊은 아이이다 보니 그런 실수를 한 모양입니다. 전 이제까지 한 번도 전화를 걸거나, 친구들의 전화를 받아 본 적이 없습니다. 그런데 그만 이런 일이 생겨서 죄송하게 생각합니다."

"괜찮아요, 파트리지. 친구들이 할 말이 있을 때 전화를 걸면 어째서 안 된다는 건가요?"

조애너가 부드럽게 물었다.

내가 있는 자리에서는 보이지 않았지만, 한층 더 냉정해진 목소리로 미루어 파트리지가 얼마나 엄격한 표정을 짓고 있을지 충분히 짐작할 수 있었다.

"이제까지 이 집에서는 한 번도 없었던 일입니다. 에밀리 양도 결코 용납하지 못하시는 일이죠. 이런 일이 생겨서 정말 죄송합니다. 아그네스 워델은 아직 나이가 어린 데다 뭔가 걱정이 있는 상황이다 보니……. 점잖은 댁에서는 어떻게 처신해야 하는지를 잘 몰라서 그런 모양이에요."

나는 재미있어 하며 생각했다.

'그건 너한테도 해당되는 말인 것 같은데, 조애너.'

파트리지가 말했다.

"전화를 건 아그네스는 한때 이곳에서 제 밑에 있었던 아이랍니다. 이 집에 왔을 때 그 애는 열 여섯 살이었는데, 고아원에서 이리로 처음 온 상황이었죠. 그래서 집도 없고, 충고를 해 줄 어머니나 친척이 아무도 없지 뭡니까. 그러다 보니 무슨 일이 있을 때마다 저를 찾곤 한답니다. 제가 그 애에게 이것저것 가르쳐 주곤 하니까요."

"그랬군요."

조애너는 이렇게 대답하고는 파트리지가 다음에 할 말을 기다렸다. 뭔가 중요한 이야기가 나올 것이 분명했기 때문이다.

"그래서 아가씨가 허락해 주신다면, 오늘 오후에 아그네스와 함께 부엌에서 차를 마셨으면 합니다. 오늘은 그 애가 쉬는 날인 데다가, 뭔가 고민이 있는데 그걸 제게 털어놓고 싶은 모양이에요. 평상시 같으면 이런 말씀을 드린다는 건 꿈도 꾸지 못할 일입니다만."

조애너가 어리둥절해하며 말했다.

"하지만 어째서 파트리지가 다른 사람이랑 차를 마시는 일에 일일이 허락을 받아야 하는 거죠?"

나중에 조애너가 해 준 말에 따르면, 파트리지는 자세를 바로잡더니 무서워 보일 정도로 엄한 표정을 지었다고 한다. 그리고 이렇게 대답했다.

"이 집에서 그런 일은 도저히 용납되지 않는 일이니까요, 아가씨. 돌아가신 바턴 부인은 부엌으로 누가 찾아오는 일을 절대로 허락하지 않으셨어요. 쉬는 날 우리가 밖으로 나가는 대신, 친구들과 함께 여기서 쉬는 경우를 제외하고는요. 평상시에는 절대로 있을 수 없는 일이죠. 이건 에밀리 양도 용납하시지 않는 일입니다."

조애너는 하인들에게 아주 잘해 주었고, 그래서 대부분의 사람들이 조애너를 좋아했다. 하지만 그 애의 그런 상냥한 태도는 파트리지 앞에서는 아무 소용이 없었다.

파트리지가 밖으로 나가고 나서 조애너가 베란다로 나오자 내가 말했다.

"별로 좋은 방법이 아니었어. 저런 사람들은 네가 보여 주는 동정심이나 관대함을 별로 좋아하지 않으니까 말이야. 파트리지는 위압적인 구식 방식이 좋다고 생각하는 데다가 특히 이런 점잖은 집에서는 그런 게 어울린다고 믿고 있어."

"친구들도 만나지 못하게 하는 그런 횡포는 본 적이 없어. 그건 그렇다고 하더라도, 저 사람들을 흑인 노예처럼 부리면 안 되는 거잖아."

"그래도 저 사람들은 그런 걸 당연하게 받아들여. 적어도 파트리지 같은 사람들은 말이야."

"도대체 파트리지가 나를 안 좋아하는 이유를 모르겠어. 대부분의 사람들은 날 좋아하는데 말이야."

"아마 파트리지는 네가 이 집 안주인으로 어울리지 않는다고 생각하는 걸 거야. 넌 선반 위에 먼지가 있나 만져 보거나 매트 밑을 살펴보지도 않잖아. 그리고 초콜릿 수플레 남은 것을 어떻게 했는지 물어보거나 맛있는 브레드푸딩을 만들라고 하지도 않아."

"세상에!"

조애너가 이렇게 외치고는 슬프게 말했다.

"오늘 하루는 온통 실수투성이야. 야채에 대해 아무것도 모른다고 에이미에게 무시당하고, 인간답게 대해 줬다고 파트리지에게 멸시당했으니 말이야. 아무래도 정원에 나가 벌레나 먹어야 할까 봐."

"메건은 벌써 나갔단다."

그런데 몇 분 전에 나갔던 메건이 잔디밭 한가운데 모이를 기다리는 새처럼 멍하니 서 있다가 갑자기 우리 쪽으로 다가와 이렇게 말했다.

"오늘 집에 돌아가야겠어요."

"왜요?"

나는 깜짝 놀랐다. 그녀는 얼굴을 붉혔지만 이미 결심을 굳혔는지 계속 말을 이었다.

"이 집에서 같이 지낼 수 있게 해 주셔서 감사드려요. 여기 있는 동안 난 너무나 즐거웠지만, 두 분은 틀림없이 나 때문에 아주 귀찮으셨을 거예요. 이제는 집에 돌아가야겠어요. 그곳이 내 집이고, 언제까지 이렇게 나와서 지낼 수는 없으니까요. 그래서 오늘 아침에는 돌아가야겠다고 생각했어요."

조애너와 내가 메건의 마음을 돌리려고 애써 보았지만, 그녀의 결심은 확고했다. 결국 조애너는 자동차를 가지러 갔고, 메건은 2층에 올라갔다가 얼마 후 짐을 싸서 다시 내려왔다.

이 소식을 듣고 기뻐하는 사람은 파트리지뿐이었다. 늘 굳어 있던 얼굴에 미소까지 띠고 있었다. 그녀는 메건을 좋아하지 않았다.

조애너가 다시 돌아왔을 때 나는 잔디밭 한가운데 서 있었다.

동생은 내게 해시계라도 될 생각이냐고 물었다.

"어째서?"

"거기서 그렇게 정원 장식물처럼 서 있으니 하는 말이잖아. 물론 시간만 가리키는 건 아닌 것 같네. 마치 천둥이라도 칠 것 같은 얼굴이니 말이야!"

"기분이 별로라서 그래. 처음에는 에이미 그리피스가 찾아오더니 ('이런! 채소에 대해서 이야기했어야 했는데!' 조애너가 내 말을 받아 중얼거렸다.) 메건이 갑자기 가 버린다잖아. 오늘은 같이 레그 토어까지 올라갔다 오려고 생각했는데."

"목에 끈이라도 달고 가려고 했어?"

"뭐라고?"

조애너는 다시 한 번 큰 소리로 말했다.

"'목에 끈이라도 달고 가려고 했냐'고 말했어. 주인이 개를 잃어버리지 않으려면 그 방법밖에 더 있어? 오빠는 그게 큰 문제야!"

말을 마친 조애너는 채소밭 쪽 모퉁이를 돌아 사라졌다.

III

메건이 갑자기 떠나 버려서 내가 몹시 화가 났다는 걸 고백하지 않을 수 없다. 메건은 우리를 떠났다. 아마도 우리와 함께 있는 것이 갑자기 지루해진 모양이었다.

사실 젊은 아가씨가 재미있어 할 생활은 아니었다. 집에 돌아가면 어린 동생들과 엘시 홀랜드가 있지 않은가.

조애너가 돌아오는 기척이 나기에 나는 조금 전처럼 해시계니 뭐니 하는 소리를 또 듣게 될까 봐 재빨리 자리를 피했다.

점심 식사 전에 오웬 그리피스가 찾아왔다. 정원사가 채소들을 챙겨 놓고 그를 기다리고 있었다.

애덤스 노인이 차에 채소들을 싣는 동안, 나는 오웬에게 집 안에 들어와 마실 거나 한잔 하고 가라고 권했다. 그는 점심 시간까지 있을 수는 없다고 했다.

내가 셰리주를 가지고 그에게 돌아왔을 때는 이미 조애너가 자기 특기를 발휘하기 시작한 뒤였다.

그 순간은 그 애가 그에게 앙심을 품은 것 같지 않았다. 조애너는 소파 한쪽에 웅크리고 앉아 편안한 목소리로 오웬에게 일반 개업의가 된 건 만족하는지, 혹시 전문의가 되고 싶지는 않았는지 등등 그의 일에 관한 질문들을 퍼부어 대고 있었다. 동생은 의사라는 직업이 세상에서 가장 매력적인 일 중 하나라고 생각하고 있었다.

누구라도 조애너와 이야기를 해 본다면 그 아이가 얼마나 사랑스럽고 남의 말을 잘 들어주는 아이인지 알 수 있을 것이다. 게다가 이제껏 수많은 천재인 척하는 인간들이 세상이 자기 진가를 알아주지 않는다고 주절거리는 이야기들을 들어준 터라, 오웬 그리피스의 말에 귀기울여 주는 정도는 조애너에게 너무 쉬운 일이었다. 우리가 세 잔째 셰리주를 마실 때까지, 그리피스는 동생을 상대로 동료 의사들을 제외하고는 아무도 이해할 수 없을 성싶은 과학적인 전문 용어를 섞어 가며 확실한 진단을 내릴 수 없는 병이나 장애에 대한 이야기를 늘어놓고 있었다.

조애너는 다 이해한다는 표정으로 그의 이야기에 깊은 관심을 기울이고 있는 것처럼 듣고 있었다.

나는 순간 비위가 상했다. 이번에는 조애너가 너무 심했다. 그리피스는 그 애에게 농락당하기에는 너무 좋은 친구였다. 여자들이란 정말 사악한 존재이다!

그리피스를 살짝 돌아 보니 고집스러워 보이는 긴 턱과 굳게 다문 입술이 보였다. 그 모습을 보자 조애너가 계속해서 그 애 특유의 방법으로 그를 사로잡을 수 있을지 확신이 서지 않았다. 어쨌든 남자들은 여자가 자기를 바보로 만들도록 내버려 두지 않는 법이다. 설사 그렇게 된다고 하더라도 그건 자기 책임이 아닌가.

그때 조애너가 말했다.

"그리피스 씨, 생각을 돌리셔서 그냥 저희와 함께 점심 식사를 하시죠."

그리피스는 얼굴을 조금 붉어지더니, 그렇게 하고 싶지만 누나가 기다리고 있어서 힘들 것 같다고 대답했다.

"그럼 제가 누님께 전화를 걸어서 말씀드리고 허락을 받으면 괜찮겠죠?"

조애너는 이렇게 말하고는 재빨리 홀로 나가 전화를 걸었다.

나는 그리피스가 약간 불안해 보인다고 생각했다. 어쩌면 그가 누나를 무서워하는지도 모른다는 느낌이 들었다. 이윽고 조애너가 미소를 지으며 돌아와 모든 일이 잘되었다고 말했다.

오웬 그리피스는 우리와 함께 점심 식사를 하는 내내 기분이 좋아 보였다. 우리는 책과 연극, 세계 정세, 음악과 미술, 현대 건축에 대한 이야기를 나누었다.

림스톡이나, 익명의 편지, 사이밍턴 부인의 자살에 관한 이야기는 전혀 입 밖에 내지 않았다.

우리는 복잡한 문제들을 떨쳐 버리고 즐거운 시간을 보냈고, 오웬 그리피스도 모처럼 편안해 보였다. 어둡고 슬퍼 보이던 얼굴이 밝아졌고, 종종 흥미로운 이야기도 꺼냈다.

그가 가고 난 뒤 나는 조애너에게 말했다.

"그 사람은 네가 갖고 놀기에는 너무 좋은 친구야."

"어떻게 그런 말을! 정말 남자들은 모두 멍청이라니까!"

"도대체 왜 그 친구의 마음을 끌려고 하는 거야? 상처받은 허영심 때문에?"

"어쩌면."

IV

그날 오후, 우리는 에밀리 바턴 양의 집에서 함께 차를 마시기로 되어 있었다.

우리는 천천히 걸어서 갔다 오기로 했다. 이제는 언덕을 오르내릴 수 있을 정도로 내 다리가 튼튼해졌기 때문이다.

너무 시간을 넉넉하게 잡았는지 조애너와 나는 너무 일찍 그곳에 도착하고 말았다. 문을 열어 준 사람은 키가 크고 마른 체구에 사나워 보이는 얼굴을 한 여자로, 우리에게 바턴 양이 아직 집에 돌아오지 않았다고 말해 주었다.

"하지만 마님께서도 두 분이 오신다는 걸 알고 계세요. 그러니 일단 안으로 들어와서 기다리세요."

그녀가 충직한 플로렌스임이 틀림없었다. 우리는 그녀의 뒤를 따라 계단을 올라갔다. 플로렌스가 문을 열어 준 방은 크기에 비해 가구가 지나치게 많은 듯했지만 아늑해 보이는 거실이었다. 아마도 모두 리틀 퍼즈에서 가지고 온 물건들인 모양이었다.

플로렌스는 그 방에 대해 넘치는 자부심을 느끼고 있었다.

"훌륭한 방이죠, 그렇지 않아요?"

"정말 멋져요."

조애너가 따뜻한 목소리로 대답했다.

"제 힘이 닿는 데까지 마님을 편안하게 모시려고 하고 있어요. 하지만 제 마음과는 달리 마님을 예전처럼 편안하게 모시지 못하고 있어요. 아무래도 마님은 이런 셋방이 아니라 댁에 계셔야 하니까 말이에요."

플로렌스는 자신이 에밀리 바턴 양의 보호자라도 되는 것처럼 우리를 책망하는 시선으로 쳐다보았다. 오늘은 정말 재수가 없는 날인 것 같다는 생각이 들었다. 조애너가 에이미 그리피스와 파트리지에게 혼나더니, 이제 여기 와서 우리 둘이 무서운 플로렌스에게까지 당하고 있으니 말이다.

"전 그곳에서 무려 15년 동안이나 일했죠."

플로렌스가 덧붙였다.

그녀의 못마땅해하는 시선에 자극을 받은 조애너가 말했다.

"그렇지만 바턴 양은 세를 놓고 싶어 하셨어요. 직접 부동산 중개업자에게 내놓으셨다고 들었는데요."

"어쩔 수 없이 그러셨던 거죠. 마님은 굉장히 절약하면서 조용히 사셨어요. 그런데도 정부에서는 마님을 가만히 내버려 두지 않았어요! 지독하게 세금을 물렸지요."

플로렌스가 말했다.

나는 안타까운 마음에 고개를 저었다.

"노마님이 살아 계실 때만 해도 재산이 꽤 넉넉했어요. 그런데 가엾게도 따님들도 한 분씩 돌아가시기 시작하셨어요. 에밀리 마님이 그분들 수발을 다 들어주셨죠. 언제나 참아 가며 불평 한마디 없이 그 일을 해내느라 얼마나 고생하셨다고요. 그런데 그걸로 모자라서 이제는 돈 걱정까지 하셔야 하니 얼마나 기가 찰 노릇인가요! 마님은 말씀하셨어요. 이제는 주식에서 이익이 전혀 생기지 않는다고 말이에요. 왜 그런 거지요? 정부는 부끄러운 줄 알아야 해요. 돈 문제 같은 것에는 신경 쓸 줄 모르는 마님 같은 숙녀 분을 이런 식으로 괴롭혀서는 안 된다고 봐요."

"실제로 사람들 모두 그런 식으로 곤경에 처하게 되지요."

내가 이렇게 말했지만 플로렌스의 감정은 조금도 누그러지지 않았다.

"그렇다고 해도 능력 있는 사람들에게는 아무 문제가 없죠. 하지만 마님은 그렇지 않아요. 그분은 보살핌이 필요한 분이에요. 물론 저와 함께 계신 동안에 어떤 식으로든 마님께 해를 미치거나, 곤란하게 만드는 사람들이 있다면 제가 가만 내버려 두지 않을 테지만 말이에요. 전 마님을 위해서라면 무슨 일이든 할 거예요."

불굴의 플로렌스는 그 사실을 확실히 알려 주겠다는 듯 한참 동안 우리를 쳐다본 뒤, 조심스럽게 문을 닫고 그 방에서 나갔다.

"우리가 마치 흡혈귀라도 된 것 같지, 오빠? 난 정말 그런 기분이 들거든. 대체 우리가 뭘 잘못한 걸까?"

조애너가 물었다.

"우리 둘 다 오늘은 일진이 별로 좋지 못한 것 같다. 메건은 우리한테 싫증났다고 떠나 버리고, 파트리지는 너를 무시하고, 충실한 플로렌스는 우리 두 사람한테 불만이 많은 것 같으니 말이야."

조애너가 중얼거렸다.

"정말 메건은 왜 갑자기 우리 집에서 나간 걸까?"

"지내기가 지루했나 보지."

"그런 것 같지 않았는데. 혹시 에이미 그리피스가 뭐라 그래서 그런 건 아닐까?"

"오늘 아침에 문가에 서서 이야기할 때 말이야?"

"그래, 물론 길게 이야기한 건 아니지만 그래도……."

"그래도 그 여자는 암코끼리처럼 충분히 메간을 밟아 뭉갤 수 있었을 거야. 틀림없이 그래……."

그때 문이 열리고 에밀리 바턴 양이 들어왔다. 얼굴에 홍조를 띤 채 숨을 몰아쉬고 있는 모습이 약간 흥분한 것처럼 보였다. 그녀의 눈동자는 아주 푸르게 반짝이고 있었다.

에밀리는 우리를 보고 다소 어수선하게 종알거리기 시작했다.

"늦게 와서 정말 미안해요. 시내에서 물건을 좀 사고 블루 로즈에 케이크를 사러 갔는데, 별로 신선해 보이지 않아서 리건 부인의 가게까지 갔다 오느라고 늦었지 뭐예요. 난 그 집에서 케이크를 사는 걸 좋아해요. 거기서는 항상 갓 구운 케이크를 살 수 있거든요. 하루 지난 케이크 같은 건 결코 내놓지 않는답니다. 하지만 이렇게 두 분을 기다리게 만들었으니, 어떻게 해야 할지 모르겠군요. 뭐라고 사과를 해야 할지."

조애너가 그녀의 말을 가로막았다.

"바턴 양, 사실은 우리가 실례를 범했어요. 여기까지 걸어서 왔는데, 오빠가 이제는 제법 빨리 걸을 수 있게 돼서 너무 일찍 도착했지 뭐예요."

"너무 일찍 오지 않았어요. 그런 말 마요. 겸손이 지나쳐도 좋지 않답니다."

그러면서 에밀리는 다정하게 조애너의 어깨를 두드려 주었다. 조애너의 얼굴이 밝아졌다. 이제야 그 애의 생각대로 된 모양이었다. 에밀리 바턴은 내게도 환한 미소를 보여 주었다. 하지만 절대로 덤

비지 않을 거라고 보장된 식인 호랑이에게 다가갈 때처럼 다소 겁을 내는 느낌이었다.

"버턴 씨, 차 같은 여성적인 음료를 마시러 와 주시다니, 정말 대단하신 것 같아요."

내 생각에 에밀리 바턴은 남자를 끊임없이 위스키소다를 마시고, 시거를 피우며 간혹 동네 처녀들을 꼬드기거나 유부녀들과 염문을 퍼뜨리는 존재로 인식하는 것 같았다.

나중에 조애너에게 이런 이야기를 했더니, 그 애는 그건 아마 에밀리 바턴의 바람 때문일 거라고 말했다. 사실 그녀는 그런 남자를 사귀고 싶은 마음이 있었지만 결코 그렇게 하지 못했기 때문에 그런 생각이 굳어졌다는 의미였다.

그 동안 에밀리 양은 분주하게 방 안을 오가며, 조애너와 나에게 작은 탁자 앞에 앉으라고 권하더니 조심스레 재떨이를 꺼내 주었다. 잠시 후 문이 열리고, 플로렌스가 쟁반을 들고 들어왔다. 쟁반 위에는 에밀리 바턴 양이 가지고 왔을 것 같은 아주 훌륭한 크라운 더비 찻잔이 놓여 있었다. 맛이 좋은 중국산 차였다. 옆에 놓인 접시에는 샌드위치와 버터를 바른 얇은 빵과 조그만 케이크들이 가득 담겨 있었다.

플로렌스는 더없이 밝은 표정으로 소꿉놀이를 하는 사랑스러운 어린아이를 보듯 에밀리 양을 지켜보고 있었다.

조애너와 나는 에밀리 양의 권유에 못 이겨 생각보다 훨씬 많이 먹을 수밖에 없었다. 몸집이 작은 이 늙은 숙녀가 다과 파티를 즐기고 있는 것은 분명했다. 그리고 에밀리 바턴에게 조애너와 나는 런던이라는 신비하고도 복잡한 곳에서 온 커다란 호기심의 대상이라는 것을 알 수 있었다.

자연스럽게 우리의 대화는 그 지역의 화제로 넘어갔다. 바턴 양은 따뜻한 어조로 그리피스가 의사로서 얼마나 친절하고 유능한지 이야기했다. 사이밍턴 씨도 아주 훌륭한 변호사로, 얼마 전에 그녀가 뭐가 뭔지 알지도 못한 채 내야 했던 소득세인지 뭔지를 다시 돌려받게 해 주었다고 했다. 그리고 자기 아이들과 아내에게 헌신적인 남자라는 말도 했다.

"불쌍한 사이밍턴 부인, 어린아이들이 엄마 없이 지내야 한다니, 정말 너무나도 슬픈 일이에요. 그녀는 그다지 강인한 여자가 아니었어요. 건강도 최근에는 좋지 않았다고 하고. 틀림없이 정신 착란을 일으켜서 그런 짓을 저지른 걸 거예요. 얼마 전에 신문에서 그런 기사를 읽었답니다. 그런 상황에서는 자기가 무슨 짓을 저지르는지 모른다고 하더군요. 그래서 사이밍턴 부인도 자기가 무슨 짓을 하고 있는지 알지 못했거나, 사이밍턴 씨와 아이들에 대해서 생각하지 못했던 모양이에요."

"아마 익명의 편지 때문에 너무 큰 충격을 받아서 그랬을 거예요."

조애너가 말했다.

바턴 양은 얼굴을 붉히며 나무라는 어조로 말했다.

"그 일을 자꾸 이야기하는 건 좋지 않은 일이에요. 나도 그녀가…… 편지를 받았다는 건 알고 있어요. 하지만 우리 사이에 그 이야기는 더 이상 언급하지 않았으면 해요. 아주 지저분한 일이니까요. 그냥 무시해 버리는 게 제일 좋은 방법이라고 생각해요."

바턴 양이라면 그 편지들을 무시해 버릴 수 있을지도 모르지만 그 일이 쉽지 않은 사람들도 있었다. 어쨌든 나는 화제를 바꿔 에이미 그리피스에 대한 이야기를 꺼냈다.

"대단한 여자죠, 정말 대단한 사람이에요. 그녀의 힘과 조직력은 정말 뛰어나답니다. 그리피스 양은 여자아이들을 아주 잘 다루기도 하지요. 모든 면에서 현대적이고 실리적인 사람이에요. 실질적으로 림스톡을 이끌어 가는 사람이기도 하지요. 그리고 동생에게도 정말 헌신적이죠. 남매간에 서로를 생각하는 정이 그렇게 돈독하다는 건 정말 보기 좋은 일이에요."

"동생이 누나를 조금 부담스러워하지는 않을까요?"

조애너가 물었다.

에밀리 바턴은 깜짝 놀라 그 애를 쳐다보았다.

"그녀는 동생을 위해서 엄청난 희생을 감내하고 있어요."

그녀는 조애너를 나무라는 듯 엄한 목소리로 대답했다.

나는 조애너의 눈 속에 담긴 "오, 그랬어요?"라는 식의 빈정거리는 기미를 알아차리고 재빨리 화제를 파이 씨로 돌렸다.

에밀리 바턴은 파이 씨를 다소 미덥지 않게 여기는 모양이었다. 그녀는 아주 의심스럽다는 듯이 그저 그가 친절한 사람이라는 이야기만 되풀이했다.

"그럼요, 아주 친절한 분이죠. 굉장한 부자이기도 하고, 정말 관대한 분이랍니다. 가끔 낯선 사람들이 찾아오기는 하지만, 그거야 뭐 워낙 여행을 많이 다니니 그럴 수도 있지 않겠어요?"

우리는 여행이 견문을 넓혀 주기도 하지만, 이상한 습관이 생기게도 한다는 그녀의 말에 동의했다.

"나도 사실은 크루즈 여행을 가고 싶었답니다. 신문에서 그런 기사를 읽어 보면 너무 매력적인 것 같아요."

에밀리 바턴 양이 꿈을 꾸듯 말했다.

"그렇다면 어째서 떠나지 않으셨어요?"

조애너의 질문에 에밀리 바턴은 바로 꿈에서 깨어나 현실로 돌아와 대답했다.

"아니요, 아니에요. 그런 일은 불가능해요."

"어째서 그렇죠? 그런 여행은 비용도 얼마 들지 않는데."

"아, 그건 단지 비용만의 문제가 아니에요. 난 혼자서 여행하고 싶지는 않거든요. 혼자 다니면 굉장히 이상하게 보일 거예요, 안 그런가요?"

"그렇지 않아요."

조애너가 대답했다.

에밀리 양은 동생을 의심스러운 눈초리로 쳐다보았다.

"게다가 난 짐을 쌀 줄도 몰라요. 그리고 외국 항구에 내리는 일이나 외국 돈에 대해서도 전혀 모른답니다."

작은 노부인의 두려움이 가득한 눈 앞에는 헤아릴 수 없이 많은 함정이 도사리고 있는 것 같았다. 조애너는 그녀를 진정시키기 위해

서둘러 원유회와 바자회에 참석할 생각이 있느냐고 물었다. 그러자 이야기는 자연스럽게 데인 캘드로프 부인에 관한 것으로 흘렀다.

바턴 양의 얼굴에 잠시 희미한 경련이 일었다.

"잘 아시겠지만, 캘드로프 부인은 정말 괴상한 사람이에요. 가끔씩 이상한 짓을 하곤 하죠."

나는 그게 어떤 거냐고 물었다.

"그걸 뭐라고 해야 할지. 전혀 예상하지 못했던 일이라고 할까요. 그리고 그녀가 누군가를 바라볼 때면, 그 자리에 없는 다른 누군가를 보고 있는 것 같은 느낌이 들어요. 그게 어떤 느낌인지 도저히 설명할 수가 없네요. 뿐만 아니라 다른 사람의 일에 전혀 나서지 않아요. 목사 부인이라면 대개 충고나 훈계 같은 걸 하게 마련인데. 잘못하는 사람이 있으면 나무라기도 하고, 선도도 해야 하니까 말이에요. 사람들도 목사 부인이라고 하면 존중해 주니까, 그런 말을 해주면 듣지 않겠어요? 하지만 그녀를 보면 사람들에게서 멀리 떨어져 전혀 쓸모 없는 사람들을 가만히 쳐다보고 있는 듯한 그런 이상한 느낌을 받아요."

"그건 정말 이상하군요."

나는 조애너와 재빨리 눈짓을 교환하며 대꾸했다.

"하지만 캘드로프 부인은 아주 단정한 사람이에요. 그녀는 결혼하기 전에는 벨파스의 패로웨이 가문 사람이었어요. 아주 훌륭한 가문이기는 하지만, 오래된 가문 사람들은 어딘가 좀 이상한 데가 있는 것 같아요. 어쨌든 남편에게는 무척 헌신적인 사람이죠. 캘드로프 목사님은 아주 머리가 좋은 분이에요. 가끔 이런 시골에서 재능을 낭비하고 있다는 생각이 들어요. 성실하고 좋은 분이기는 한데, 설교 중에 가끔 모를 라틴 어를 인용해서 좀 그렇지만."

"정말 그렇겠군요."

나는 힘껏 맞장구를 쳤다.

"오빠도 공립 학교에 다녀서 라틴 어라면 한마디도 못 알아듣는답니다."

조애너가 말했다.

그 애의 말에 바턴 양은 새로운 이야깃거리를 생각해 냈다.

"여기 학교의 교장은 정말 불쾌하기 짝이 없는 젊은 여자예요. 아무래도 '공산주의자'인 것 같아요."

그녀는 '공산주의자'라는 말에서 목소리를 잔뜩 낮추었다.

나중에 집으로 돌아가려고 언덕길을 올라갈 때 조애너가 내게 말했다.

"정말 사랑스러운 분이지?"

V

그날 저녁 식사 시간에 조애너는 파트리지에게 아그네스와 차를 잘 마셨는지 물어보았다.

파트리지는 얼굴을 붉히며 뻣뻣한 자세를 취했다.

"신경 써 주셔서 감사합니다, 아가씨. 하지만 아그네스가 오지 않왔어요."

"이런, 유감이네요."

"아니, 전 괜찮습니다."

그녀는 잔뜩 부은 얼굴로 우리에게 불만을 털어놓기 시작했다.

"그 애를 오라고 한 건 제가 아니었어요! 자기가 먼저 전화를 걸어서는 고민이 있으니 쉬는 날 여기 오겠다고 한 거예요. 그래서 전 그렇게 하라고 했죠. 아가씨한테 허락을 받아서 말이에요. 그런데 아무 연락도 없이 나타나지 않은 거예요! 미안하다는 말 한마디 없이. 물론 내일 아침에 못 와서 미안하다는 엽서가 올 거라고 생각은 해요. 그렇지만 정말 요즘 젊은애들은 자기 처지도 모르고, 어떻게 행동해야 하는지 모르는 것 같아요."

조애너가 파트리지의 속상한 마음을 달래 주려고 애썼다.

"혹시 몸이 안 좋은 건 아닐까요? 전화를 걸어 보지 그랬어요?"

파트리지가 다시 자세를 고치며 말했다.

"아니요, 전 그렇게 하지 않았습니다. 아가씨, 정말이에요. 아그네스라면 주인 집의 전화를 막 사용하는 무례한 행동을 했겠지만, 저는 직접 만나서 제가 어떤 기분을 느꼈는지 이야기할 참이에요."

그래도 분이 풀리지 않았는지 파트리지는 뻣뻣한 태도로 나갔다. 조애너와 나는 웃음을 터뜨렸다.

"그 고민이라는 게 혹시 '낸시 아주머니의 조언' 칼럼에 실릴 법한 내용은 아니었을까? '제 남자 친구가 저한테 차갑게 굴어요. 이럴 땐 어떻게 해야 하나요?' 그런데 낸시 아주머니의 조언으로는 아무 효과가 없었지. 그래서 아그네스는 파트리지의 충고를 받아 보려는 생각을 하게 된 거야. 그런데 그만 그럴 필요도 없이 두 사람이 화해하고 만 거지. 바로 지금 어디선가 아그네스와 그녀의 남자 친구는 말없이 팔짱을 꼭 끼고 다정하게 어딘가를 돌아다니고 있지 않을까? 네가 깜깜한 울타리 옆에서 우연히 마주치게 되는 그런 연인들처럼 말이야. 그 두 사람이야 다른 사람이 있든 말든 신경도 쓰지 않을 테지만, 넌 그 모습에 아무래도 신경이 쓰이겠지?"

조애너는 웃음을 터뜨리며 자기도 그런 생각이 들었다고 말했다.

우리는 익명의 편지에 대한 이야기를 나누다 내시와 침울해 보이는 그레이브스가 뭔가 알아낸 것이 있을지 궁금해졌다.

"오늘이 사이밍턴 부인이 자살한 지 정확하게 일주일째 되는 날이네. 내 생각에는 지금쯤 뭔가 알아낸 게 있을 것 같아. 지문이나 필적 같은 거라도."

나는 멍하니 동생의 말에 건성으로 대꾸했다. 마음 깊은 곳에서부터 뭔가 이상하게 불안한 느낌이 들었다. 조애너의 '정확하게 일주일'이라는 말이 그런 연상 작용을 일으켰다.

감히 말하지만, 나는 이미 그 두 가지를 하나로 연결시켜 생각하고 있었다. 어쩌면 무의식적으로 그런 의심을 하고 있었는지도 몰랐다.

어쨌든 이제 그 기분은 확실해졌다. 불안감이 점점 커지기 시작하더니 내 마음은 온통 그 생각에만 사로잡혀 버렸다. 조애너도 내가 자기 이야기를 듣고 있지 않다는 것을 알아차렸다.

"무슨 일 있어, 오빠?"

나는 대답하지 않았다. 마음속으로 여러 가지 조각들을 하나로 맞추느라 정신이 없었다.

사이밍턴 부인의 자살……. 그녀는 그날 오후에 집에 혼자 있었다……. 집에 혼자 있었던 이유는 하녀들이 쉬는 날이었기 때문이다……. 정확하게 일주일 전…….

"오빠, 대체 무슨……."

나는 동생의 말을 가로막았다.

"조애너, 하녀들은 일주일에 한 번 쉬는 거지, 그렇지?"

"그리고 일요일에는 격주로 쉬지. 그게 뭐……."

"일요일은 상관 없어. 하녀들은 매주 같은 날 쉬겠지?"

"그래, 대개는 그래."

조애너가 호기심이 가득한 눈으로 나를 쳐다보았다. 하지만 그 애는 내가 무슨 생각을 하고 있는지 알지 못했다.

나는 방을 가로질러 가서 벨을 눌렀다. 파트리지가 들어왔다.

"아그네스 워델 말인데, 그 아가씨는 어디서 일하지요?"

"사이밍턴 부인 댁에서 일하고 있어요. 아니, 지금은 사이밍턴 씨 댁에서 일하고 있다고 말씀드려야겠군요."

나는 숨을 깊이 들이마시고는 흘긋 시계를 쳐다보았다. 10시 30분이었다.

"지금쯤은 그 아가씨가 집에 돌아갔을까요?"

파트리지가 어처구니없다는 표정으로 대답했다.

"그럼요. 하녀들은 10시까지 돌아가게 되어 있답니다. 예전부터 그래 왔으니까요."

"전화를 걸어 봐야겠어."

내가 홀로 나가자 조애너와 파트리지도 내 뒤를 따라왔다. 파트리지는 화가 난 얼굴이었고, 조애너는 어리둥절한 표정이었다. 내가 전화를 걸기 시작하자 조애너가 말했다.

"지금 뭐 하는 거야, 오빠?"

"그 아가씨가 잘 들어왔는지 알아보려고."

파트리지가 코웃음을 쳤다. 그저 코웃음을 쳤을 뿐, 더 이상 아무 말도 하지 않았다. 하지만 나는 그녀의 비웃음 따위는 신경 쓰지 않았다.

엘시 홀랜드가 전화를 받았다.

"늦은 시간에 전화를 드려 죄송합니다. 전 제리 버턴입니다. 저, 그 집 하녀 아그네스가 집에 돌아왔습니까?"

나는 그 말을 하고 나서야 정말 바보 같은 짓을 하고 있다는 생각이 들었다. 그 아가씨가 아무 일 없이 집에 돌아와 있다면, 내가 전화를 걸어 이런 질문을 한 이유를 도대체 뭐라고 설명한단 말인가? 차라리 조애너를 시켜서 물어보게 했더라면 변명하기가 한결 나았을 것이다. 어쨌든 이제 얼굴도 모르는 아그네스 워델과 내가 함께 묶여 림스톡의 새로운 이야깃거리로 사람들의 입방아에 오르내리게 생겼다.

당연히 엘시 홀랜드는 깜짝 놀란 목소리로 대답했다.

"아그네스요? 지금쯤은 들어왔을 거예요."

나는 바보가 된 느낌이었다. 하지만 이대로 물러설 수는 없었다.

"가서 그 아가씨가 정말 들어왔는지 확인을 해 주시겠습니까, 홀랜드 양?"

가정교사들에 대해 확실한 게 하나 있다. 가정교사를 하는 여자들은 무슨 일이든 시키면 그대로 한다는 점이다. 이유를 묻는 일도 없다! 엘시 홀랜드는 수화기를 내려놓고 순순히 알아보러 갔다.

2분쯤 지나서 다시 그녀의 목소리가 들렸다.

"여보세요, 버턴 씨?"

"예."

"아그네스는 아직 안 들어왔어요."

나는 내 직감이 맞았다는 사실을 알았다. 저쪽에서 희미하게 소음이 들리더니 이번에는 사이밍턴이 수화기를 들었다.

"안녕하십니까, 버턴 씨. 그런데 무슨 일이시죠?"

"그 집 하녀인 아그네스가 아직 돌아오지 않았다던데요?"

"그래요, 홀랜드 양 말로는 아직 들어오지 않았다고 하더군요. 그런데 무슨 일입니까? 그 집에 무슨 일이 있는 건 아니겠죠?"

"우리 집에는 아무 일도 없습니다."

"그렇다면 아그네스에게 무슨 일이 생겼을 거라는 말인가요?"

난 단호하게 대답했다.

"그런 것 같습니다."

제8장

I

그날 밤, 나는 잠을 이루지 못했다. 머릿속으로 내내 퍼즐 조각들이 떠돌아다녔다. 만일 내가 마음만 먹었다면 그때 그 자리에서 그 조각들을 모아 문제를 해결할 수 있었을 것이다. 그렇지 않았다면 왜 그 조각들이 그토록 끈질기게 따라다녔겠는가?

바로 그 순간 우리는 얼마나 알고 있었던 것일까? 정말로 알고 있다고 생각했던 것보다 훨씬 많이 알고 있었던 것은 아닐까! 하지만 우리는 보이지 않는 진실에 도달할 수 없었다. 분명히 진실이 있었음에도 우리는 그걸 잡을 수가 없었다.

나는 침대에 누운 채 이리저리 몸을 뒤척였다. 희미한 퍼즐 조각들이 자꾸만 나를 괴롭혔다.

그 익명의 편지에는 일정한 양식이 있었다. 그것만 알아낼 수 있다면 그 끔찍한 편지를 쓴 사람이 누군지 밝혀낼 수 있을 것이다.

어딘가 단서가 있을 것이다. 그걸 붙잡을 수만 있다면…….

막 잠이 들려고 하는 참에 몽롱한 의식 사이로 자꾸 성가시게 구절 하나가 떠올랐다.

"아니 땐 굴뚝에 연기 날리 없다." 연기가 나지 않는 굴뚝에는 불을 지피지 않았다. 연기……. 연기? 연막……. 아니, 그건 전쟁, 전쟁에 쓰이는 말이지. 전쟁. 휴지나 다름없는 조약……. 그저 종이 조각일 뿐이야. 벨기에, 독일…….

나는 잠들었고, 데인 캘드로프 부인의 꿈을 꿨다. 그녀는 그레이하운드로 변해 있었고, 나는 그녀의 목에 개 목걸이를 달고 산책을 하고 있었다.

II

전화벨 소리에 잠에서 깨어났다. 전화는 끈질기게 울리고 있었다.

침대에서 일어나 시계를 쳐다보았다. 7시 30분이었다. 나는 전화를 받지 않았다. 전화벨 소리는 아래층 홀에서 울리고 있었다.

나는 침대에서 내려와 가운을 걸치고 서둘러 아래층으로 내려갔다. 가깝게 질러 가려고 부엌 뒷문을 통해 가는 바람에 파트리지와 부딪히고 말았다. 나는 수화기를 들고 말했다.

"여보세요?"

"오……."

그 소리는 안도의 흐느낌이었다.

"당신이군요!"

메건의 목소리였다. 메건의 목소리는 말로 표현할 수 없을 정도로 두려움과 절망으로 가득 차 있었다.

"제발 여기로 와 주세요. 어서요. 오, 제발 부탁이에요! 와 주실 수 있죠?"

"지금 당장 갈게요. 듣고 있어요? 지금 당장 가요."

나는 한 번에 두 계단씩 뛰어올라 조애너의 방으로 갔다.

"조애너, 일어나 봐. 지금 사이밍턴 씨 집에 가 봐야겠어."

조애너가 부드럽게 흘러내리는 금발을 베개에서 들어 올리며 어린아이처럼 눈을 비볐다.

"왜…… 무슨 일인데?"

"모르겠어. 그 아가씨야, 메건. 무슨 일이 있는 것 같아."

"무슨 일이라고 생각하는데?"

"내가 잘못 생각한 게 아니라면 아마도 아그네스라는 그 아가씨 일인 것 같아."

방에서 막 나가려고 할 때 조애너가 나를 불렀다.

"기다려. 내가 자동차로 오빠를 데려다 줄게."

"그럴 필요 없어. 내가 직접 운전해서 갈 테니까."

"오빠, 아직 운전할 수 없잖아?"

"아니, 할 수 있어."

이제 운전을 할 수 있었다. 아직 완쾌된 것은 아니지만, 움직이는 데 큰 불편은 없었다. 나는 세수하고 면도를 하고 옷을 입은 다음

차를 몰고 사이밍턴 씨 집으로 갔다. 도착해 보니 30분 정도 걸린
셈이었다. 운전하는 데 그다지 불편한 건 없었다.

메건은 내가 오는 걸 지켜보고 있었던 모양이었다. 그녀는 집에
서 뛰어나와 나를 꽉 붙잡았다. 가엾은 작은 얼굴이 하얗게 질려 경
련을 일으키고 있었다.

"오, 와 주셨군요. 정말 와 주셨어요!"

"자, 똑바로 서 봐요, 아가씨. 그래, 내가 왔어요. 그러니까 무슨
일인지 말해 봐요."

그녀가 몸을 떨기 시작했다. 나는 메건을 꽉 끌어안아 주었다.

"내가, 내가 그녀를 발견했어요."

"아그네스를 발견했다는 말이에요? 어디서?"

그녀는 더욱 심하게 떨었다.

"계단 아래에서요. 거기 벽장이 있거든요. 낚싯대나 골프채 같은
걸 넣어 두는, 아시죠?"

나는 고개를 끄덕였다. 그건 집집마다 흔히 볼 수 있는 그런 벽장
이었다.

"그녀가 거기 있었어요. 몸을 웅크린 채로, 그리고…… 그리고 차
가웠어요. 몸이 끔찍하게 차가웠어요. 그녀는…… 그녀는 죽어 있었
어요!"

나는 갑자기 궁금해져서 물었다.

"어쩌다 거기를 찾아봤어요?"

"난…… 모르겠어요. 어젯밤에 당신이 전화했잖아요. 그래서 우

리 모두 아그네스가 어디에 있는지 걱정하기 시작했어요. 얼마간 더 기다려 보았지만, 그녀는 돌아오지 않았어요. 기다리다 지쳐 결국에는 모두 잠자리에 들었지요. 하지만 난 잠을 이룰 수가 없어서 일찍 일어났어요. 그 시간에는 로즈 아줌마밖에 일어나 있는 사람이 없었어요.(아시겠지만, 아줌마는 요리사예요.) 아줌마는 아그네스가 돌아오지 않아서 기분이 좋지 않았어요. 전에도 이렇게 하녀가 도망간 적이 있다고 하면서요. 난 부엌에서 우유와 버터 바른 빵을 먹었어요. 그런데 갑자기 로즈 아줌마가 언짢은 얼굴로 들어오더니, 아그네스의 외출복이 방에 그대로 있다는 거였어요. 외출할 때만 입는 가장 좋은 옷이 말이에요. 그래서 난 그녀가 집을 나간 게 아니라면, 어디에 있는 걸까 여기저기 찾아보기 시작했어요. 그래서 계단 밑에 있는 벽장 문을 열어 봤던 거예요. 그런데 거기에 그녀가 있었어요……."

"경찰에는 신고했어요?"

"예, 이미 여기 와 있어요. 의붓아버지가 곧장 전화를 하셨거든요. 그리고 난, 난 도저히 견딜 수가 없어서 당신한테 전화를 걸었던 거예요. 그래도 괜찮은 거죠?"

"그럼요, 괜찮고말고요."

나는 이렇게 대답하고 호기심에 차서 그녀를 쳐다보았다.

"누구든 브랜디나 커피, 차 같은 걸 준 사람이 없어요? 아그네스를 발견하고 난 뒤에?"

메건이 고개를 저었다.

나는 사이밍턴 가에 사는 사람들 모두를 저주했다. 괜히 점잔만
빼는 사이밍턴은 경찰에 신고하는 것 외에는 아무 생각이 없는 인
간이었다. 엘시 홀랜드나 요리사 역시 이 예민한 아가씨가 그런 끔
찍한 광경을 처음 발견한 뒤, 어떤 충격을 받았을지 생각조차 하지
않았다.

"이리 와요. 같이 부엌으로 가요."

내가 말했다.

우리는 집을 빙 돌아 뒷문을 통해 부엌으로 갔다. 로즈는 평퍼짐
한 둥근 얼굴을 가진 40대 여자로 부엌 난로 옆에 앉아 진한 차를
마시고 있었다. 우리를 보자 그녀는 손을 가슴에 얹고 폭포수처럼
말을 퍼부어 대기 시작했다.

로즈는 나를 보며 정말 끔찍한 일이 일어나서 가슴이 두근거리고
무서워서 어쩔 줄 모르겠다고 말했다. 그녀나 식구들 중 다른 누군
가가 잠들어 있다가 쥐도 새도 모르게 살해당했을 수도 있다고 생
각하는 듯했다.

"메건 양에게도 진한 차를 한잔 주시죠. 아시겠지만, 이 아가씨는
큰 충격을 받은 상태입니다. 그 시신을 발견한 건 이 아가씨라는 점
을 잊지 말아 주세요."

내가 말했다.

시신이라는 말 한마디만으로도 로즈는 다시 뛰쳐나가고 싶어진
듯 보였지만, 내가 엄한 눈으로 쳐다보자 검은색에 가까운 진한 차
를 찻잔에 따랐다.

나는 메건에게 말했다.

"이리 와요. 이리 앉아서 이거 마셔요. 혹시 브랜디 같은 건 없나요, 로즈?"

로즈는 미심쩍은 말투로 크리스마스 푸딩 만들 때 쓰다 남은 것이 조금 있다고 했다.

"가지고 와 봐요."

난 브랜디를 받아 메건의 잔에 조금 따라 주었다. 로즈도 좋은 생각이라고 여기는 듯했다.

난 메건에게 로즈와 함께 있으라고 말했다.

"메건 양을 잘 보살펴 줄 수 있겠죠?"

내가 묻자 로즈는 기꺼이 대답했다.

"그럼요, 선생님."

나는 집 안으로 들어갔다. 로즈는 친절한 여자였고, 얼마 안 있으면 음식을 먹고 기운을 내야겠다는 생각도 떠올릴 수 있을 터였다. 그리고 그렇게 하면 메건에게도 좋을 거라는 정도는 알 수 있을 것이었다. 그런데 이 망할 집안 식구들은 왜 이렇게 메건에게 관심이 없는 것일까?

나는 불쾌한 기분에 사로잡힌 채로 엘시 홀랜드와 마주쳤다. 그녀는 나를 보고도 전혀 놀란 기색이 아니었다. 이런 끔찍한 일이 일어난 데 흥분해서 누가 오고 가는지 신경 쓰지 않는 모양이었다. 버트 런들 경관이 현관 옆에 서 있었다.

엘시 홀랜드가 헐떡거리며 말했다.

"오, 버턴 씨. 너무 무서운 일이에요. 대체 누가 이런 끔찍한 일을 저질렀을까요?"

"그렇다면 살인입니까?"

"예, 아그네스는 머리 뒤를 둔기로 얻어맞았어요. 머리가 온통 피투성이지 뭐예요. 오! 정말 끔찍한 일이에요. 더군다나 벽장 속에 처박혀 있었답니다. 대체 누가 이런 사악한 짓을 저지른 걸까요? 대체 무엇 때문에? 불쌍한 아그네스, 그 애는 다른 사람한테 해를 끼친 적도 없는데 말이에요."

"아니요, 이번 사건은 누군가 그 아가씨를 노리고 있다가 일을 저지른 겁니다."

엘시 홀랜드가 나를 쳐다보았다. 똑똑한 여자는 아니라는 생각이 들었다. 하지만 상당히 대범한 여자이기는 했다. 약간 흥분한 듯 보였지만 그녀의 안색은 평상시와 다름없었다. 착한 여자인 것은 분명하지만, 사실은 소름이 끼치는 이런 상황을 어느 정도 즐기고 있는 게 아닌가 싶었다.

그녀가 변명하듯 말했다.

"전 아이들을 보살피러 올라가 봐야 할 것 같아요. 아이들이 혹시 충격이라도 받을까 봐 사이밍턴 씨가 몹시 걱정하시거든요. 그분은 제가 아이들 곁을 계속 지키기를 바라신답니다."

"메건이 시신을 발견했다고 들었어요. 누군가 그 아가씨를 보살펴 주어야 하는 게 아닌가요?"

엘시 홀랜드가 양심의 가책을 느끼라고 한 말이었다.

"오, 세상에. 메건을 깜박 잊고 있었네요. 괜찮아야 할 텐데. 제가 너무 바빴거든요. 경찰도 오고 이것저것 일이 많아서 말이에요. 하지만 아무리 그래도 그건 제 잘못이에요. 불쌍한 메건, 얼마나 많이 놀랐을까. 당장 가서 보살펴 주어야겠어요."

나는 마음이 누그러졌다.

"메건은 괜찮을 겁니다. 로즈가 그 아가씨를 보살펴 주고 있으니까요. 어서 가서 아이들을 돌보세요."

엘시 홀랜드는 묘석처럼 하얀 이를 보이며 내게 고맙다고 말하고는 서둘러 2층으로 올라갔다. 이러니저러니 해도 그녀의 일은 메건이 아니라 아이들을 보살피는 것이었다. 메건을 보살펴 줄 사람은 아무도 없었다. 엘시는 사이밍턴의 귀여운 자식들을 돌보는 대가로 보수를 받고 있었다. 그러니 그녀가 메건을 보살피지 않았다고 해서 비난할 수는 없는 노릇이었다.

엘시 홀랜드가 계단을 올라가 모퉁이를 도는 순간, 난 숨이 막히는 것 같았다. 순간적으로 양심적인 가정교사 대신에 믿을 수 없을 정도로 아름답고 불멸인, 날개 달린 승리의 여신을 본 것 같았다.

그 순간 문이 열리면서 내시 총경이 홀로 들어왔고, 사이밍턴이 그 뒤를 따랐다.

"버턴 씨, 안 그래도 연락드리려던 참이었습니다. 여기서 뵙게 되니 잘됐군요."

내시가 말했다.

그는 그 자리에서 내가 왜 이 집에 와 있느냐고 묻지 않았다.

내시가 사이밍턴을 돌아보았다.

"저 방을 좀 써도 괜찮으시겠습니까?"

그곳은 저택 전면에 창이 나 있는 작은 응접실이었다.

"그럼요, 괜찮습니다."

사이밍턴의 태도는 꽤 침착했지만 몹시 지친 듯 보였다. 내시 총경이 부드럽게 말했다.

"제가 사이밍턴 씨라면, 먼저 아침 식사부터 하겠습니다. 당신이나 홀랜드 양, 메건 양 모두 커피와 달걀, 베이컨을 먹고 나면 한결 기분이 나아질 겁니다. 살인 사건이란 공복 상태에서는 더욱 힘든 법이니까요."

그가 마치 주치의라도 되는 것처럼 편안하게 말했다.

사이밍턴이 희미하게 미소를 지어 보이며 대답했다.

"감사합니다, 총경님. 그 말씀에 따르도록 하겠습니다."

내가 내시를 따라 작은 응접실로 들어가자 그는 문을 닫은 다음 말했다.

"어떻게 이렇게 빨리 오실 수 있었나요? 이 일을 누구한테 들었습니까?"

나는 메건이 전화를 걸어 주어 알게 되었다고 대답했다. 나는 총경에게 호감이 생겼다. 어쨌든 그는 메건을 잊지 않고 있었고, 아침 식사가 필요하다는 것까지 챙겨 주었기 때문이다.

"어젯밤에 버턴 씨가 전화를 걸어 죽은 아가씨에 대해 물어봤다고 하더군요. 무슨 이유에서 그랬습니까?"

나는 그 질문이 왠지 좀 이상하다는 생각이 들었다. 하지만 아그네스가 파트리지에게 전화를 걸었던 일과 오기로 해 놓고 모습을 나타내지 않았다는 이야기를 해 주었다.

그는 턱을 문지르며 생각에 잠긴 채 천천히 대답했다.

"그랬군요, 알았습니다……."

그런 다음 한숨을 내쉬었다.

"이번 일은 살인 사건이 틀림없습니다. 직접적으로 신체에 공격을 당했죠. 문제는 이 아가씨가 알고 있었던 사실이 무엇이냐는 겁니다. 혹시 파트리지에게 무슨 다른 말을 하지 않았다고 하던가요? 무슨 얘기든 말입니다."

"그런 것 같지는 않습니다. 하지만 파트리지를 만나서 직접 물어 보시는 게 좋을 것 같습니다."

"예, 그렇지 않아도 여기 일이 끝나자마자 그녀를 만나 볼 생각입니다."

"정확하게 무슨 일이 일어난 겁니까? 아직은 총경님도 모르시는 건가요?"

"대충은 짐작이 갑니다. 하녀들이 모두 쉬는 날이었죠……."

"두 사건 모두 다요?"

"그렇습니다. 이 집에서 일하는 하녀 둘이 모두 같은 날 쉬고 싶어 했다는군요. 그래서 사이밍턴 부인이 그렇게 하라고 허락을 해 주었답니다. 그래서 쉬는 날이 되면 두 명 모두 나가 버리곤 했던 모양입니다. 그런 날이면 식구들은 하녀들이 미리 준비해 두고 나간 차가운 저녁 식사를 먹었고, 홀랜드 양이 차를 끓였다고 하더군요."

"그랬군요."

"한 가지 사실은 명백합니다. 요리사인 로즈는 네더 믹포드 출신으로, 쉬는 날을 집에 가서 보내려면 2시 30분 버스를 타야만 하죠. 그래서 점심 식사 뒤에 식탁을 치우는 일은 늘 아그네스의 몫이었습니다. 로즈는 설거지거리를 모두 모아 놓았다가 저녁 식사가 끝나면 한꺼번에 한다고 하더군요.

이제부터가 어제 있었던 일입니다. 로즈는 버스를 타기 위해 2시 25분에 집을 나섰고, 사이밍턴 씨는 2시 35분에 사무실로 나갔습니다. 엘시 홀랜드는 아이들을 데리고 2시 45분에 나갔죠. 그리고 5분쯤 뒤에 메건 헌터는 자전거를 타고 나갔습니다. 아그네스는 집에 혼자 남아 있었어요. 알아본 바에 의하면 보통 그녀는 3시에서 3시 30분 사이에 집을 나섰다고 합니다."

"그럼 그때는 집이 텅 비어 있었겠군요."

"아, 여기 사는 사람들은 그런 걱정은 하지 않습니다. 시골이다 보니 문도 잘 잠그지 않으니까요. 그러니까 결과적으로 아그네스는 2시 50분에서 3시까지 집에 혼자 남아 있었습니다. 우리가 시신을 발견했을 때 앞치마와 모자를 그대로 착용하고 있었던 걸로 봐서 그녀는 밖에 나가지 않았던 것이 분명합니다."

"사망 추정 시각은 어떻게 됩니까?"

"그리피스 선생님은 정확한 시간을 언급하지 않더군요. 공식적인 소견으로 2시에서 4시 30분 사이에 사망한 것으로 나왔을 뿐입니다."

"어떻게 살해당했습니까?"

"처음에는 뒤통수를 맞고 기절했습니다. 그런 다음 흔히 쓰는 식칼의 날카로운 끝으로 두개골 부위를 찔렀습니다. 즉사한 것으로 보입니다."

나는 담배에 불을 붙였다. 그다지 보기 좋은 장면은 아니었을 듯싶었다.

"아주 냉혹한 짓이군요."

내가 말했다.

"그렇죠, 정말 그렇습니다. 아주 지독한 짓이죠."

나는 담배 한 모금을 깊이 빨아들인 다음 물었다.

"누가 그런 걸까요? 대체 왜 이런 짓을 저지른 거죠?"

"정확한 동기가 무엇인지는 알아내기 힘들 것 같습니다. 하지만 추측해 볼 수는 있죠."

"그 아가씨가 뭔가를 알고 있었다는 겁니까?"

"그 아가씨는 뭔가를 알고 있었죠."

"그렇다면 그 아가씨가 이 집에 살고 있는 누구에게 어떤 암시 같은 걸 주지는 않았을까요?"

"알아본 바에 의하면 그런 건 없었습니다. 요리사 말로는 사이밍턴 부인이 죽은 후로 아그네스가 무척 당혹스러워했다고 합니다. 그리고 걱정도 많아지고, 어떻게 해야 좋을지 모르겠다는 말도 여러 번 했다는군요."

그는 화가 치미는지 한숨을 내쉬었다.

"항상 이런 식입니다. 사람들은 우리를 찾아오지 않아요. '경찰에 연루되는 일'에 뿌리 깊은 편견을 가지고 있으니까 말입니다. 만일 아그네스가 우리를 찾아와 자기가 걱정하는 일이 뭔지 말해 주었다면, 그 아가씨는 지금도 살아 있을 겁니다."

"요리사에게도 전혀 암시를 주지 않았고요?"

"그렇습니다. 그게 아니라면 로즈가 그렇게 말할 뿐일지도 모르죠. 하지만 전 로즈의 말을 믿습니다. 만일 아그네스가 무슨 말이라도 했다면, 그 여자는 있지도 않은 일들까지 만들어 같이 떠들어 댔을 사람이니까요."

"아무것도 모르니, 정말 미칠 노릇이군요."

"하지만 여전히 추측해 볼 수는 있습니다, 버턴 씨. 처음에는 그 뭔가가 그렇게 뚜렷하지 않았을 겁니다. 그것은 자꾸 생각하면 할수록 점점 불안해지는 그런 종류의 일이었을 겁니다. 무슨 말인지 아시겠습니까?"

"예."

"사실 전 그게 뭔지 알고 있다고 생각합니다."

나는 그를 존경의 눈으로 바라보았다.

"정말 대단하십니다, 총경님."

"그야 전 버턴 씨가 모르는 것을 알고 있으니까요. 사이밍턴 부인이 자살한 날 오후, 하녀들이 모두 외출할 예정이었습니다. 그날은 두 사람이 쉬는 날이었으니까요. 하지만 사실 아그네스는 밖에 나갔다가 다시 집에 돌아와 있었습니다."

"그런 일이 있었습니까?"

"예, 아그네스는 남자 친구가 있었죠. 생선 가게에서 일하는 렌델이라는 젊은이입니다. 그는 수요일이면 가게 문을 일찍 닫고, 아그네스를 만나서 산책을 하거나, 비가 오면 영화를 보러 가곤 했답니다. 그런데 그날은 만나자마자 싸웠던 모양이에요. 아그네스가 다른 남자와 사귄다고 씌어 있는 예의 그 익명의 편지를 받아서 프레드 렌델은 몹시 화가 나 있었습니다. 두 사람은 심하게 말다툼을 했고, 아그네스는 집으로 돌아오면서 프레드가 사과하지 않는 한 다시는 만나지 않을 거라고 했다고 합니다."

"그래요?"

"버턴 씨, 부엌은 저택의 뒤쪽으로 나 있지만, 식품 저장실에서는 지금 우리가 보고 있는 이쪽이 보입니다. 이 집에는 출입구가 하나밖에 없습니다. 거기를 통과해야만 현관문을 통해 집으로 들어오거나, 아니면 저택을 돌아 뒷문으로 통하는 샛길로 들어갈 수 있죠."

내시는 잠시 말을 멈췄다.

"이제 말씀드리죠. 사이밍턴 부인이 받았던 그 편지는 우편 배달을 통해 온 것이 아닙니다. 우표를 붙이고, 진짜와 거의 구분이 되지 않을 정도로 소인을 검은 잉크로 위조해 우체부가 오후 배달해 준 거라고 믿게 만든 것뿐이죠. 하지만 그 편지는 사실 우체국을 통하지 않았습니다. 이게 무엇을 의미하는지 아시겠습니까?"

나는 천천히 대답했다.

"그렇다면 오후 배달이 있기 직전, 범인이 직접 그 편지를 들고 와 우편함에 넣어서 다른 편지들과 같이 섞이게 했다는 이야기로군요."

"그렇습니다. 오후 우편 배달은 3시 45분 경에 있습니다. 그래서 제 생각은 이렇습니다. 그 아가씨는 식품 저장실에서 창문을 통해 바깥을 내다보면서(관목들 때문에 좀 가리기는 하지만 바깥이 아주 잘 보이지요.) 남자 친구가 자신에게 사과를 하러 오기를 기다리고 있었던 겁니다."

"그리고 그때 그 아가씨는 그 편지를 가지고 온 사람을 볼 수 있었겠군요."

"추측한 바로는 그렇습니다. 버턴 씨, 물론 제 생각이 틀릴 수도 있지만 말입니다."

"총경님 생각이 틀린 것 같지는 않습니다……. 충분히 그랬을 거라는 확신이 듭니다. 그러니까 아그네스는 익명의 편지를 쓴 사람이 누군지 알고 있었다는 말이군요."

"그렇습니다."

나는 얼굴을 찌푸렸다.

"그렇다면 어째서 그때 그 아가씨는 신고를 하지 않았을까요?"

내시가 내 말이 끝나기가 무섭게 말했다.

"전 그 아가씨가 그때 자기가 본 것이 무엇인지 미처 깨닫지 못하고 있었던 거라고 생각합니다. 처음에는 몰랐던 거지요. 누군가 편지를 남겨 놓고 갔지만, 아그네스는 그 사람이 익명의 편지와 연관이 있을 거라는 생각은 꿈에도 하지 않았을 겁니다. 그런 점에서 보면 전혀 의심할 수 없는 그런 사람이었겠죠.

하지만 그 일을 생각하면 할수록 그 아가씨는 불안해졌던 겁니다. 아무래도 그 일에 대해 누군가와 상의를 해야겠다는 생각이 들었겠죠. 혼란스러운 와중에 그녀는 바턴 양 댁의 파트리지를 떠올렸습니다. 제가 듣기로 파트리지는 고압적인 성격을 가진 여자인 것 같더군요. 아그네스는 늘 그녀의 말이라면 주저없이 받아들이는 편이라고 들었습니다. 마침내 그 아가씨는 파트리지에게 어떻게 할지 물어보기로 결심했던 겁니다."

나는 생각에 잠긴 채 말했다.

"그렇군요. 모든 상황에 잘 들어맞는 것 같습니다. 그리고 어쩌다가 익명의 편지를 쓴 사람이 그 사실을 알아차렸을 테죠. 그런데 어떻게 그걸 알 수 있었을까요?"

"버턴 씨는 시골에서 살아 본 적이 없어서 그런 말씀을 하시는 겁니다. 이런 작은 마을에서 소문이 퍼지는 것을 보고 있노라면, 일종의 기적처럼 보일 때도 있죠. 먼저 전화 통화를 했던 순간부터 따져 보도록 합시다. 그때 누가 옆에 있었습니까?"

나는 그 상황을 떠올려 보았다.

"제가 처음에 전화를 받았습니다. 그러고 2층에서 일하고 있는 파트리지를 불렀죠."

"아그네스라는 이름을 말했습니까?"

"예, 그랬습니다."

"그때 당신이 말하는 걸 들은 사람이 누가 있습니까?"

"제 동생이나 그리피스 양이 들었을지도 모릅니다."

"아, 그리피스 양 말씀입니까. 그녀는 거기서 뭘 하고 있었나요?"

나는 상황을 설명해 주었다.

"그런 다음 그리피스 양이 다시 마을로 내려갔습니까?"

"파이 씨 댁에 간다고 했습니다."

내시 총경이 한숨을 쉬었다.

"그게 바로 소문이 퍼지게 된 두 가지 경로입니다."

나는 믿을 수가 없었다.

"그렇다면 그리피스 양이나 파이 씨가 아무 쓸모도 없는 그런 이야기를 퍼뜨렸을 거라는 말입니까?"

"여기서는 무엇이든 이야깃거리가 되죠. 아마 사실을 알면 놀라실 겁니다. 이를테면 양재사의 어머니에게 티눈이 생기면 온 동네 사람이 다 알게 되는 식이죠! 그리고 이 집에서도 이야기가 새어 나갈 곳은 얼마든지 있습니다. 홀랜드 양이나 로즈, 그 사람들도 아그네스가 전화하는 내용을 들었을 수 있으니까요. 또 프레드 렌델도 있죠. 어쩌면 그가 그날 오후에 아그네스는 바로 집으로 돌아갔다는 이야기를 하고 돌아다녔을 수도 있습니다."

나는 흠칫 몸을 떨고는 창 밖을 내다보았다. 단정하게 정돈된 잔디밭과 샛길, 낮고 깔끔한 대문이 보였다.

누군가 저 대문으로 들어와 곧장 저택을 향해 조용히 걸어온다. 그리고 우편함에 편지를 밀어 넣는다. 마음의 눈을 통해 흐릿하게 그 모습이 보이는 것 같다. 뚜렷하지 않지만 어떤 여자의 모습이. 얼굴은 보이지 않는다. 하지만 틀림없이 내가 알고 있는 얼굴일 것이다…….

내시 총경이 말했다.

"어쨌든 그 일은 수사의 범위를 좁히는 데 도움을 주고 있습니다. 우리는 언제나 이런 식으로 시작해서 범인을 잡곤 하죠. 꾸준하게 끈기를 가지고 필요 없는 사실들을 하나씩 제거해 나가는 겁니다. 이제는 용의자로 삼을 수 있는 사람이 그다지 많지 않습니다."

"그 말씀은……?"

"오후 내내 일해야 하는 여점원들은 제외시킬 수 있습니다. 교장 역시 마찬가지입니다. 그녀는 수업을 하고 있었으니까요. 그리고 간호사도 아닙니다. 어제 그녀가 어디 있었는지는 제가 알고 있으니까요. 그 사람들 중에 범인이 있을 거라는 생각은 하지 않았지만, 이제는 아니라는 게 확실해진 셈입니다. 버턴 씨, 우리는 집중해서 알아보아야 할 두 개의 시간대를 가지고 있습니다. 어제 오후와 일주일 전 오후죠. 사이밍턴 부인이 죽은 시각은 3시 15분에서(아그네스가 남자 친구와 말다툼을 한 끝에 집으로 돌아올 수 있는 가장 빠른 시간입니다.) 우체부가 다녀간 4시(우체부에 대해서는 더욱 정확하게 시간을 알 수 있었죠.) 사이입니다. 어제 사건이 일어난 건 2시 50분에서 (메건 헌터 양이 집을 나선 시각입니다.) 3시 30분 사이라고 볼 수 있어요. 아그네스가 옷을 갈아입지 않았다는 점으로 봐서는 3시 15분경으로 봐도 무방할 겁니다."

"총경님은 어제 사건이 어떻게 된 거라고 생각하십니까?"

내시가 얼굴을 찡그렸다.

"어떻게 생각하느냐고 물으셨습니까? 어떤 부인이 현관 앞까지 걸어와 초인종을 눌러 봅니다. 이 집에 찾아온 사람인양 차분하게 미소를 지으면서……. 어쩌면 그 여자는 홀랜드 양이나 메건 양을 만나러 왔다고 했을 수도 있겠지요. 아니면 어떤 물건을 사 가지고 왔을 수도 있습니다. 아그네스가 명함 그릇을 가져오거나 물건을 안으로 들이려고 돌아서는 순간, 우리의 방문객은 무방비 상태였던 하녀의 머리 뒤쪽을 내려친 거지요."

"무엇으로 말인가요?"

"여자들은 보통 커다란 가방을 들고 다니지요. 그 안에 뭐가 들어 있을지 누가 알겠습니까?"

"그런 다음 목을 찌르고 벽장에 시신을 집어 넣었다는 겁니까? 여자로서는 하기 어려운 일이 아니었을까요?"

내시 총경은 이상한 표정으로 나를 쳐다보았다.

"우리가 상대하고 있는 그 여자는 보통 사람이 아닙니다. 그리고 벽장이 멀리 떨어져 있는 것도 아니고요. 정서적으로 불안한 사람들은 보통 괴력을 발휘할 수 있다고 합니다. 게다가 아그네스는 몸집이 큰 아가씨도 아니었죠."

그는 잠시 머뭇거리다가 내게 물었다.

"메건 헌터 양은 어떻게 벽장을 열어 볼 생각을 했다고 합니까? 어떻게 그런 생각을 해낸 거죠?"

"단순히 직감이었겠죠."

난 이렇게 대답하고는 다시 물었다.

"그런데 어째서 아그네스를 벽장에 집어넣은 걸까요? 무슨 목적으로?"

"시신이 발견되는 시간이 늦어질 뿐만 아니라, 정확한 사망 시각을 추정하기 어렵게 만들기 위해서입니다. 예를 들어 홀랜드 양이 들어오자마자 시신을 발견했다면, 의사는 10분 내외로 정확한 시각을 알아낼 수 있었을 겁니다. 그렇게 되면 우리의 숙녀분께서 상당히 곤란한 상황에 빠지게 되겠지요."

나는 얼굴을 찌푸렸다.

"그런데 아그네스가 그 사람을 의심했다면 어째서……."

내시가 내 말을 가로챘다.

"그 아가씨는 의심하지 못했을 겁니다. 좀 '이상하다'고 생각하는 정도였겠죠. 아그네스는 머리가 그다지 좋지 못한 아가씨였을 겁니다. 그저 뭔가 잘못된 것 같다고 막연하게 넘겼겠죠. 설마 그 사람이 살인을 저지를 수 있다고는 생각도 할 수 없었을 겁니다."

"총경님은 이런 일이 벌어질 거라고 생각하셨습니까?"

내시는 고개를 저으며 기분이 좋지 않다는 듯 대답했다.

"미리 예상했어야 하는 일이죠. 자살 사건이 일어나자 범인도 많이 놀랐을 겁니다. 그 여자는 두려움에 휩싸였죠. 버턴 씨, 공포에 질린 사람은 무슨 짓을 저지를지 모르는 법이랍니다."

"그렇군요, 공포라. 우리가 미리 예상했어야만 하는 일이군요. 공포…… 그것도 제정신이 아닌 사람에게는……."

"그렇죠."

그리고 이어진 내시 총경의 말은 모든 것이 무시무시하게 보이도록 만들었다.

"우리는 대단히 존경받는 누군가를 상대하고 있는 겁니다. 실제로 사회적 지위가 높은 사람 말입니다."

III

이내 내시는 다시 한 번 로즈를 만나 봐야겠다고 했다. 나는 조심스럽게 같이 가도 괜찮을지 물어보았다. 놀랍게도 그는 기꺼이 받아들였다.

"버턴 씨의 협조에 대해 진심으로 감사드리는 바입니다."

"어딘지 좀 의심쩍은 생각이 드는데요. 책에서 보면 탐정들이 누군가의 도움을 기꺼이 받아들일 때는 주로 그 사람이 범인인 경우가 많더군요."

내시는 짧게 웃었다.

"버턴 씨, 당신은 익명의 편지를 쓸 사람이 아닙니다. 솔직히 당신은 우리에게 많은 도움이 됩니다."

"그렇게 생각하신다니 감사합니다만, 도움을 드리고 있는지는 잘 모르겠군요."

"그건 당신이 여기서는 낯선 사람이기 때문이지요. 버턴 씨는 이곳에 사는 사람들에 대해 선입견을 가지고 있지 않습니다. 게다가 사교적인 모임을 통해 많은 것을 알아낼 수 있는 기회도 있지 않습니까.”

“그 살인자는 사회적인 위치가 높은 사람이고 말입니다.”

내가 중얼거렸다.

“그렇습니다.”

“저보고 스파이가 되라는 겁니까?”

“거부감이 느껴지시나요?”

나는 그 점에 대해 깊이 생각해 보았다.

“아니요. 솔직히 말해서 그렇지는 않습니다. 무방비 상태의 여자를 자살로 몰고 가고, 나이 어린 하녀의 머리를 내리쳐서 목숨을 빼앗는 위험한 정신병자를 붙잡기 위해서라면 설사 비열한 짓이라 할지라도 거부할 이유가 없습니다.”

“올바른 생각이십니다. 다시 한 번 분명히 말씀드리지만 우리가 상대하고 있는 범인은 아주 위험한 여자입니다. 그녀는 똬리를 틀고 있는 방울뱀이나 코브라, 검은 맘바만큼이나 위험해요.”

나는 다시 한 번 몸을 떨었다.

“그렇다면 서둘러야 하는 것 아닙니까?”

“물론입니다. 우리를 무기력하게 보지 마십시오. 전혀 그렇지 않습니다. 여러 방면에서 수사를 진척시키고 있는 중입니다.”

그가 단호하게 말했다.

내 눈에는 광범위하게 펼쳐진 수사의 거미줄이 보이는 것 같았다……

내시는 로즈의 이야기를 또 들어 보아야겠다고 했다. 이미 그녀가 두 번이나 다른 이야기를 했기 때문에 좀 더 깊이 파고 들어가 보면, 뭔가 진실을 찾을 수 있는 단서를 발견할지도 모른다고 그는 설명했다.

우리는 아침 설거지를 하고 있는 로즈를 찾아냈다. 그녀는 금세 하던 일을 멈췄다. 그리고 눈을 깜박거리고 가슴을 움켜잡으며 아침에 있었던 끔찍한 일에 대해 또다시 설명하기 시작했다.

내시는 로즈를 참을성 있게 대하면서도 엄격하게 다루었다. 그는 처음에는 달랬고, 두 번째는 단호하게 대했다. 지금은 그 두 가지를 섞어 가며 로즈에게 이야기를 끌어내고 있었다.

로즈는 신이 난 듯 지난주에 있었던 일들을 자세하게 설명하기 시작했다. 아그네스가 심한 두려움에 질려 있는 것 같아서 자기가 무슨 일이냐고 물어보니 "물어보지 마세요."라고 대답하며 몸을 떨었다는 이야기도 했다.

"제게 말했다가는 죽을 것 같은 분위기였어요."

로즈는 아그네스가 말을 하지 않아 다행이라는 듯 눈동자를 깜박거리며 말을 끝냈다.

"아그네스가 무엇 때문에 고민하는지 조금이라도 언급하지 않던가요?"

"아니요, 자기 목숨이 달려 있는 일이라고 걱정한 것 말고는 없었어요."

내시 총경은 한숨을 쉬고는 그 문제에 대해서는 단념했다. 전날 오후, 로즈의 정확한 행적을 알아냈다는 것만으로 만족해야 했다.

간단히 정리해 보면, 로즈는 2시 30분 버스를 탔고, 오후 내내 가족과 함께 지내다가 네더 믹포드에서 8시 40분 버스를 타고 돌아왔다는 것이다. 동생이 왜 그러느냐고 물어볼 정도로 오후 내내 이상하게 안 좋은 느낌이 들어서, 캐러웨이 열매가 든 과자에 손도 대지 못했다는 것 정도가 새로 추가되었을 뿐이었다.

우리는 부엌에서 나와 엘시 홀랜드를 찾았다. 그녀는 아이들의 공부를 봐주고 있었다. 언제나 그렇듯이 엘시 홀랜드는 친절하고 유능했다. 그녀는 자리에서 일어나 이렇게 말했다.

"자, 콜린, 브라이언과 함께 여기 산수 문제 세 개를 풀어 놓도록 하렴. 선생님이 돌아오면 답을 물어볼 거야."

그런 다음 엘시는 우리를 육아용 침실로 안내했다.

"여기서도 괜찮겠죠? 아무래도 아이들 앞에서는 이야기하지 않는 편이 좋을 것 같아서요."

"감사합니다, 홀랜드 양. 사이밍턴 부인이 죽은 뒤로 아그네스가 자신이 무슨 일로 걱정하고 있는지 딱히 언급한 적 없다고 말씀해 주셨죠?"

"예, 정말 아무 말도 하지 않았어요. 아그네스는 아주 조용한 편이었고, 말도 별로 없었거든요."

"그렇다면 로즈가 한 말과는 아주 다르군요!"

"로즈는 너무 말이 많아요. 전 가끔 그녀에게 주제 넘는 짓은 하지 말라고 주의를 주기도 한답니다."

"자, 그렇다면 어제 오후에 무슨 일을 했는지 정확하게 말씀해 주시겠습니까? 생각나는 건 무엇이든지 말입니다."

"음, 우리는 평상시와 다름없이 점심 식사를 했어요. 그때가 1시였는데, 우린 좀 서둘렀어요. 전 아이들이 게으름을 피우게 내버려두지 않거든요. 사이밍턴 씨는 사무실로 다시 나가셨고, 전 아그네스를 도와 저녁 식사를 준비했어요. 아이들은 제가 데리러 갈 때까지 정원에서 뛰어놀고 있었지요."

"그런 다음 어디로 갔습니까?"

"컴에이커 쪽으로 들길을 따라 갔어요. 아이들이 낚시를 하고 싶어 했거든요. 그런데 미끼를 가지고 오는 걸 깜박 잊어버리는 바람에 다시 되돌아가야 했지 뭐예요."

"그때가 몇 시경이었습니까?"

"우리가 출발한 시간이 2시 40분쯤이었던 것 같아요, 그보다 좀더 됐을지도 모르겠네요. 메건이 자전거를 타고 막 나가려던 참이었어요. 요즘 그 아가씨는 자전거 타는 재미에 푹 빠져 있거든요."

"제 말은 미끼를 가지러 다시 돌아왔을 때가 몇 시경이었냐는 겁니다. 집 안에도 들어갔나요?"

"아니요, 미끼를 후원에 있는 온실에 놔두었거든요. 그때가 몇 시였는지는 정확하게 모르겠어요. 아마 2시 50분쯤 되었을 거예요."

"혹시 메건이나 아그네스와 마주치지는 않았습니까?"

"네, 메건은 이미 나간 뒤였을 거예요. 그리고 아그네스는 보지 못했어요. 전 아무도 보지 못했어요."

"그리고 바로 낚시를 하러 간 건가요?"

"예, 우리는 강을 따라 내려갔어요. 하지만 아무것도 잡지 못했답니다. 그런데도 아이들은 무척 좋아했어요. 브라이언은 흠뻑 젖어 버렸죠. 집에 돌아오자마자 그 아이 옷부터 갈아입혀야 했어요."

"수요일마다 당신이 차를 준비하나요?"

"예, 사이밍턴 씨가 마실 차는 거실에 준비해요. 그래서 그분이 돌아오실 때쯤 차를 끓인답니다. 아이들과 제가 마실 차는 공부방에 준비해요, 메건도 저희와 같이 마시죠. 차를 끓이는 도구들은 모두 저기 찬장 안에 있어요."

"집에 도착했을 때는 몇 시였습니까?"

"4시 50분이었어요. 저는 아이들을 데리고 올라가 차를 준비하기 시작했어요. 그런데 5시가 되자 사이밍턴 씨가 돌아오셨어요. 저는 아래층으로 내려와 차를 가져다 드리려 했지만, 사이밍턴 씨가 공부방에서 저희와 함께 차를 드시겠다고 했어요. 아이들이 무척 기뻐했죠. 차를 마시고 난 다음 우리는 동물 잡기 놀이를 했어요. 지금 생각해 보면 너무 끔찍한 일인 것 같아요. 우리가 그렇게 놀고 있는 동안 불쌍한 아그네스는 벽장 속에서 그렇게 죽어 있었으니……."

"그 벽장은 평상시에 사용하는 겁니까?"

"아니요, 폐품 같은 걸 넣어 두는 곳이에요. 모자나 코트 같은 건 현관문 바로 오른쪽에 있는 보관실에 걸어 두거든요. 지난 몇 달 동안 그 벽장은 열어 본 적도 없을 거예요."

"알겠습니다. 그렇다면 혹시 집으로 돌아왔을 때 평상시와 다른 점이라든가 이상한 점 같은 걸 느끼지 않았습니까?"

그녀의 푸른 눈동자가 휘둥그레졌다.

"아니요, 그런 건 전혀 없었어요. 평상시와 다른 점은 하나도 없었어요. 그게 더 끔찍한 것 같긴 하지만."

"일주일 전에는 어땠습니까?"

"사이밍턴 부인이 돌아가신 날을 말씀하시는 건가요?"

"그렇습니다."

"오, 그날은 너무 끔찍했어요. 정말 끔찍했죠!"

"압니다, 그럼요. 저도 알고 있습니다. 그날 오후에도 역시 외출하셨죠?"

"예, 전 언제나 오후에는 아이들을 데리고 밖으로 나가요. 날씨만 좋으면 말이에요. 아이들 공부는 오전에 하거든요. 우리는 황무지까지 올라갔어요. 제가 기억하기로는 아주 멀리까지 갔답니다. 그래서 너무 늦게 돌아온 것 같아 걱정이었어요. 대문 앞에 도착하고 보니, 벌써 저쪽 끝에서 사이밍턴 씨가 오는 모습이 보였거든요. 주전자도 올려놓지 않았는데 말이에요. 하지만 막상 시간을 보니 겨우 4시 50분이더군요."

"사이밍턴 부인에게 올라가 보지는 않았습니까?"

"아니요, 올라가지 않았어요. 부인은 점심 식사 후에는 항상 휴식을 취하시니까요. 신경통에 시달리셨거든요. 특히 식사를 하고 난 후에 고통이 심했어요. 그래서 그리피스 선생님이 약을 좀 주셨지요. 부인은 항상 누워서 잠을 청해 보려고 애를 쓰곤 했답니다."

내시가 무관심한 목소리로 물었다.

"그럼 부인에게 우편물을 가져다 줄 사람이 없었겠군요?"

"오후 배달 말인가요? 아니요, 제가 밖에서 돌아올 때 우편함을 열어 보고 편지들을 꺼내다 홀에 있는 탁자 위에 올려놓곤 한답니다. 하지만 어쩌다 한 번씩 사이밍턴 부인이 직접 우편물을 가지고 오실 때도 있었어요. 도저히 낮잠을 이루지 못할 때는요. 평상시에는 대개 4시까지 주무시곤 했어요."

"그날 오후에 집에 돌아왔을 때 뭔가 이상한 점 같은 건 느끼지 못했습니까?"

"아니요, 그런 일이 있을 줄은 전혀 몰랐어요. 사이밍턴 씨가 들어와 코트를 벗으시기에, 저는 가서 이렇게 말했어요. '아직 차 준비가 안 됐어요. 하지만 물이 금세 끓을 거예요.' 그랬더니 사이밍턴 씨가 알았다고 고개를 끄덕이시고는 부인을 부르셨어요. '모나, 모나!' 부인한테서 아무 대답이 없어서 사이밍턴 씨는 부인 침실로 올라가셨어요. 그리고 그 끔찍한 광경을 목격하신 거죠. 그분은 저를 부르시더니 이렇게 말씀하셨어요. '아이들이 이리 오지 못하게 해 줘요.' 그리고 사이밍턴 씨는 그리피스 선생님께 전화를 드렸어요. 그런 와중에 불에 올려놓은 주전자를 깜박 잊어버려 주전자 밑바닥이 새까맣게 타 버렸지 뭐예요. 오, 정말 무서운 일이었어요. 부인은 점심 식사 때까지만 해도 기분도 좋고 쾌활해 보이셨거든요."

내시가 불쑥 물었다.

"사이밍턴 부인이 받은 편지에 대해서는 어떻게 생각하십니까,

홀랜드 양?"

엘시 홀랜드가 몹시 분개하며 대답했다.

"그건 정말 나쁜 짓이라고 생각해요. 몹쓸 짓이죠!"

"그렇습니다. 정말 그렇죠. 하지만 전 그런 뜻에서 물어본 것이 아닙니다. 그 편지에 적힌 내용이 사실이라고 생각하십니까?"

엘시 홀랜드의 얼굴이 굳어졌다.

"아니요, 절대 그렇지 않아요. 사이밍턴 부인은 아주 예민하신 분이셨어요. 지나칠 정도로 신경이 예민하셨죠. 무슨 일에나 신경을 많이 쓰셨어요. 그리고 부인은 아주…… 정말 특별한 분이기도 했어요."

엘시의 얼굴이 붉게 달아올랐다.

"그런…… 지저분한 일은…… 부인에게는 정말로 큰 충격이었을 거예요."

내시는 한동안 아무 말도 하지 않았다. 그러다 그녀에게 다시 물었다.

"그런 편지를 받은 적이 있습니까, 홀랜드 양?"

"아니요, 전 받은 적 없어요."

"정말입니까? 제발 다시 한 번 생각해 보고 대답해 주십시오. 그런 편지를 받는다는 것이 얼마나 불쾌한 일인지 잘 알고 있습니다. 그래서 사람들은 간혹 그런 편지를 받았다는 사실조차 인정하지 않는 경우도 있습니다. 하지만 이번 사건에서는 그런 편지들이 굉장히 중요한 단서입니다. 그 편지에 적힌 내용들이 전부 말도 안 되는

제8장 **209**

거짓말이라는 사실은 잘 알고 있으니, 혹시라도 편지 내용 때문에 망설일 필요는 없습니다."

"하지만 전 받지 않았어요, 총경님. 정말 받은 적이 없어요. 한 번도 받아 본 적이 없단 말이에요."

엘시는 화가 나서 눈물까지 그렁거리고 있었다. 그녀의 말은 사실인 것처럼 보였다.

그녀가 다시 아이들에게로 돌아간 후 내시는 창문 밖을 쳐다보며 서 있었다.

"글쎄, 그건 그렇다고 칩시다! 홀랜드 양은 그런 편지는 한 통도 받지 않았다고 했어요. 그리고 그 말은 사실처럼 들렸습니다."

내시가 말했다.

"사실일 겁니다. 거짓말할 사람이 아니에요."

"흠, 그렇다면 악마 같은 범인이 왜 엘시 홀랜드에게는 편지를 보내지 않았을까요?"

나는 그를 쳐다보았다. 조바심이 나는 모양이었다.

"아주 예쁜 아가씨 아닙니까?"

"그 이상이지요."

"그렇습니다. 사실 엘시 홀랜드는 뛰어나게 아름다운 외모를 가지고 있습니다. 게다가 아주 젊은 아가씨죠. 익명의 편지를 보내는 사람에게는 좋은 먹이 아닙니까? 그런데 왜 그녀에게는 편지를 보내지 않았을까요?"

나는 고개를 저었다.

"이건 정말 흥미로운 사실입니다. 그레이브스에게도 말해 봐야겠어요. 그 친구가 익명의 편지를 받지 않은 사람을 알고 있으면 얘기해 달라고 했거든요."

"홀랜드 양이 두 번째 사람이군요. 에밀리 바턴 양도 편지를 받지 않았으니까요."

내시는 아주 살짝 싱긋 웃어 보였다.

"버턴 씨는 남이 얘기하는 건 뭐든지 그대로 믿으시나 보군요. 바턴 양은 그 편지를 받았답니다. 그것도 한 통 이상."

"그걸 어떻게 아시죠?"

"바턴 양과 같이 지내는 헌신적인 보호자, 요리사인지 하녀인지 하는 여자가 말해 주더군요. 플로렌스 엘포드 말입니다. 그 여자는 그 일로 아주 화가 나 있었어요. 그 편지를 쓴 여자의 피를 몽땅 뽑아 버리기라도 할 듯이 말입니다."

"그렇다면 에밀리 바턴 양은 왜 편지를 받지 않았다고 얘기했을까요?"

"체면상의 문제지요. 아무래도 그 편지에는 듣기 좋은 말은 한마디도 씌어 있지 않으니까요. 바턴 양은 평생 동안 지저분한 말이나 욕설 같은 건 피하면서 살았잖습니까."

"바턴 양이 받은 편지에는 뭐라고 씌어 있었습니까?"

"다른 것과 마찬가지였어요. 그녀의 경우에는 정말 우스꽝스러울 정도로 말이 안 되는 내용을 보냈더군요. 말이 났으니 말이지만, 바턴 양이 노모와 언니들을 독살했다는 내용이었어요!"

내가 못 미더워하며 말했다.

"이렇게 위험한 미치광이가 돌아다니고 있는데도 우리는 범인을 잡을 수 없는 건가요?"

"잡게 될 겁니다. 그 여자는 앞으로도 계속 많은 편지를 보낼 테니까요."

내시가 엄숙한 목소리로 대답했다.

"하지만, 총경님. 그 여자가 더 이상 편지를 쓰지 않을 수도 있지 않습니까."

그는 나를 돌아보았다.

"그 여자는 틀림없이 편지를 보낼 겁니다. 절대로 멈추지 못하죠. 그건 병적인 열망이니까요. 편지들은 계속 나타날 겁니다. 그건 의심의 여지가 없는 일이죠."

제9장

I

나는 그 집을 떠나기 전에 메건을 찾았다. 그녀는 정원에 있었는데, 거의 평상시 모습으로 돌아온 것처럼 보였다. 메건은 나를 보자 반갑게 맞아 주었다.

내가 그녀에게 다시 우리 집에 와서 지내라고 말했지만, 메건은 잠시 주저하다가 이내 고개를 저었다.

"정말 고마운 말씀이에요. 하지만 난 여기 있어야 한다고 생각해요. 무엇보다도…… 그래요, 내 집은 여기잖아요. 동생들을 보살피는 데도 약간은 도움이 될지 모르고요."

"그야, 메건 좋은 대로 해야죠."

"그래서 난 여기 있어야 한다고 생각했어요. 하지만…… 저기 말이에요……."

"뭐죠?"

내가 즉시 물었다.

"만일…… 혹시라도 이번처럼 무서운 일이 생기면, 전화를 걸 수 있잖아요. 내가 가지 않아도, 당신이 올 수 있으니까."

나는 감동받았다.

"그야 물론이죠. 그런데 무슨 무서운 일이 일어날 거라고 생각하는 거예요?"

"아, 모르겠어요. 그냥 그런 생각이 들었어요."

메건은 왠지 멍해 보였다.

"제발, 사람이 또 죽을지도 모른다는 소리는 하지 마요! 그런 생각해서 메건에게 좋을 게 없으니까."

그녀는 내게 잠시 환한 미소를 보여 주었다.

"맞아요, 정말 그래요. 다만 이런 일이 일어나니 너무나도 끔찍한 기분이 들어요."

나는 메건을 남겨 두고 가는 게 내키지 않았지만, 그녀 말처럼 그녀의 집은 이곳이었다. 그리고 이제는 엘시 홀랜드도 메건에게 좀 더 신경을 써 줄 거라는 생각이 들었다.

내시와 나는 함께 리틀 퍼즈로 갔다. 내가 조애너에게 아침에 있었던 일을 설명해 주는 동안, 내시는 파트리지와 이야기를 나누었다. 얼마 후 내시는 낙담한 표정으로 우리 쪽으로 다가왔다.

"아무것도 알아낸 사실이 없습니다. 저 여자 말에 따르면, 그 아가씨는 걱정되는 일이 있는데 어떻게 해야 할지 모르겠으니 조언을 얻고 싶다는 말만 했다는군요."

"파트리지가 그 이야기를 다른 사람에게 했다고 하던가요?"

조애너가 물었다.

내시는 굳은 표정으로 고개를 끄덕였다.

"예, 이 집에서 파출부로 일하는 에모리 부인에게 말했다고 하더군요. 얘기를 들어 보니, 요즘엔 나이 든 사람의 충고를 받아들이는 젊은 아가씨들은 얼마 없고, 대부분은 자기 문제조차 직접 처리하지 않으려 드는 모양입니다. 반면 아그네스는 그리 영리하지 않을지는 몰라도, 아주 공손하고 예의를 아는 처녀였던 것 같습니다."

"사실 파트리지는 아그네스의 전화가 왔을 때 무척이나 의기양양해했어요. 그렇다면 그 일에 관해 소문을 내고 다닌 건 에모리 부인인가 보죠?"

조애너가 중얼거렸다.

"그럴 겁니다, 버턴 양."

"한 가지 궁금한 게 있습니다. 어째서 제 동생과 저도 익명의 편지의 대상자가 된 것일까요? 우리는 이곳에서는 낯선 사람이고 누구에게도 원한을 산 일이 없는데 말입니다."

"범인의 정신 상태를 일반적인 관점에서 보시면 안 됩니다. 그런 자들은 이익이 된다 싶으면 무엇이든 이용하는 족속이니까요. 그들이 원한을 품은 대상은 특정한 개개인이 아니라 바로 인간 그 자체입니다."

"그렇다면 그건 데인 캘드로프 부인이 했던 말과 같네요."

조애너가 생각에 잠긴 채 말했다.

내시는 의아해하는 눈으로 조애너를 쳐다보았지만, 동생은 그에게 아무 말도 하지 않았다. 총경이 말했다.

"아가씨가 받았던 그 편지의 봉투를 자세히 본 적이 있으십니까, 버턴 양? 그러셨다면 원래는 바턴(Barton) 양 앞으로 되어 있던 주소를 a에서 u로 바꾸어 버턴(Burton)으로 고쳐서 아가씨에게 보냈다는 것을 알 수 있을 겁니다."

그 점을 제대로 해석했다면 우리는 사건의 전체적인 실마리를 잡을 수 있었을 것이다. 하지만 당시 그 의미를 제대로 알아차린 사람은 아무도 없었다.

내시가 떠나고 우리만 남게 되자 조애너가 말했다.

"오빠도 그 편지가 원래 에밀리 양을 목표로 씌어졌을 거라는 생각은 안 들지?"

"'짙게 화장한 매춘부'라는 구절로 봐서는 아무래도 그렇지."

내 말에 조애너도 동의했다.

그 애는 내게 시내로 내려가 보라고 권했다.

"사람들이 무슨 이야기들을 하고 있는지 들어 볼 수 있을 거야. 이번 사건은 틀림없이 오늘 아침 최고의 화젯거리일 테니까!"

조애너에게도 같이 가자고 했지만, 그 애는 의외로 가지 않겠다고 했다. 정원을 손질할 생각이라면서.

나는 막 나가려다가 목소리를 잔뜩 낮춘 채 말했다.

"혹시 파트리지가 범인이 아닐까?"

"파트리지라고!"

조애너의 깜짝 놀란 목소리를 들으니, 그런 생각을 한 내 자신이 부끄러워졌다.

나는 변명하듯 말했다.

"그냥 문득 그런 생각이 났을 뿐이야. 파트리지는 어떤 면에서 보면 좀 '이상한' 여자잖아. 노처녀인 데다가 성격도 엄격하고 말이야. 그런 부류의 사람들이 대개 '종교적 광신'에 빠지지."

"이번 사건은 종교적 광신이 아니잖아. 그레이브스가 뭐라고 표현했다고 그러지 않았어?"

"그의 말에 따르면 '색광'이래. 그 두 가지는 아주 깊은 연관이 있다고 생각해. 파트리지는 자기 감정을 억누르고 남의 이목에 신경쓰는 성격이야. 게다가 지난 몇 년 동안 나이 많은 여자들하고만 지냈잖아."

"그런 생각은 어쩌다 하게 된 거야?"

나는 천천히 대답했다.

"글쎄, 아그네스가 뭐라고 했는지는 그녀의 말만 들었을 뿐이잖아? 만일 아그네스가 파트리지에게 왜 사이밍턴 가에 편지를 남겨놓고 갔느냐고 물었다면, 파트리지가 그날 오후에 들려서 설명해 주겠다고 했을 수도 있지 않을까?"

"그리고 우리한테는 그 아가씨가 우리 집에 오기로 했다고 말해놓고, 사실을 눈가림했다는 말이야?"

"그래."

"하지만 파트리지는 그날 오후에 외출하지 않았잖아."

"그거야 모르는 일이지. 우리도 그날 집에 없었으니까."

"그래, 정말 그렇다. 그것도 가능한 일일 것 같아."

조애너도 내 생각에 어느 정도 일리가 있다는 건 인정했다.

"하지만 정말 그랬을 것 같지는 않아. 난 파트리지가 자기 흔적을 남기지 않고 편지들을 보낼 수 있을 만큼 뛰어난 머리를 가진 여자라고는 생각하지 않거든. 범인은 지문이나 그 밖에 어떤 것도 남기지 않을 정도로 용의주도하잖아. 그건 오빠 생각처럼 단순한 속임수로 가능한 일이 아니야……. 전문적인 지식이 있어야 하는 일이라고. 그래서 난 파트리지가 범인이라고 보지 않아. 그런데……."

조애너가 잠시 주저하다 천천히 물었다.

"범인이 여자인 건 확실한 거야?"

"그럼 넌 범인이 남자라고 생각하는 거니?"

나는 그 애의 말을 믿을 수가 없어서 소리쳤다.

"아니, 보통 평범한 남자는 아니겠지, 하지만 그런 일이 가능한 사람도 있어. 사실 난 파이 씨가 범인이라고 생각해."

"어쩌다 파이 씨라고 생각하게 된 거지?"

"그 사람도 충분히 범인일 가능성이 있다는 생각이 안 들어? 파이 씨는 어쩌면 아주 외로운 사람일 수도 있어. 불행할 수도 있고, 원한에 가득 차 있을 수도 있지. 사람들은 모두 그 사람을 비웃어. 그가 평범하고 행복하게 사는 사람들을 남 몰래 증오하면서, 자기가 하는 일에서 기이하고 괴팍한 예술적인 즐거움을 누리고 있다는 걸 느끼지 못했어?"

"그레이브스는 범인이 중년의 노처녀라고 말했어."

"파이 씨도 중년의 독신이잖아."

"그 사람은 범인으로 적합하지가 않아."

내가 천천히 말했다.

"그렇지 않아. 물론 그 사람이 부자이긴 하지. 하지만 돈은 여기서 문제가 되지 않아. 그리고 그 사람은 정서적으로 불안해 보여. 사실은 엄청난 두려움에 떨고 있는 작은 남자일 뿐이지."

"잊어버렸니? 그 사람도 편지를 받았어."

"그건 모르는 일이야. 우리가 그렇다고 생각할 뿐이지. 어쩌면 그 사람이 연극을 하고 있는 것일 수도 있어."

"우리를 이용하려고?"

"그래, 그 사실을 드러내지 않고도 충분히 그럴 수 있을 만큼 영리한 사람이니까."

"정말 그렇다면 그는 1급 배우일 거다."

"그건 물론이야, 오빠. 이런 일을 벌인 사람은 그게 누구든 1급 배우임이 틀림없어. 그런 과정에서 즐거움을 느끼는 거겠지."

"조애너, 제발 그런 식으로 말하지 마! 넌 지금 범인의 심리 상태를 모두 알고 있다는 듯이 말하고 있잖아."

"그렇게 해야 한다고 생각해. 그 분위기를 느껴 보기 위해서 말이야. 만일 내가 조애너 버턴이 아니라면, 이렇게 젊고, 충분히 매력적인 외모에 즐거운 시간을 보내는 사람이 아니라면, 만일 내가(뭐라고 말해야 좋을까?) 감옥에 갇힌 채, 다른 사람들이 즐겁게 사는 모습을 바라만 봐야 한다면, 나를 괴롭히고, 고통스럽게 하고 더 나아가서는 파멸에 이르게 만드는 사악한 마음이 점차 내 모든 것을 장악하게 되지 않을까?"

"조애너!"

나는 그 애의 어깨를 붙잡고 흔들었다. 조애너는 흠칫 몸을 떨며 가벼운 한숨을 내쉬었다. 그리고 나를 보며 미소 지었다.

"나 때문에 놀랐어, 오빠? 하지만 이번 사건을 해결하려면 이게 제일 좋은 방법이라고 생각해. 직접 그 사람의 입장이 돼서 어떤 기분이 들지, 어떻게 행동할지 느껴 보는 거야. 그렇게 하다 보면 범인이 다음에 무슨 짓을 저지를지도 짐작할 수 있지 않을까?"

"이런 젠장! 난 여기로 내려오면 채소를 키우면서 이웃 사람들과 소소한 잡담이나 나누며 살게 될 줄 알았어. 대수롭지 않은 소문들이나 듣게 될 줄 알았다고! 그런데 지저분하기 짝이 없는 중상모략에 살인이라니!"

II

조애너의 말이 맞았다. 하이 스트리트에는 살인 사건에 관심 있는 사람들로 가득했다. 나는 돌아다니며 차례로 사람들의 반응을 살펴보기로 했다.

제일 먼저 그리피스를 만났다. 그는 몹시 아프고 지쳐 보였다. 정말 그럴 만하다는 생각이 들었다. 살인은 확실히 의사로서 일상적으로 마주치는 일이 아니었다. 또한 그의 직업이 인간 본연의 고통과 추악한 면, 죽음을 대할 소양을 갖추게 해 주는 것은 아니었다.

"안색이 안 좋아 보입니다."

내가 말했다.

"그래요? 아! 최근에 일이 많이 생기다 보니 걱정이 많아서 그런 모양입니다."

그가 멍하니 대답했다.

"우리의 미치광이 범인도 포함해서입니까?"

"그럼요."

그는 내게서 시선을 돌려 길 반대편을 쳐다보았다. 눈꺼풀이 신경질적으로 떨리고 있었다.

"누구 의심 가는 사람이라도 있습니까?"

"아니요, 아닙니다. 나도 누군지 정말 알고 싶을 뿐이에요."

그는 불쑥 내 동생에 대해 묻더니 잠시 머뭇거리다가 조애너가 보고 싶어 할 사진을 몇 장 가지고 있다고 말했다.

내가 그 사진을 동생에게 전해 주겠다고 말했다.

"아, 그러실 필요 없습니다. 어차피 그쪽으로 갈 일이 있으니까 그때 들르죠."

나는 그리피스가 조애너의 관심을 심각하게 받아들이고 있을까 봐 걱정되기 시작했다. 괘씸한 조애너 녀석! 그리피스는 그 애의 전리품으로 떨어지기에는 너무 좋은 남자였다.

그의 누나가 저쪽에서 다가오는 모습을 보고 나는 그리피스를 보냈다. 그녀와도 이야기를 나누어 보고 싶었던 것이다.

에이미 그리피스는 서두는 건너뛰고 본론부터 시작했다.

"정말 끔찍한 일이에요! 당신도 그 자리에 있었다는 얘기를 들었어요. 아주 일찍 그 집을 찾아가셨다면서요?"

그녀가 우렁찬 목소리로 말했다. 그 말은 또 다른 의문을 담고 있었다. '일찍'이라는 말을 강조하는 그녀의 눈동자는 빛나고 있었다.

나는 메건의 전화를 받고 갔다는 말은 하지 않고 대신 이렇게만 말했다.

"어젯밤에 왠지 마음이 불편하더군요. 아그네스라는 그 아가씨가 원래 우리 집에 차를 마시러 오기로 되어 있었는데, 오지 않았다고 해서 말이에요."

"그렇다면 미리 최악의 상황을 걱정하고 계셨던 건가요? 정말 예리한 분이군요!"

"예, 전 사실 인간 경찰견이랍니다."

"이번 일은 림스톡에서 처음으로 일어난 살인 사건이에요. 사람들이 무척이나 동요하고 있답니다. 경찰이 어서 이 사건을 해결해야 할 텐데."

"걱정하실 필요는 없을 겁니다. 모두들 유능한 경찰인 것 같으니까요."

"그 아가씨가 어떻게 생겼는지 기억이 나지 않네요. 그 집에 갈 때마다 열두 번도 넘게 문을 열어 준 것 같은데 말이에요. 조용하고 그다지 눈에 띄지 않는 처녀였어요. 오웬 말로는 머리를 얻어맞고,

목 뒤를 칼에 찔려 죽은 거라고 하더군요. 제 생각에는 그 남자 친구라는 사람이 범인인 것 같아요. 어떻게 생각하세요?"

"그렇게 생각하십니까?"

"그게 가장 그럴듯한 것 같아서요. 제 생각에는 그 두 사람이 아주 심하게 다퉜을 거예요. 이 근방에는 근친혼으로 태어난 아이들이 많답니다. 그래서 타고난 혈통이 좋지 못한 경우가 많지요."

그녀는 잠시 뜸을 들였다가 다시 말을 이었다.

"메건 헌터가 시체를 발견했다면서요? 틀림없이 큰 충격을 받았을 거예요."

나는 짤막하게 대답했다.

"그럴 겁니다."

"그 애를 위해서는 정말 안 좋은 일이라고 생각해요. 제 생각에 메건은 그다지 정신력이 강한 편이 아니에요. 그런 일을 겪었으니 자칫하면 정신이 완전히 나갈지도 모르겠네요."

그때 나는 결단을 내렸다. 알아내야 하는 게 있었다.

"그리피스 양, 물어볼 게 있습니다. 어제 당신이 메건에게 집으로 돌아가라고 설득하셨나요?"

"글쎄, 제가 설득한 거라고 말씀드리기는 어렵네요."

나는 계속해서 밀어붙이기로 했다.

"그래도 뭐라고 말씀하시기는 하셨죠?"

에이미 그리피스는 발에 힘을 주고 똑바로 서서 나를 노려보았다. 어딘지 방어하려는 기색이 엿보였다.

"젊은 여자가 자기 책임을 저버리는 건 좋지 않아요. 메건은 아직 어려서 세상 사람들이 뭐라고 이야기하는지 잘 모르죠. 그래서 그 아이에게 그걸 알려 주는 것이 제 의무라고 생각했어요."

"이야기라니?"

나는 화가 나서 말을 계속 이을 수가 없었다.

에이미 그리피스는 다른 사람을 미치게 하는 그녀 특유의 자신감을 보이며 계속 말했다.

"오, 물론 버턴 씨는 떠도는 소문들을 듣지 못했을 거예요. 하지만 전 들었답니다! 사람들이 무슨 이야기를 하는지 다 알고 있죠. 물론 그런 소문이 사실일 거라고는 추호도 생각한 적이 없어요. 한 번도 그런 적이 없고말고요! 하지만 사람들은 보통 좋지 못한 이야기들을 주고받게 마련이죠. 정말 그래요! 게다가 그 아가씨가 생계를 위해 돈을 벌어야 한다는 사실 때문에 더 그런 말들이 나오는 거예요."

"생계를 위해 돈을 번다고요?"

내가 어리둥절해하며 되물었다.

"물론 그 아가씨가 어려운 입장이기는 해요. 그리고 전 그녀가 올바로 처신하고 있다고 생각한답니다. 그러니까 그 아가씨가 아무도 돌봐줄 이 없는 아이들에게서 잠시도 주의를 게을리할 수 없는 건 당연하다는 말이지요. 정말 잘하고 있어요. 훌륭히 해 나가고 있죠. 전 사람들에게 그렇게 이야기했답니다! 그렇긴 하지만 아무래도 남의 입에 오르내릴 만한 입장이기는 해요. 그러니 사람들 사이에서 그런 말들이 오갈 수밖에 없는 거죠."

"지금 대체 누구 이야기를 하시는 겁니까?"

에이미 그리피스는 조바심을 내며 대답했다.

"그야 물론 엘시 홀랜드를 말하는 거죠. 제 생각에 그 아가씨는 정말 착한 사람이고, 자기 할 일을 충실히 하고 있을 뿐이에요."

"그런데 사람들이 뭐라고 이야기들을 한다는 겁니까?"

에이미 그리피스는 웃었다. 하지만 내가 느끼기에 왠지 불쾌한 웃음이었다.

"사람들은 그 아가씨가 사이밍턴 부인의 자리를 노리고 있다고 말하고 있어요. 갖은 방법으로 홀아비를 구워삶아서, 자기가 없으면 안 되는 상황으로 만든다는 거죠."

"세상에, 사이밍턴 부인이 죽은 지 일주일밖에 안 지났습니다!"

나는 큰 충격을 받았다.

에이미 그리피스가 어깨를 으쓱했다.

"그렇죠. 정말 너무 심해요! 하지만 사람들은 그렇게 이야기하고 있어요. 홀랜드 양은 젊고 예뻐요. 사실 가정교사는 젊은 여자들에게 그다지 좋은 직업이 아니에요. 설사 그녀가 그 집에서 남편을 얻고 가정을 꾸리기 위해 온갖 수단을 다 동원한다고 해도 비난할 수는 없는 일이라고 생각해요. 물론 불쌍한 딕 사이밍턴은 이런 사실은 꿈에도 모르고 있을 거예요! 지금도 그 사람은 모나 사이밍턴이 죽은 충격에서 벗어나지 못하고 있으니까요. 하지만 당신도 남자들이 어떤지는 아실 거예요! 여자가 늘 옆에서 편안하게 해 주고 보살펴 주고 아이들에게 헌신적으로 대해 준다면……. 틀림없이 그 여자에게 의지하게 되는 법이죠."

나는 조용히 대꾸했다.

"그렇다면 그리피스 양도 엘시 홀랜드가 그런 생각이나 하는 몹쓸 사람이라고 생각하시는 건가요?"

에이미 그리피스의 얼굴이 붉게 달아올랐다.

"그렇지 않아요. 전 그 아가씨가 사람들한테 그런 너저분한 이야기를 듣게 되어서 안됐다고 생각해요. 그래서 메건에게 집으로 돌아가라고 했던 거예요. 딕 사이밍턴과 엘시 홀랜드만 그 집에 있는 것보다는 메건이 같이 지내는 게 나을 거라고 생각했으니까요."

그제야 나는 상황을 이해할 수 있었다.

에이미 그리피스가 경쾌하게 웃음을 터뜨렸다.

"버턴 씨, 시골 사람들의 소문이란 게 어떤 건지 들어 보고 아마 놀라셨을 거예요. 제가 이 말만은 해 드릴 수 있어요. 사람들은 언제나 가장 안 좋은 쪽으로 생각한답니다!"

그녀는 살짝 웃더니 나를 향해 고개를 숙여 보이고는 성큼성큼 사라져 갔다.

III

교회 근처에서는 파이 씨를 만날 수 있었다. 그는 에밀리 바턴과 이야기를 나누고 있었다. 그녀는 꽤나 흥분했는지 얼굴이 달아올라 있었다.

파이 씨는 반가운 기색으로 나를 맞아 주었다.

"버턴 씨, 안녕하십니까, 안녕하십니까. 매력적인 동생 분도 잘 계시겠지요?"

나는 조애너도 잘 지낸다고 대답했다.

"그런데 우리 지역 회의에는 참석하지 않으셨더군요? 모두 이번 사건 때문에 떠들썩하답니다. 살인이라니! 《일요 신문》에 여기서 일어난 살인 사건이 실렸지 뭡니까! 정말 입에 담기도 싫은 범죄입니다. 야비하기까지 하죠. 작고 힘없는 하녀를 그렇게 무지막지하게 죽이다니. 이번 사건에 대해서는 좋게 봐 줄 점이 하나도 없습니다. 사실 아직까지도 믿어지지 않는 이야기이기도 하고요."

옆에서 바턴 양이 떨리는 목소리로 말했다.

"너무 끔찍한 일이에요. 정말 끔찍해요."

파이 씨가 그녀를 돌아보며 말했다.

"하지만 당신은 즐기고 있잖아요. 즐기고 있지. 솔직히 말해 봐요. 이 사건을 비난하고 슬퍼하기는 하지만, 전율이 느껴지지 않습니까? 이번 일은 전율이 느껴지잖아요!"

"정말 좋은 아이였는데. 아그네스는 세인트 클로틸스 고아원에서 데리고 온 아이였답니다. 그때는 아무것도 몰랐죠. 하지만 가르쳐 주는 대로 잘 따라왔어요. 그 애는 아주 좋은 하녀가 되었답니다. 파트리지도 그 애에게 아주 만족했죠."

내가 재빨리 말했다.

"어제 오후에 파트리지와 차를 마시러 리틀 퍼즈에 오기로 했다는군요."

그러고는 파이 씨를 보며 아무렇지도 않은 척 물었다.

"에이미 그리피스 양이 이 이야기를 해 주던가요?"

겉으로 보기에 파이 씨는 별 의심 없이 대답하는 것 같았다.

"맞아요, 그런 말을 하더군요. 하녀들이 주인 집 전화를 함부로 쓰다니 정말 전에는 없었던 일이라고 그리피스 양이 말했던 기억이 납니다."

"파트리지 같으면 꿈도 못 꿀 일이에요. 저도 아그네스가 그런 짓을 했다고 해서 무척 놀랐답니다."

에밀리 양이 말했다.

"당신은 시대에 뒤떨어졌어요. 우리 집 고용인들은 끊임없이 전화를 쓰고, 내가 그만두라고 할 때까지 온종일 담배를 피웁니다. 그런데도 뭐라고 할 수 없죠. 프레스코트는 변덕스럽기는 하지만 뛰어난 요리사인 데다가, 프레스코트 부인은 훌륭한 가정부거든요."

파이 씨가 말했다.

"그건 사실이에요. 우리 모두 당신은 아주 운이 좋은 사람이라고 생각한답니다."

나는 대화가 집안일로 흐르는 것을 원하지 않았다. 그래서 재빨리 그 사이에 끼어들었다.

"살인 사건 소식이 순식간에 퍼진 것 같습니다."

"물론이죠, 물론입니다. 정육점 주인, 빵집 주인, 촛대 가게 주인까지 알고 있죠. 온통 소문으로 가득한 곳이랍니다. 아! 림스톡은 점점 형편없는 곳이 되어 가고 있어요. 익명의 편지들, 살인 사건, 범죄의 소굴이 되어 가고 있으니 말입니다."

파이 씨의 말에 에밀리 바턴이 날카롭게 말했다.

"사람들은 그렇게 생각하지 않아요. 그 두 가지 사건이 연관 있다고 생각하지 않는단 말이에요."

파이 씨는 그녀의 말을 반박했다.

"흥미로운 추측이로군요. 그 아가씨는 뭔가를 알고 있었어요. 그래서 살해당한 겁니다. 그래요, 그래요. 그게 가장 그럴듯하지 않습니까? 당신은 영리하니 생각해 보면 금세 알 수 있을 거예요."

"전, 저는 그렇게 생각하지 않아요."

에밀리 바턴은 이렇게 대답하고는 갑자기 몸을 돌려 빠른 걸음으로 걸어가 버렸다.

파이는 그녀의 뒷모습을 지켜보고 있었다. 아기 천사처럼 토실토실한 얼굴이 당혹스러운 듯 찡그리고 있었다.

그는 나를 돌아보며 부드럽게 고개를 저었다.

"감수성이 예민한 사람이죠. 하지만 정말 매력적인 여인이에요, 안 그렇습니까? 완전히 구시대의 유물이랍니다. 그녀는 자기의 세대보다 이전 세대를 살아가고 있죠. 에밀리의 어머니는 틀림없이 강한 성격의 여자였을 겁니다. 그 노부인이 자기 가족들을 모두 1870년대에 살도록 맞춰 놓았을 거예요. 바턴 가족은 모두 유리 상자 속에 갇혀 지냈던 겁니다. 난 그런 구시대에 관련된 것을 찾아내는 일을 좋아하지요."

나는 구시대의 유물에 대해서는 말하고 싶지 않았다.

"이번 일에 대해서 어떻게 생각하십니까?"

"이번 일이라니, 뭘 말하는 겁니까?"

"익명의 편지, 살인 사건……."

"우리 마을에 몰려온 범죄 말인가요? 버턴 씨는 어떻게 생각하고 있는데요?"

내가 싹싹하게 대꾸했다.

"제가 먼저 물었습니다."

파이 씨는 부드럽게 대답했다.

"이미 알고 있겠지만, 난 비정상적인 것들을 연구하는 사람입니다. 그런 일들에 흥미를 느끼곤 하지요. 대개 전혀 안 그럴 것 같은 사람들이 뜻밖의 일들을 저지르곤 합니다. 리지 보든 사건을 예로 들어볼까요? 그 사건은 도저히 합리적으로 설명이 되지 않았죠. 이번 같은 경우에도 경찰에 충고해 주고 싶은 것은, 특성을 연구해 보라는 겁니다. 지문이나 필적 감정, 현미경을 들여다보는 건 아무리 해야 소용이 없어요. 대신 사람들의 손놀림이라든가, 사소한 버릇들, 음식을 어떤 식으로 먹는지, 뚜렷한 이유도 없이 때때로 혼자 웃고 있지는 않는지 이런 것들을 살펴보아야 합니다."

나는 눈썹을 치켜세웠다.

"미친 사람이라는 겁니까?"

"그럼요, 아주 미친 사람이지요. 하지만 버턴 씨는 알아보지 못할 겁니다."

"누구를 말입니까?"

나와 눈이 마주치자 파이는 싱긋 미소를 지었다.

"아니요, 안 됩니다. 그건 중상모략이 될 수도 있으니까요. 여기서 더 이상 사람들을 중상모략할 수는 없는 일이죠."

그는 날아갈 듯한 걸음걸이로 거리를 내려갔다.

IV

파이 씨의 뒷모습을 가만히 바라보며 서 있을 때, 교회 문이 열리더니 캘럽 데인 캘드로프 목사가 밖으로 나왔다.

그는 나를 보더니 희미한 미소를 지었다.

"안녕하십니까, 음, 그러니까, 저……."

"버턴입니다."

"그렇죠, 맞아요. 내가 당신을 기억하지 못하는 거라고는 생각하지 마세요. 그저 기억에서 잠시 사라졌던 것뿐이니까요. 그건 그렇고 참 좋은 날씨죠?"

나는 간단히 대답했다.

"그렇군요."

그는 나를 쳐다보았다.

"하지만 뭔가, 무슨 일인가, 그래요. 사이밍턴 가에서 일하는 불쌍한 아가씨의 일이 있었죠. 난 지금도 믿을 수가 없답니다. 우리들 중 누군가가 살인자라는 사실을요, 음, 저, 버턴 씨."

"정말 너무나도 끔찍한 일입니다."

목사가 내 쪽으로 몸을 숙이며 말했다.

"내 귀에는 다른 이야기도 들리더군요. 익명의 편지에 대한 이야기도 들었어요. 그런 소문은 들어 보셨나요?"

"들어 봤습니다."

"비열하고 비겁한 일입니다."

목사는 잠시 말을 멈추더니 라틴 어로 된 긴 구절을 인용하기 시작했다.

"호라티우스(로마의 시인 ― 옮긴이)의 이 구절이 이 상황에 어울린다고 생각하지 않으십니까?"

"정말 그렇군요."

V

더 이상 이야기를 나눌 만한 적당한 상대가 없는 것 같아 나는 집으로 돌아가기로 했다. 돌아오는 중간에도 나는 담배를 사거나, 셰리주를 사면서 이번 사건에 대한 사람들의 의견을 들어 보았다.

"지저분한 떠돌이 짓이 분명해요."

사람들은 판사라도 된 양 이렇게 말했다.

"문 앞에서 동전 한 닢만 적선해 달라고 애원하다가, 집에 그 아가씨 혼자 있는 걸 알고는 금세 본래의 잔인한 모습으로 돌아간 거예요. 컴에이커 너머 살고 있는 제 동생 도라도 일전에 아주 끔찍한 경험을 한 적이 있답니다. 술에 잔뜩 취한 남자가 싸구려 시집을 팔아 달라고 들어와서는…….”

그 이야기는 그렇게 계속되다가 결국 용감한 도라가 그 남자의 면전에서 문을 쾅 닫아 버리고는 어딘가 안전한 곳에 숨었다는 것으로 마무리되었다. 안전한 곳이 어디였는지 정확하게 언급하는 걸 꺼리는 걸로 봐서는 그곳이 아무래도 화장실인 듯싶었다.

“그래서 그 애는 주인이 돌아올 때까지 그곳에서 꼼짝도 하지 않았답니다.”

나는 점심 식사 시간 몇 분 전에 리틀 퍼즈에 도착했다. 조애너는 거실의 창가에 서 있었는데, 생각이 먼 곳에 가 있는 듯했다.

“무슨 생각을 그렇게 하는 거야?”

“아, 잘 모르겠어. 특별히 무슨 생각을 했던 건 아니야.”

나는 베란다로 나갔다. 철제 탁자 앞에 의자 두 개가 밀려 나와 있었고, 탁자 위에는 빈 셰리주 잔이 두 개 놓여 있었다.

다른 의자 위에 놓인 물건을 보고 나는 잠시 당황하지 않을 수 없었다.

“도대체 저게 뭐지?”

“아, 병에 걸린 비장인지 뭔지 그런 사진이래. 그리피스 씨는 내가 저런 걸 보고 싶어 할 줄 알았나 봐.”

나는 흥미롭게 사진을 쳐다보았다. 남자들은 모두 자기만의 방식으로 여자를 유혹하게 마련이다. 아무리 그렇다고 해도 나라면 병에 걸린 비장 사진 같은 걸 보여 주는 방법은 결코 택하지 않을 것이다. 조애너가 가져다 달라고 한 것이 틀림없었다!

"그다지 보기 좋지 않은데."

조애너도 내 말에 동의했다.

"그리피스는 어떻던?"

"그 사람 아주 피곤하고 불행해 보이더라. 뭔가 말 못할 고민이 있는 것 같았어."

"도저히 치료가 불가능한 비장을 발견한 건 아닐까?"

"말도 안 되는 소리 좀 하지 마. 남은 진지하게 말하는데."

"그리피스에게 고민이 있다면 그건 너일 거라는 소리였어. 난 네가 그 사람을 가만히 내버려 두었으면 좋겠다, 조애너."

"그런 말 좀 하지 마. 난 아무 짓도 안 했으니까."

"여자들은 항상 그런 식으로 말하지."

조애너는 결국 화를 내며 밖으로 나가 버렸다.

병에 걸린 비장 사진이 햇빛을 받아 말려 들어가기 시작했다. 나는 재빨리 그 사진을 챙겨서 거실 한구석에 가져다 놓았다.

나한테는 아무 소용 없는 사진이었지만, 그리피스에게는 보물처럼 소중하리라는 생각이 들었다.

나는 몸을 굽혀 책장 아래쪽에서 무거운 책을 한 권 꺼냈다. 책장 사이에 그 사진을 끼워 놓아 평평하게 만들 생각이었다. 그 책은 누군가의 설교집으로 아주 두꺼운 책이었다.

책을 들어 올리자 갑자기 책장이 펼쳐졌다. 그 이유는 이내 알 수 있었다. 책의 중간 페이지들이 깨끗하게 잘려 나가 있었던 것이다.

VI

나는 그 책을 들여다보며 우두커니 서 있었다. 책의 표지를 살펴보았다. 1840년도에 출간된 책이었다.

의심의 여지가 없었다. 익명의 편지에 쓰인 글자들은 이 책의 잘려 나간 부분에서 오려낸 것이 틀림없었다. 그렇다면 누가 이 부분을 잘라간 것일까?

가장 먼저 생각나는 인물은 에밀리 바턴이었다. 그녀가 그랬을 확률이 가장 높았다. 아니면 파트리지가 했거나.

하지만 다른 가능성들도 있었다. 이 방에 혼자 있었던 사람이나 여기서 에밀리 양을 기다렸던 손님 중 누군가가 이 책을 뜯어 갔을 수도 있었다.

그게 아니라면 사무적인 업무 때문에 찾아온 누군가가 한 짓일 수도 있었다.

아니, 그런 일은 있을 수 없었다. 지난번에 은행 직원이 나를 만나러 찾아왔을 때, 파트리지는 그를 집 뒤쪽에 있는 작은 서재로 안내했다. 그걸로 봐서는 사무적인 일로 찾아온 사람은 그쪽으로 안내하는 것이 이 집의 관례였다.

그렇다면 방문객들 중에 누군가가? 범인은 '높은 사회적인 위치를 가진' 사람들 중에 있다고 했다. 파이 씨일까? 에이미 그리피스?

아니면 데인 캘드로프 부인일까?

VII

벨소리가 울리자 나는 점심 식사를 하러 갔다. 식사를 마친 후, 나는 조애너에게 내가 거실에서 발견한 것을 보여 주었다.

우리는 그 책을 놓고 모든 측면에서 생각해 보았다. 그런 다음 나는 그 책을 들고 경찰서로 갔다.

경찰은 그 책을 보자 사기가 충천했고, 나는 행운을 가져다 주는 사람으로 대접받게 되었다.

그레이브스는 그 자리에 없었지만, 내시가 있었다. 그는 전화로 다른 사람을 부르더니 책에서 지문을 찾기 시작했다. 내시는 그 책에서 뭔가를 찾아낼 수 있을 거라고는 생각하지 않았다. 아니, 어쩌면 그는 그렇지 않은데, 내가 그렇게 생각하는 것일 수도 있다.

그 책에서는 나와 파트리지의 지문 외에 다른 누구의 것도 나오지 않았다. 그것은 파트리지가 그 책의 먼지를 성실하게 털어 냈다는 뜻이었다.

내시는 나와 함께 언덕을 올라갔다. 나는 그에게 수사는 잘 진행되고 있는지 물어보았다.

"우리는 점점 수사 범위를 좁혀 가고 있는 중입니다. 혐의가 없는 사람들을 제외시키고 있지요."

"그렇군요. 그래서 현재 용의선상에 남아 있는 사람은 누구 누구입니까?"

"먼저 진치 양이 있지요. 그녀는 어제 오후, 어떤 집에서 의뢰인을 만나기로 약속이 되어 있었답니다. 약속 장소인 집은 컴에이커 도로에서 그다지 멀리 떨어지지 않은 곳으로, 그 집에 가려면 사이밍턴 가를 지나게 되어 있습니다. 진치 양은 갈 때와 돌아올 때, 두 번은 사이밍턴 가를 지나쳤을 겁니다……. 일주일 전, 익명의 편지가 배달되어 사이밍턴 부인이 자살을 했던 날은 그녀가 사이밍턴 씨의 사무실에서 마지막으로 일한 날이라고 하더군요. 사이밍턴 씨도 처음에는 진치 양이 오후 내내 사무실을 비우지 않았다고 알고 있었죠. 그는 그날 오후, 헨리 러싱턴 경과 함께 있었는데 여러 번 진치 양을 불렀다고 하더군요. 하지만 저는 그녀가 3시에서 4시 사이에 자리를 비웠다는 사실을 알아냈습니다. 진치 양은 고액권의 인지가 떨어져서 잠깐 사러 나갔다 왔다고 하더군요. 사환을 시켜도 되는 일이었지만, 머리가 아파 바람을 쐬려고 직접 갔다는 겁니다. 그리 오래 비우지는 않았던 모양입니다만."

"하지만 거리상으로 봐서는 짧은 시간에도 가능한 일이죠?"

"그렇습니다. 사이밍턴 가가 있는 마을 반대편까지 달려가 우편함에 편지를 밀어 넣은 다음, 다시 서둘러 돌아올 수 있는 시간이지요. 하지만 아직까지 그날 사이밍턴 가 근처에서 그녀를 봤다는 목격자를 찾지 못했습니다."

"목격한 사람이 있을까요?"

"있을 수도 있고, 없을 수도 있지요."

"그 외에 심중에 두고 있는 사람은 누구입니까?"

내시가 똑바로 정면을 쳐다보았다.

"우리가 어느 누구도 제외시킬 수 없다는 건 이해하실 거라고 생각합니다."

"그럼요. 그건 알고 있습니다."

그는 진지하게 말했다.

"그리피스 양은 어제 소녀단 모임 때문에 브레튼에 갔습니다. 하지만 예정된 시간보다 늦게 도착했다고 하더군요."

"총경님도 설마 그녀가 범인이리라 생각하지는 않으시……."

"맞습니다. 전 그렇게 생각하지 않습니다. 그렇지만 모르겠어요. 그리피스 양은 아주 건전하고 건강한 마음을 가진 여성처럼 보입니다. 하지만 전 모르겠다는 말밖에 할 수가 없습니다."

"일주일 전에는 어땠습니까? 우편함에 편지를 넣을 시간 여유가 있었나요?"

"그것도 가능합니다. 그날 오후 시내에서 쇼핑을 했다고 했으니까요. 에밀리 바턴 양도 같은 상황입니다. 그녀는 어제 오후 일찍 쇼핑을 나갔고, 일주일 전에도 친구들을 만나러 가는 길에 사이밍턴 가를 지났으니까요."

나는 도저히 믿을 수 없어서 고개를 저었다. 리틀 퍼즈에서 잘려나간 책을 발견했으니 곧장 저택의 주인인 에밀리 바턴 양에게 주의가 쏠리리라는 건 알고 있었다. 하지만 난 그녀가 어제 밝고 행복하고 어딘지 흥분한 듯 보였던 걸 분명히 기억하고 있었다……

이런 젠장, 흥분이라니……. 그래, 그녀는 흥분해 있었다. 뺨은 분홍빛으로 물들어 있었고, 눈동자는 반짝거리고 있었다. 왜 그렇게 흥분했는지 이유는 알 수 없었지만, 이유는 알 수 없었지만…….

나는 탁한 목소리로 말했다.

"이런 일은 정말 끔찍하군요! 무엇을 보든, 무엇을 떠올리든 모든 것을……."

"그렇습니다. 정신이 온전하지 못한 범인과 상대하고 있으니 기분이 좋을 수는 없지요."

내시는 잠시 쉬었다가 다시 이었다.

"그리고 파이 씨가 있습니다……."

내가 날카롭게 물었다.

"총경님은 그 사람이 범인일 거라고 생각하십니까?"

내시가 미소 지었다.

"그렇습니다. 우리는 항상 그 남자를 염두에 두고 있습니다. 아주 특이한 성격을 가지고 있지요. 아니, 아주 좋은 성격이라고 말할 수는 없다고 해 두죠. 그도 알리바이가 없습니다. 두 번 다 그 시간에 혼자서 정원에 있었다고 하더군요."

"여자가 범인이라고 생각한 게 아니셨나요?"

"그런 편지들을 남자가 썼다고 생각하지는 않습니다. 사실 그 점만은 확신하고 있죠. 그레이브스도 그렇고요. 하지만 파이 씨만은 예외죠. 그 사람은 비정상적으로 여성적인 성향을 보여 주고 있으니까 말입니다. 우리는 모든 사람들의 어제 오후 행적을 확인해 보았습니다. 이번 사건이 살인 사건이기 때문이죠. 당신은 전혀 혐의가 없습니다."

그가 싱긋 웃으며 말을 이었다.

"동생분도 마찬가지고요. 사이밍턴 씨도 자기 사무실을 떠나지 않았고, 그리피스 선생 역시 다른 지역으로 왕진을 갔습니다. 물론 그곳까지 가서 다 확인한 사실입니다."

내시는 잠시 말을 멈추고 다시 한 번 빙긋이 미소 짓더니 이렇게 말했다.

"보시다시피 우리는 철저합니다."

나는 천천히 말했다.

"그렇다면 이제 용의자는 네 명으로 압축된 겁니까? 진치 양, 파이 씨, 그리피스 양과 바턴 양으로?"

"아, 그건 그렇지 않습니다. 두 사람 정도 더 생각하고 있어요. 그 외에 목사 부인도 주의 깊게 보고 있는 중이지요."

"그녀도 혐의가 있습니까?"

"우리는 모든 사람들을 대상으로 여깁니다. 하지만 데인 캘드로프 부인은 이번 일에 조금 지나칠 정도로 관심을 보이더군요. 무슨 말씀인지 아시겠습니까? 그리고 그녀 역시 충분히 범행을 저지를 수 있는 여건이었습니다. 어제 오후에는 숲에서 새들을 보고 있었다고 하더군요. 하지만 새들이 그 사실을 증언해 주지는 못하죠."

그때 오웬 그리피스가 경찰서에 들어오자 내시가 그쪽으로 휙 고개를 돌렸다.

"안녕하십니까, 총경님. 오늘 아침에 저한테 물어볼 게 있어서 왔다 가셨다고 전해 들었습니다. 중요한 일인가요?"

"선생님만 괜찮으시면 금요일에 심리를 열까 해서요."

"괜찮습니다. 그날 할 일은 모어스비와 함께 오늘 밤에 미리 하면 되니까요."

"그리고 또 한 가지가 더 있습니다, 그리피스 선생님. 사이밍턴 부인이 뭔가 약을 먹고 있었던 모양인데, 선생님이 처방해 주신 거라고 들었습니다만……."

그가 말끝을 흐리자 오웬 그리피스가 뭔가 미심쩍다는 투로 물어보았다.

"그렇습니다만?"

"그 약을 과다 복용했을 경우 생명에 지장이 올 수도 있습니까?"

그리피스는 냉정하게 대답했다.

"그렇지 않습니다. 부인이 정량보다 25배 이상 복용하지 않는 한 말입니다!"

"홀랜드 양에게 들으니, 예전에 약을 과용하게 되면 위험하다고 부인에게 주의를 주셨다고 하던데요?"

"사실입니다. 사이밍턴 부인은 무슨 약이든 과용하는 버릇이 있었습니다. 약을 두 배로 먹으면, 두 배 이상으로 효과가 있을 거라고 믿는 편이었죠. 페나세틴이나 아스피린도 과용하는 건 좋지 않습니다. 심장에 무리가 오니까요. 어쨌든 사인에는 의심의 여지가 없습니다. 분명히 청산가리 중독이었으니까요."

"아, 그건 저도 알고 있습니다. 다만 청산가리보다는 수면제를 과다 복용하는 편이 낫지 않을까 싶어서 물어본 겁니다."

"그렇긴 하죠. 하지만 청산가리가 더욱 극적이고, 결과를 보아도 확실하다고 할 수 있을 겁니다. 이를테면 바르비투르산염 같은 건 복용하고 시간이 얼마 지나지 않았다면 바로 회생시킬 수도 있으니까요."

"알겠습니다. 감사합니다, 그리피스 선생님."

그리피스가 떠나자 나도 내시에게 인사를 했다. 그리고 천천히 언덕을 올라 집으로 돌아갔다. 조애너는 집에 없었다. 다른 건 어쨌든 그 애가 집에 있는 기적은 느껴지지 않았다. 전화기 받침대 옆에는 파트리지나 내게 부탁하는 것처럼 보이는 메모가 남아 있었다. 그 메모는 급히 날려 쓴 것처럼 보였는데, 도무지 이해가 되지 않는 내용이었다.

혹시 그리피스 씨가 전화하거든 전해 줘요, 화요일이면 난 안 돼요. 하지만 수요일이나 목요일에는 괜찮을 거라고 전해 줘요.

나는 눈썹을 찌푸리고는 거실로 들어갔다. 그러고는 그중 가장 편안한 안락의자에 앉아(사실 정말로 편한 의자는 없었다. 전부 죽은 바턴 노부인을 떠올리게 만드는 등받이가 꼿꼿한 의자들뿐이었다.) 다리를 쭉 펴고, 이제까지 있었던 일들을 다시 한 번 생각해 보기로 했다.

총경과 대화하다가 오웬이 나타나는 바람에 방해받았던 일이 떠오르자 갑자기 짜증이 났다. 그때 총경이 범인일 가능성이 있는 다른 두 사람의 용의자에 대해 이야기하려던 참이었기 때문이다. 그 사람들이 누구일지 생각해 보았다.

어쩌면 파트리지가 그 두 사람 중 한 명이 아닐까? 무엇보다도 책장이 잘려 나간 책은 이 집에서 발견되었지 않은가. 아그네스도 조언자이자 스승이었던 파트리지가 자기를 죽이리라고는 전혀 예상하지 못했을 것이다. 그렇다, 파트리지도 용의선상에서 제외할 수는 없었다.

그렇다면 나머지 한 사람은 누구일까? 혹시 내가 모르는 사람일까? 클리트 부인일까? 아니면 이 지역에 사는 수상쩍은 인물?

나는 눈을 감았다. 그리고 용의자 네 사람을 놓고, 가장 범인이 아닐 것 같은 사람부터 차례대로 생각하기 시작했다. 얌전하고 연약한 에밀리 바턴? 그녀에게 불리한 점은 과연 무엇일까? 궁핍한 생활? 어릴 때부터 어머니에게 억눌리고 지배당하며 살아야 했던 점? 너무 많은 희생을 해야 했기 때문에? '별로 좋지 않은' 건 무엇이든 거론하기조차 피하는 그녀의 이상한 공포심은 어디서 온 것일까? 실제로는 그런 주제들에 대해 깊은 관심을 가지고 있기 때문에 그런 건 아닐까? 내가 지나치게 프로이트처럼 생각하는 건가? 언젠가 의사가 내게 했던 이야기가 떠오른다. 예의바르고 조용한 숙녀일수록 마취에서 깨어나는 순간 뜻밖의 말을 중얼거리는 경우가 많다고 했던 것을. "그런 숙녀가 그 같은 단어들을 알고 있으리라고는 정말 상상조차 할 수 없을 겁니다."

에이미 그리피스는 어떤가?

그녀는 억압받았다거나, '강제로 억눌린' 면은 찾아볼 수 없었다. 쾌활하고 남자 같은 성격에 성공적인 인생을 구가하며 아주 충만하고 바쁜 나날을 보내는 그녀.

하지만 데인 캘드로프 부인은 그런 그녀에게 '불쌍한 사람!'이라고 말했다.

그리고 또 뭔가가 있었는데, 뭔가 기억이 날 듯싶은데……. 아! 생각났다. 오웬 그리피스가 예전에 이렇게 말한 적이 있다. '이곳에 오기 전에 북쪽 지역에서 개업했을 때도 익명의 편지 사건이 일어났던 적이 있다'고.

그 사건 역시, 에이미 그리피스가 저지른 일은 아니었을까? 확실히 뭔가 미심쩍은 부분이 있는 건 사실이다. 두 번이나 같은 사건에 휘말렸다는 건. 그때 그 사건은 금세 해결되었다고 했다.

그리피스가 말했다, 여학생이 범인이었다고.

갑자기 한기가 느껴졌다. 창문 틈새로 바람이 들어와서 그럴 것이다. 의자가 불편해서 몸을 뒤척였다. 왜 이렇게 갑자기 이상하고 불안한 느낌이 드는 것일까?

생각을 계속해 보자……. 에이미 그리피스일까? 그때 그 일도 어쩌면 여학생이 범인이 아니라, 에이미 그리피스의 짓이 아니었을까? 그리고 그녀는 이곳에서 또다시 일을 벌이고 있는 건지도 모른다. 그것이 오웬 그리피스를 불행한 것처럼, 악몽에 시달리는 것처럼 보이게 만드는 이유는 아닐까? 그는 뭔가를 알아차린 것이다. 그렇다. 그는 누나를 의심하고 있는 것이다…….

파이 씨는 어떤가? 사실 아주 좋은 사람으로 보이지는 않았다. 난 그가 모든 일을 연극을 하듯 꾸미고 있다는 생각이 든다……. 일부러 우스꽝스러워 보이도록…….

전화 받침대 위에 놓여 있던 메모……. 왜 자꾸 신경이 쓰이는 걸까? 그리피스와 조애너라……. 그는 그 애에게 반한 게 분명하다……. 아니, 그 때문에 그 메모가 자꾸 걸리는 게 아니다. 다른 뭔가가 있다…….

의식이 몽롱해지면서 나는 서서히 잠에 빠져들기 시작했다. 나는 바보처럼 같은 말만 되뇌고 있었다.

"아니 땐 굴뚝에 연기 날 리가 없지. 아니 땐 굴뚝에 연기 날 리가 없어……. 그래, 그건……. 그건 모두 하나로 연결되어 있는 거야……."

그리고 나는 메건과 함께 거리를 걷다가 엘시 홀랜드와 마주쳤다. 그녀는 혼례복을 입고 있었고, 사람들은 그 모습을 보며 중얼거리고 있었다.

"결국 그리피스 선생과 결혼하게 됐나 봐. 오래전에 아무도 모르게 약혼한 사이라고 하더니……."

그 다음 우리는 교회에 있었다. 데인 캘드로프 목사가 라틴 어로 예배를 보고 있었다.

그런데 갑자기 데인 캘드로프 부인이 벌떡 일어나 큰 소리로 외쳤다.

"이제 그만 멈춰야 해요. 이 일은 더 이상 계속되면 안 돼요!"

잠시 나는 내가 꿈을 꾸고 있는 것인지, 잠에서 깨어난 것인지 분간이 되지 않았다. 그러다 갑자기 머리가 맑아지면서 내가 리틀 퍼즈의 거실에 있다는 사실을 깨달았다. 어느새 데인 캘드로프 부인이 열려 있던 창문으로 들어와 내 앞에 서서 격한 목소리로 말하고 있었다.

"이 일은 이제 더 이상 계속되면 안 돼요."

나는 자리에서 일어났다.

"죄송합니다. 제가 깜박 잠이 들었나 보군요. 지금 뭐라고 말씀하셨죠?"

데인 캘드로프 부인은 한 손으로 주먹을 불끈 쥐고는 다른 손바닥에 내리쳤다.

"이제 그만 멈춰야 한다고요. 그 편지들! 살인! 아그네스 워델처럼 아무 죄 없는 사람들이 더 이상 죽게 내버려 둬서는 안 된다는 거예요!"

"지당하신 말씀이십니다. 하지만 무슨 방법이 있습니까?"

"우리도 뭔가 해야 해요!"

나는 미소를 지었다. 그 모습이 부인에게는 아마 거만하게 구는 것처럼 보였을 것이다.

"그러니까 우리가 어떻게 해야 한다는 겁니까?"

"이번 일을 깨끗이 해결해야죠. 내가 림스톡은 위험한 곳이 아니라고 말했죠? 하지만 내가 틀렸어요. 이곳은 위험해요."

나는 짜증이 나기 시작했다. 그래서 그다지 공손하지 못한 태도로 물었다.

"그건 알고 있습니다, 그래서 대체 어떻게 하겠다는 겁니까?"

"당연히 이런 일이 다시는 못 일어나게 해야죠."

"경찰이 알아서 해 줄 겁니다."

"어제 아그네스가 살해당한 걸로 봐서는 경찰만 믿고 있을 수 없어요."

"그렇다면 당신이 경찰보다 더 잘할 수 있다는 말인가요?"

"아니요. 나는 아무것도 할 줄 몰라요. 그래서 전문가를 부를 생각이에요."

나는 고개를 저었다.

"그건 불가능합니다. 런던 경시청은 지방 경찰 국장이 요청할 때만 지원을 해 주니까요. 사실 그렇게 해서 그레이브스 경위가 온 겁니다."

"그런 전문가를 말하는 게 아니에요. 익명의 편지나 살인에 대해 잘 알고 있는 사람이 아니라, 인간에 대해 잘 알고 있는 사람을 말한 거예요. 모르겠어요? 우리에게 필요한 사람은 인간의 사악한 심성에 대해 잘 알고 있는 사람이어야 한다는 걸!"

그건 정말 특이한 관점이었다. 하지만 동시에 자극을 주는 말이기도 했다.

내가 뭐라고 대꾸하기도 전에 데인 캘드로프 부인은 고개를 끄덕이고는 재빨리 자신만만한 목소리로 말했다.

"지금 당장 가서 알아봐야겠어요."

그리고 다시 창문을 통해 나가 버렸다.

제10장

I

그 다음 주는 내가 살아오면서 겪은 가장 이상한 시간이었다. 마치 이상한 꿈을 꾼 듯했다. 전부 현실이 아닌 것처럼.

아그네스 워델에 대한 심리가 열리자 림스톡 사람들의 관심은 전부 그쪽으로 집중되었다. 새로운 사실은 하나도 밝혀지지 않았고, 배심에서도 '안면이 있거나, 또는 전혀 모르는 사람에 의한 살인'이라는 평결을 내릴 수밖에 없었다.

죽은 뒤 세인들의 집중적인 관심을 받았던 불쌍한 아그네스 워델은 오래된 교회 묘지에 조용히 안치되었고, 림스톡의 생활은 다시 이전과 같이 계속되었다.

아니, 마지막 말은 사실이 아니었다. 결코 이전과 같을 수는 없었다…….

거의 모든 사람들의 눈에는 반쯤은 호기심이, 반쯤은 겁에 질린 빛이 역력했다. 그리고 사람들은 이웃끼리도 서로 경계하기 시작했다. 심리를 통해서 분명하게 밝혀진 한 가지 사실은 아그네스 워델을 살해한 사람이 외부인일 가능성은 거의 없다는 것이었다. 그 지역에서 떠돌이나 낯선 사람들이 돌아다니는 것을 본 사람도 없었고, 그런 보고도 들어오지 않았다. 그건 림스톡에 살면서, 하이 스트리트를 거닐며 쇼핑도 하고, 늘 마주치는 누군가가 아무 힘 없는 소녀의 머리를 내려치고 날카로운 칼 끝으로 찔러 죽였다는 걸 의미했다.

그리고 그 사람이 누군지는 아무도 몰랐다.

앞에서도 말했지만, 시간은 꿈결처럼 흘러가고 있었다. 나는 만나는 사람마다 혹시 그가 살인범은 아닐지 새로운 눈으로 볼 수밖에 없었다. 그건 정말 기분 좋은 일은 아니었다!

그리고 저녁이 되어 커튼을 치고 나면 나는 조애너와 마주 앉아 이 엄청나고 믿어지지 않는 사건의 범인에 대해 다양한 가능성들을 제시하며 끊임없이 이야기를 나누고 논쟁을 벌였다.

조애너는 여전히 파이 씨가 범인이라고 굳게 믿고 있었다. 나는 조금은 흔들렸다가 다시 처음부터 의심이 가던 진치 양이 범인이라고 생각을 굳혔다. 그러면서도 용의선상에 있는 인물들에 대해서 반복해서 검토했다.

파이 씨?

진치 양?

데인 캘드로프 부인?

에이미 그리피스?

에밀리 바턴?

파트리지?

우리는 계속 초조하게 무슨 일이 일어나지 않을지 기다리며 걱정하고 있었다.

하지만 아무 일도 일어나지 않았다. 우리가 알고 있기로는 더 이상 편지를 받은 사람도 없었다. 내시가 정기적으로 마을에 나타나곤 했지만, 그가 무슨 일을 하고 있는지, 범인을 잡기 위해 어떤 덫을 놓고 있는지 알 수 없었다. 그레이브스는 다시 런던으로 돌아갔다.

그 동안 에밀리 바턴이 차를 마시러 다녀가기도 했고, 메건이 점심 식사를 함께 하기 위해 찾아오기도 했다. 그리고 오웬 그리피스는 왕진을 다녀갔다. 우리는 파이 씨의 집으로 셰리주를 마시러 가기도 했고, 목사관에 차를 마시러 가기도 했다.

이번에는 데인 캘드로프 부인이 지난번에 만났을 때처럼 과격한 모습을 보이지 않아 다행이었다. 나는 그녀가 그 일을 잊어버린 모양이라고 생각했다.

이제 부인은 꽃양배추와 양배추를 보호하기 위해 흰나비를 박멸시키는 문제에 관심을 기울이고 있는 것처럼 보였다.

목사관에서 보낸 오후는 우리가 보낸 시간 중 가장 평화로운 한때였다. 목사관은 오래된 매력적인 저택으로, 색이 바랜 장밋빛 크레톤 사라사 천으로 꾸며진 크고 안락한 거실이 있었다.

그런데 데인 캘드로프 가에는 손님이 있었다. 하얀 양털 같은 실로 뭔가를 열심히 뜨고 있는 온화해 보이는 노부인이었다. 우리가 차를 마시며 맛있고 뜨거운 스콘을 먹고 있을 때면 목사가 들어와 공손하면서도 박학다식한 대화로 우리를 편안하고 즐겁게 해 주었다. 아주 유쾌한 시간이었다.

우리는 살인 사건을 화제로 삼지 않을 수 없었다. 그 사건을 떨쳐 버릴 수가 없었기 때문이다.

손님인 마플 양 역시 그 사건에 흥미를 느끼는 것 같았다. 그녀는 변명하듯 이렇게 말했다.

"시골에 살다 보면 아무래도 화젯거리가 별로 없으니까요!"

그리고 죽은 아가씨가 자기가 데리고 있는 하녀인 에디스와 아주 닮은 것 같은 생각이 든다고 말했다.

"정말 좋은 하녀랍니다. 알아서 일을 하는 편이죠. 다만 가끔씩 일처리가 더딘 편이지만 말이에요."

그리고 마플 양은 익명의 편지 때문에 조카의 시누이가 큰 고통을 받은 적이 있었다고 했다. 그래서인지 이 매력적인 노부인은 편지 사건에 관심이 아주 많았다.

"얘기해 줘요. 마을 사람들, 그러니까 여기 사람들은 뭐라고들 이야기하나요? 누가 이런 짓을 한 거라고 생각하나요?"

마플 양이 데인 캘드로프 부인에게 물었다.

"클리트 부인의 짓이라고 생각할 거예요."

조애너가 대답했다.

"오, 아니에요. 이제는 그렇지 않아요."

데인 캘드로프 부인이 말했다.

마플 양이 클리트 부인이 누구냐고 물었고, 조애너가 이 지역 마녀라고 대답해 주었다.

"그게 사실인가요, 데인 캘드로프 부인?"

목사가 긴 라틴 어 구절을 중얼거리기 시작했다. 내 생각으로는 마녀들이 가지고 있는 사악한 능력에 대한 내용인 것 같았다. 아무도 그 뜻을 이해하지 못했기 때문에 우리는 침묵 속에서 공손하게 듣고만 있었다.

목사 부인이 말했다.

"그 여자는 정말 어리석지 뭐예요. 그런 걸 자랑이라도 하듯 일부러 내세우고 다녀요. 보름달이 뜨는 밤에 약초를 뜯으러 가면서, 사람들이 모두 그 사실을 알게 만든답니다."

"그렇게 해야 순진한 처녀들이 그 여자를 찾아가 상담하지 않겠어요?" 마플 양이 말했다.

그때 목사가 다시 지루한 라틴 어를 늘어놓으려고 하기에 내가 황급히 말했다.

"그런데 어째서 사람들이 더 이상 클리트 부인을 의심하지 않는 거죠? 익명의 편지는 그녀가 쓴 거라고 생각하지 않았습니까?"

마플 양이 대답했다.

"오! 내가 듣기로는 그 아가씨는 칼에 찔려 목숨을 잃었다고 하더군요.(정말 끔찍한 일이에요!) 그래서 자연히 클리트 부인에 대한 의심이 사라지게 된 거예요. 아시다시피, 부인이 그 아가씨를 저주했다면 병에 걸려 죽었어야 하니까요."

"그런 고리타분한 미신을 아직도 믿고 있다니 정말 이상한 일입니다. 초기 기독교 시대에 지방 미신들이 기독교 교리와 현명하게 결합되면서 좋지 못한 풍습들도 점차 사라지기 시작했는데 말이에요."

목사가 말했다.

"지금 우리가 하고 있는 얘기는 미신에 관한 것이 아니에요. 실제로 일어나고 있는 사실이죠."

데인 캘드로프 부인이 남편에게 말했다.

"아주 불쾌한 사실이죠."

내가 덧붙였다.

"버턴 씨는 이곳에서 낯선 분이고(내가 너무 주제넘었다면 용서해요.) 세상에 대한 많은 지식과 인생의 다양한 모습에 대해 잘 알고 계시죠. 그래서 버턴 씨가 이 끔찍한 사건의 해결책을 찾아낼 수 있을 것 같다는 생각이 들어요."

나는 미소 지었다.

"좋은 해결책을 찾아내긴 했는데, 꿈속에서였어요. 꿈에서는 모든 일들이 잘 들어맞고 깨끗하게 해결되더군요. 안타깝게도 꿈에서 깨어나자, 그 모든 일들이 얼마나 터무니없는 일이었는지 깨달았답니다!"

"그래도 재미있는 일이네요. 어떤 꿈이었는지 말해 줄래요?"

"꿈은 '아니 땐 굴뚝에 연기 나랴.'라는 시시한 말에서 시작하죠. 사람들한테서 그 말을 지겹도록 들었으니까요. 어쨌든 전 그 말을

254

전쟁 용어와 혼동하게 됩니다. 연막, 종이 조각, 전화 메모……. 아니, 이건 다른 꿈의 내용이군요."

"다른 꿈은 무슨 내용인가요?"

마플 양은 내 꿈에 무척 관심이 많았다. 그녀도 『나폴레옹의 꿈의 책』의 은근한 독자였던 모양이다. 옛날에 우리 유모도 굉장히 즐겨 읽었던 책이다.

"아! 그건 엘시 홀랜드에 관한 내용이었습니다. 사이밍턴 가의 가정교사로 있는 아가씨지요. 꿈에선 그녀가 그리피스 선생과 결혼식을 올리고, 목사님이 여기서 라틴 어로 예배를 드리고 있는 겁니다.('아주 그럴듯한 얘기네요.' 데인 캘드로프 부인이 남편에게 속삭였다.) 그런데 그때 데인 캘드로프 부인이 자리에서 일어나 결혼에 이의를 제기하며 그만 멈춰야 한다고 소리치는 겁니다. 그런데 그 부분은……."

나는 미소를 지으며 덧붙였다.

"현실이었습니다. 제가 잠에서 깨었을 때 부인이 제 앞에 서서 그런 말씀을 하고 계시더군요."

"그건 맞는 말이잖아요?"

데인 캘드로프 부인의 부드러운 대꾸에 나는 마음이 놓였다.

"그렇다면 전화 메모는 또 뭔가요?"

마플 양이 눈썹을 찌푸리며 물었다.

"아무래도 제가 너무 명청하게 군 것 같군요. 그건 꿈과는 상관없는 겁니다. 꿈을 꾸기 직전에 그 메모를 봤거든요. 제가 홀에 들어가니 조애너가 메모를 남겨 놨더군요. 만일 전화가 오면……."

마플 양이 뺨을 분홍빛으로 물들인 채 몸을 앞으로 내밀었다.

"그 메모에 어떤 내용이 적혀 있었는지 물어본다면, 나를 꼬치꼬치 캐묻는 거나 좋아하는 아주 무례한 사람이라고 여기겠지요?"

그녀는 그러면서 조애너에게 살짝 시선을 주었다.

"정말 미안해요, 아가씨."

그러나 조애너는 무척 기분이 좋았는지 마플 양을 안심시켰다.

"아니에요. 사실 전 그때 뭐라고 썼는지도 생각나지 않는걸요. 아마 오빠는 기억하고 있을 거예요. 틀림없이 아주 사소한 일이었을 거예요."

노부인이 열중해서 귀기울이는 모습에 나는 진지한 자세로 최대한 기억을 떠올려 메모의 내용을 그대로 전달했다.

막상 그 내용을 듣고 마플 양이 실망할까 봐 걱정되었지만, 그녀는 연애에 대한 낭만적인 감성이라도 남아 있는지 고개를 끄덕이며 기쁘게 미소를 지었다.

"알겠어요. 나도 그런 이야기일 거라고 생각했답니다."

데인 캘드로프 부인이 날카롭게 물었다.

"제인, 그런 이야기라니요?"

"아주 일상적인 거죠."

마플 양이 대답했다. 그리고 한참 동안 나를 자상하게 쳐다보더니 아주 뜻밖의 말을 했다.

"당신은 아주 영리한 젊은이예요. 하지만 자신감이 부족하네요.

좀 더 자신감을 가지도록 해요!"

조애너가 큰 소리로 야유를 보냈다.

"오빠한테 그런 격려는 해 주실 필요 없어요. 지나칠 정도로 자신 만만한 사람이거든요."

"그만 해, 조애너. 마플 양은 나에 대해서 잘 알고 계신 거야."

마플 양은 다시 뜨개질을 시작했다. 그녀가 깊은 생각에 잠겨 말했다.

"잘 알고 있겠지만, 완벽하게 살인을 저지른다는 건 교묘하게 마술을 부리는 것과 같답니다."

"재빠른 손놀림으로 사람들의 눈을 속인다는 뜻인가요?"

"그것만으로는 부족해요. 사람들로 하여금 엉뚱한 것을 보게 하고, 전혀 상관 없는 곳으로 가게 만들어야 하지요. 그런 걸 아마 그릇된 방향이라고 말한다지요?"

"그렇다면 그자는 지금까지 우리가 범인을 미친 사람으로 여기도록 유도했다는 건가요?"

내가 물었다.

"내가 보기에는 아주 정상적인 사람 중에 범인이 있을 것 같다는 생각이 들어요."

마플 양이 대답했다.

"그렇습니다. 내시 총경도 그렇게 말했어요. 그는 범인이 상당한 지위가 있는 사람일 거라고 강조했죠."

내가 생각에 잠겨 말했다.

"맞아요. 그게 아주 중요한 점이죠."

마플 양이 동의해 주었다.

그 점에는 우리 모두 공감하고 있는 듯했다.

나는 데인 캘드로프 부인에게 말을 걸었다.

"내시 총경은 익명의 편지가 앞으로도 더 나타날 거라고 생각하더군요. 그 점에 대해서는 어떻게 생각하십니까?"

데인 캘드로프 부인이 천천히 대답했다.

"나도 그렇게 생각해요."

"경찰이 그렇게 생각하고 있다면, 편지가 더 올 거라는 건 의심의 여지가 없는 일이에요."

마플 양이 말했다.

나는 계속해서 데인 캘드로프 부인을 물고 늘어졌다.

"아직도 그 편지를 쓴 범인이 불쌍하다고 생각하십니까?"

부인의 얼굴이 붉어졌다.

"그러면 안 되나요?"

"나도 그 생각에는 동의할 수 없어요. 이번 사건의 경우에는 동정의 여지가 없어요."

마플 양이 말했다.

"그 편지들은 한 여자를 자살로 이끌었고, 말로 다 할 수 없는 고통과 원한을 가져왔습니다."

나도 열띤 목소리로 동조했다.

"버턴 양도 받으셨다지요?"

마플 양이 조애너에게 물었다.

조애너가 침을 꿀꺽 삼키고는 대답했다.

"맞아요! 정말 끔찍한 내용이었어요."

"주로 젊고 예쁜 아가씨들이 그런 편지의 대상이 되니, 정말 걱정이네요."

마플 양이 말했다.

"그런 점에서 보면 엘시 홀랜드는 그런 편지를 한 통도 받지 않았다니, 정말 이상한 일이죠."

내가 말했다.

"사이밍턴 가의 가정교사라는…… 꿈에도 나왔다는 그 아가씨를 말하는 건가요, 버턴 씨?"

마플 양이 물었다.

"예."

"그녀도 받았는데, 받지 않았다고 말한 거겠죠."

조애너가 말했다.

"아니, 난 그녀의 말을 믿어. 내시 총경도 나와 같은 생각이고."

"그건 정말 재미있군요. 이제까지 내가 들어 본 중 가장 흥미로운 이야기예요."

마플 양이 말했다.

II

집으로 돌아가는 길에 조애너는 내게 익명의 편지가 또 올 거라고 한 내시 총경의 말은 꺼내지 말았어야 했다고 말했다.

"왜 안 된다는 거야?"

"데인 캘드로프 부인이 범인일 수도 있잖아."

"넌 부인을 정말로 범인이라고 생각하지 않잖아!"

"확실한 건 아니지만 부인이 좀 이상하다는 건 사실이니까."

우리는 다시 한 번 모든 가능성들을 검토하기 시작했다.

그로부터 이틀이 지난 저녁 무렵, 나는 자동차로 익스햄프턴에 갔다가 집으로 돌아오고 있었다. 그곳에서 저녁 식사를 하고 출발했기 때문에 림스톡에 도착했을 때는 이미 날이 몹시 어두워져 있었다.

그때 자동차 전조등에 뭔가 문제가 생긴 것 같았다. 나는 속도를 줄인 뒤 불을 켰다 껐다 해서 잘못된 곳을 알아냈다. 쓸데없이 시간을 낭비하고 난 다음에야 고장난 곳을 깨끗하게 고칠 수 있었다.

거리는 적막했다. 림스톡에 사는 사람들은 어두워진 후에는 돌아다니지 않았다. 바로 앞에 집이 몇 채 보였는데, 그중에는 보기 흉한 박공 구조로 된 여성 회관 건물도 있었다. 희미한 별빛을 받으며 서 있는 그 건물을 보자, 나는 갑자기 그 안에 들어가 보고 싶다는 충동을 느꼈다. 출입문 쪽으로 남의 눈을 피해 살금살금 들어가는 누군가의 모습이 언뜻 보인 것 같기도 했고, 아닌 것 같기도 했다. 설사 그게 사실이라 하더라도, 무의식적으로 그런 느낌을 받은 것일 뿐, 상황을 정확하게 인식한 건 아니었다. 그저 갑자기 그곳에 들어가 보고 싶다는 호기심이 샘솟았다.

출입문은 살짝 열려 있었다. 나는 문을 열고 안으로 들어갔다. 네 발자국 정도면 다다를 수 있을 정도로 현관문은 바로 앞에 있었다.

나는 그 자리에 서서 잠시 머뭇거렸다. 대체 여기서 뭘 하고 있는 걸까? 나도 알 수 없었다. 그런데 그때 갑자기 바로 옆에서 바스락거리는 소리가 들렸다. 여자의 드레스가 바닥에 끌리는 소리였다. 나는 재빨리 돌아서서 소리가 들리는 방향을 따라 건물 주위를 돌았다.

아무도 보이지 않았다. 내가 다시 모퉁이를 돌자 건물의 뒤쪽이 나타났다. 그 순간 얼마 떨어지지 않은 곳에 창문이 하나 열려 있는 것이 보였다.

나는 그쪽으로 소리를 죽이고 다가가 가만히 귀를 기울여 보았다. 아무 소리도 들리지 않았다. 그러나 어떤 이유에서인지는 몰라도 누가 안에 있다는 것을 확신할 수 있었다.

내 몸은 아직 곡예를 할 만큼 완쾌되지 않았지만, 창턱을 넘어 안으로 들어가는 정도는 문제없었다. 그런데 그러다가 그만 소리를 내고 말았다.

창문 안에 들어선 나는 그 자리에 가만히 서서 귀를 기울여 보았다. 아무 기척이 없자, 나는 손을 앞으로 뻗은 채 조심조심 걷기 시작했다. 그때 오른쪽 앞에서 희미한 소리가 들렸다.

나는 주머니에서 회중 전등을 꺼내 불을 밝혔다. 그 즉시 나지막

하면서도 날카로운 목소리가 들렸다.

"불을 꺼요."

나는 그 말에 따라 바로 불을 끄면서 목소리의 임자가 내시 총경이라는 사실을 알아차렸다.

그는 내 팔을 붙잡더니 문 쪽으로 이끌고 가 복도로 나갔다. 그곳은 창문이 없어 밖에 있는 사람들에게 우리의 존재를 감출 수 있었다. 내시는 전등의 불을 켠 다음, 화가 났다기보다는 유감스럽다는 얼굴로 나를 쳐다보았다.

"버턴 씨, 지금 우리 일에 방해가 된 건 알고 계십니까?"

"죄송합니다. 하지만 왠지 들어와 봐야겠다는 직감이 들어서요."

"그야 그러셨을 테죠. 혹시 누군가를 봤습니까?"

나는 잠시 머뭇거리다 천천히 말했다.

"확실하지는 않습니다만, 출입문을 통해 누군가 몰래 들어가는 느낌을 받았습니다. 그 사람을 직접 본 것은 아닙니다. 그러다 집 안에서 바스락거리는 소리를 들었지요."

내시가 고개를 끄덕였다.

"그건 사실입니다. 당신이 오기 전에 누군가 이쪽으로 다가왔는데, 창문 옆에서 머뭇거리다가 황급히 사라져 버렸습니다. 아마 버턴 씨가 낸 소리에 놀라 그런 모양입니다."

나는 다시 한 번 사과하고 그에게 물었다.

"그런데 무슨 계획이 있는 겁니까?"

"전 익명의 편지 범인이 편지 쓰는 것을 그만두지 않을 거라고 생각합니다. 그 여자도 이제는 위험하다는 것을 알고 있을지도 모르지만, 그럼에도 그 일을 계속할 수밖에 없을 테니까요. 그건 일종의 마약이나 알코올 중독과 같은 겁니다."

나는 고개를 끄덕였다.

"버턴 씨, 범인이 누구든 그는 가능한 한 이전과 같은 식으로 편지를 보내고 싶어 할 겁니다. 그 여자는 책장을 잘라 갔기 때문에 계속해서 글자들을 오려 편지를 쓸 수 있습니다. 하지만 봉투를 쓰는 데는 어려움이 생겼죠. 그렇다고 다른 타자기를 이용하거나, 자기 손으로 주소를 쓰는 위험한 짓은 하지 않을 겁니다."

"총경님은 정말로 그 여자가 계속해서 이 일을 저지를 거라고 생각하십니까?"

내가 믿을 수 없다는 투로 물었다.

"그렇습니다. 그리고 범인은 자신감이 넘칠 거라는 점도 확신합니다. 항상 그런 자들은 그런 식으로 쓸데없는 자신감이 넘쳐나게 마련이지요! 어쨌든 누가 이 밤에 회관에 와서 타자기를 사용하려고 했는지 알아봐야겠습니다."

"진치 양일 겁니다."

"그럴 수도 있죠."

"아직 누군지 모르십니까?"

"모릅니다."

"혐의가 가장 많이 가는 사람은 있겠죠?"

"있습니다. 하지만 범인이 누구이든 그는 아주 교활한 자입니다.

이런 일에 관련된 모든 속임수를 다 알고 있는 사람이에요."

나는 내시가 쳐 놓은 커다란 그물을 상상해 보았다. 혐의를 받고 있는 사람들이 쓴 편지들이 우편을 거치거나, 직접 갖다 주건 모두 철저한 검열을 받으리라는 건 의심의 여지가 없었다. 머지않아 범인은 대범해질 것이고 실수를 할 것이다.

나는 불쑥 나타난 것에 대해 세 번째로 사과했다.

"아, 그건 어쩔 수 없는 일이었습니다. 다음 번에는 운이 따라 주겠지요."

내시가 달관한 사람처럼 대꾸했다.

나는 어둠 속으로 걸어 나왔다. 자동차 옆에 누군가 서 있는 모습이 어렴풋이 보였다. 무척 깜짝 놀라긴 했지만, 이내 그 사람이 메건이라는 것을 알았다.

"안녕하세요! 이게 당신 차일 거라고 생각했어요. 여기서 뭘 하는 거예요?"

"메건이야말로 이 시간에 여기서 뭘 하고 있는 거죠?"

내가 물었다.

"산책하는 중이었어요. 난 밤에 걸어다니는 게 좋거든요. 방해하거나 실없는 말을 거는 사람도 없고. 그리고 별이 좋아요. 밤에만 나는 이 냄새도 좋고요. 모든 것이 신비하게 보이니까요."

"아무리 그렇다고 하더라도, 밤에 돌아다니는 건 고양이와 마녀밖에 없는 법이에요. 집에서 걱정하지 않아요?"

"아니요, 걱정하지 않을 거예요. 내가 어디에 있든 무엇을 하든

관심도 없을 테니까."

"요즘 어떻게 지냈어요?"

"그럭저럭 잘 지냈어요."

"홀랜드 양이 잘 보살펴 주지 않아요?"

"엘시야 잘하죠. 하지만 아무리 엘시라고 해도 나처럼 완벽한 바보는 어쩔 수가 없겠죠."

"그게 아니라 메건을 잘 돌봐 주지 않는 거겠지. 어서 타요. 내가 집까지 태워다 줄 테니."

메건에 대해 신경 쓰는 사람이 없다는 것은 사실이 아니었다. 차가 그 집에 도착하자 사이밍턴이 현관 앞 계단에서 메건을 기다리고 있었다.

그가 우리를 노려보며 말했다.

"안녕하시오, 메건이 같이 있습니까?"

"예, 같이 왔습니다."

사이밍턴이 날카롭게 말했다.

"메건, 지금처럼 말도 없이 나가면 안 되는 거야. 홀랜드 양이 지금 얼마나 걱정하고 있는데."

메건이 뭐라고 중얼거리며 그의 옆을 지나 집 안으로 들어갔다. 사이밍턴은 한숨을 쉬었다.

"보살펴 줄 어머니가 없는 다 큰 처녀 애는 정말 문제예요. 그렇다고 학교에 보내자니 나이도 너무 많고."

그는 의심스럽다는 눈으로 나를 쳐다보았다.

"당신이 저 애를 드라이브 시켜 준다고 데리고 나간 겁니까?"

나는 그렇게 덮어 주는 편이 나을 거라고 생각했다.

제11장

I

다음 날 나는 제정신이 아니었다. 돌이켜 생각해 봐도, 정말 그렇게 설명할 수밖에 없다.

그날은 한 달에 한 번 마커스 켄트에게 정기 검진을 받으러 가는 날이었다……. 의사에게 갈 때면 나는 기차를 타고 가곤 했다. 그런데 뜻밖에도 조애너가 집에 그냥 있겠다고 하는 것이었다. 평상시였다면 몹시 가고 싶어 해서, 같이 런던에 가서 이틀 정도 지내다가 돌아오곤 했다.

물론 이번에는 조애너에게 같이 올라갔다가 당일 저녁 기차로 돌아오자고 하긴 했다. 하지만 그렇다고 하더라도, 그 애가 런던에 가는 일을 거부한다는 건 정말이지 놀라운 일이 아닐 수 없었다. 조애너는 할 일도 많은 데다가, 이렇게 화창한 날에 어째서 시골이 아닌, 지저분한 기차 안에서 시간을 보내야 한다는 건지 모르겠다는 수수

께끼 같은 말을 남겼다.

그야 맞는 말이기는 했지만, 그건 조애너의 입에서 나올 이야기
는 아니었다.

그 애는 자기는 차를 쓸 일이 없으니, 나보고 역까지 타고 가 그
곳에 주차시켜 두었다가 돌아올 때 다시 타고 오라고 말했다.

림스톡 기차역은 알 수 없는 이유로 철도 회사들이 마을에서 800
미터 가량 떨어진 곳에 만들어 놓았다. 중간 정도 갔을 때 메건이
뚜렷한 목적지도 없이 어슬렁거리며 걷고 있는 것을 보았다. 나는
메건을 불렀다.

"여기서 뭘 하는 거예요?"

"그냥 산책 나왔어요."

"내가 보기에는 그리 즐거운 산책은 아닌 것 같은데. 마치 풀 죽
은 게가 기어가고 있는 것 같은 모습이네요."

"그야 특별히 갈 데가 있어서 걷고 있는 건 아니니까요."

"그럼 같이 가서 역에서 날 배웅해 주는 것도 괜찮겠네."

내가 자동차 문을 열어 주자 메건이 뛰어 올랐다. "어디 가는데
요?"

그녀가 물었다.

"런던. 의사한테 가는 날이에요."

"아직도 부상이 다 낫지 않은 거예요?"

"아니요. 거의 다 나았어요. 의사도 이런 내 모습을 보면 무척 기
뻐할 거예요."

268

메건은 고개를 끄덕였다.

우리는 역에 도착했다. 나는 차를 주차한 다음 안으로 들어가 매표소에서 기차표를 끊었다. 승강장에는 사람이 얼마 없었는데 그나마 내가 아는 사람은 하나도 없었다.

"1페니만 빌려 주지 않을래요? 자동 판매기에서 초콜릿을 사 먹고 싶어요."

"여기 있어요, 꼬마 아가씨."

나는 동전을 건네주며 물었다.

"껌이나 목캔디 같은 건 별로 좋아하지 않나 봐요?"

"난 초콜릿이 제일 좋아요."

그녀는 내가 빈정거렸다는 것도 알지 못하고 천진하게 대답했다. 메건은 자동 판매기가 있는 곳으로 달려갔다. 그런 그녀의 모습을 보다 나는 울컥 짜증이 치밀었다.

그녀는 낡아 빠진 구두에 지저분한 스타킹을 신고, 정말 볼품없는 점퍼와 스커트를 입고 있었다. 그 모습에 내가 왜 그렇게 화가 났는지는 모르겠다. 하지만 정말 화가 났다.

메건이 돌아오자 나는 화를 내며 말했다.

"도대체 그 보기 싫은 스타킹은 왜 신고 다니는 거예요?"

그녀는 깜짝 놀라서 자기 다리를 내려다보았다.

"이게 뭐가 어때서요?"

"정말 몰라서 물어요? 도저히 봐 줄 수가 없잖아요. 그리고 그렇게 닳아 빠진 스웨터는 왜 또 입은 거예요?"

"아직 괜찮아요. 지난 몇 년 동안 계속 입었던 건데."

"그럴 줄 알았어요. 그리고 어째서 당신은……."

그 순간 기차가 들어오는 바람에 나는 더 이상 잔소리를 할 수 없었다.

나는 좌석이 거의 비어 있는 1등칸에 올라탄 뒤, 창문을 열고 몸을 내밀어 중단되었던 얘기를 계속하려고 했다.

메건은 고개를 쳐든 채 나를 보며 서 있었다. 그리고 나한테 왜 그렇게 기분이 상했느냐고 물었다.

"난 기분이 상한 게 아니에요. 메건이 단정하지 못한 옷차림을 하고 자기가 어떻게 보이는지 전혀 신경 쓰지 않는 걸 보니 화가 난 것뿐이지."

나는 거짓말을 했다.

"물론 내 모습이 신통치 않은 건 알아요. 하지만 그게 무슨 상관이죠?"

"이봐요. 난 메건이 제대로 차려입은 모습을 보고 싶어요. 런던에 데리고 가서 머리에서 발끝까지 다 바꿔 주고 싶은 기분이에요."

"나도 그렇게 됐으면 좋겠어요."

그때 기차가 움직이기 시작했다. 나는 메건의 기대에 가득 찬 얼굴을 보았다. 그때부터 난 제정신이 아니었던 게 분명하다. 나는 문을 열고 메건의 팔을 잡아 기차 안으로 끌어올렸다.

짐꾼이 뭐라고 소리치더니 어쩔 수 없다는 듯 문을 닫아 주었다. 나는 충동적으로 바닥에서 메건을 일으켰다.

"도대체 어쩌려고 이러는 거예요?"

그녀가 무릎을 문지르며 물었다.

"아무 말 말고 런던에 같이 가요. 내가 뭔가 해 주지 않는다면 메건은 계속 이런 모습이겠죠? 당신도 마음만 먹으면 어떻게 보일 수 있는지 보여 줄게요. 난 더 이상 메건이 그런 꼴을 하고 돌아다니는 걸 못 보겠으니까."

"아!"

메건이 황홀한 듯 나지막이 탄성을 질렀다.

검표원이 다가오자 나는 메건에게 왕복 차표를 끊어 주었다.

그녀는 한쪽 구석에 앉아 경외심이 가득한 눈초리로 나를 쳐다보았다.

"저기요, 당신은 성격이 급한 편이죠?"

검표원이 가고 나자 메건이 물었다.

"무척. 우리 가족이 모두 그렇죠."

메건에게 내가 느낀 충동을 어떻게 설명해야 할까? 방금 전까지 그녀는 뒤에 혼자 남은 강아지 같은 표정을 짓고 있었다. 그런데 지금 메건의 얼굴은 주인을 따라 산책을 가도 좋다고 허락을 받은 강아지처럼 믿을 수 없을 정도로 기뻐하는 표정이 고스란히 드러나 있었다.

내가 메건에게 물었다.

"런던에 대해서는 잘 모르죠?"

"아니요. 잘 알아요. 학교 다닐 때 많이 다녔으니까요. 치과 의사한테도 가 보고, 팬터마임을 보러 다니기도 했어요.”

“이번에는 그런 것과는 다른 런던을 알게 될 거예요.”

내가 모호하게 말했다.

런던에 도착하자 할리 가에 있는 의사와의 약속 시간까지 30분 정도 여유가 있었다.

나는 택시를 타고 조애너의 단골 의상실인 미로탱으로 향했다. 그 의상실의 주인인 메리 그레이는 관습에 얽매이지 않고 살아가는 쾌활한 45세의 여자였다. 그녀는 아주 영리한 여자였고, 좋은 친구이기도 했다. 나는 항상 그녀를 좋아했다.

난 메건에게 말했다.

“당신은 이제부터 내 사촌이라고 해요.”

“어째서요?”

“이유 같은 건 따지지 마요.”

메리 그레이는 몸에 딱 달라붙는 연한 청색의 이브닝 드레스를 보느라 정신없는 뚱뚱한 유대인 여자 옆에 붙어 서 있었다. 나는 메리를 내 쪽으로 데리고 왔다.

“이번에 어린 사촌 동생을 한 명 데리고 왔어요. 조애너도 함께 오려고 했지만, 사정이 생겨서 오지 못했어요. 하지만 그 애 말로는 당신한테 다 맡기면 된다고 하더군요. 저 아이가 지금 어떤 꼴을 하고 있는지 당신도 보이죠?”

“어머나, 저런. 그럼요.”

메리 그레이가 다정다감한 목소리로 대답했다.

"난 저 애의 머리에서 발끝까지 특별하게 보이도록 바꿔 주고 싶습니다. 당신한테 전권을 위임하죠. 스타킹, 신발, 속옷까지 전부 다 말이에요! 그리고 조애너의 머리를 손질해 주는 남자의 미용실도 이 근처 어디에 있죠?"

"앙트완 말씀인가요? 오른쪽 모퉁이를 돌면 바로 있어요. 머리도 제가 알아서 해 드리죠."

"당신은 정말 대단한 여자예요."

"오, 전 이런 일을 하는 게 정말 즐겁거든요. 돈을 버는 것과는 별개로 말이에요. 하긴 요즘 같아선 돈이란 절대로 얕잡아볼 수 없는 문제지만요. 저희 고객 중에서도 돈을 내지 않는 못돼먹은 여자들이 반 정도 있답니다. 하지만 이번 일은 정말 재미있을 것 같아요."

그녀는 약간 떨어진 곳에 서 있는 메건을 전문가의 눈길로 재빨리 훑어보았다.

"저 아가씨는 아주 사랑스러워 보이는데요."

"당신 눈은 X선처럼 투시가 가능한 모양이군요. 내 눈에는 아주 형편없게만 보이는데 말입니다."

메리 그레이가 웃음을 터뜨리며 말했다.

"학교에 가 보면 지구상에 어느 누구와도 똑같지 않은 모습을 하고 다니는 데 자부심을 느끼는 아가씨들이 있지요. 그런 아가씨들은 귀엽고 순진하다고 할 수 있죠. 하지만 간혹 사람들 눈에 자기가 어떻게 보이는지 미처 깨닫기도 전에 좋은 세월을 다 보내기도 해요. 걱정하지 마시고 저한테 모든 걸 믿고 맡기세요."

"알겠습니다. 난 그만 가 보겠습니다. 6시쯤 저 아가씨를 데리러 오지요."

II

마커스 켄트는 나를 보자 무척 반가워했다. 그는 내가 예상했던 것보다 훨씬 건강해졌다고 말했다.

"이렇게 빨리 회복된 걸 보니, 버턴 씨는 코끼리처럼 튼튼한 골격을 가지고 있는 게 분명하군요. 어쨌든 좋은 공기를 마시면서, 늦은 시간까지 일하지 않고, 쓸데없는 일로 자극받지 않는 시골에서 요양하는 건 건강에 아주 좋습니다. 그 지루함을 견딜 수만 있다면 말입니다."

"말씀하신 것 중에 두 가지는 맞습니다. 하지만 시골에 흥분할 일이 없다고 생각하시는 건 완전히 틀린 겁니다. 전 지금 엄청나게 자극적인 생활을 하고 있으니까요."

"그래, 어떤 것에 그렇게 자극을 받고 계십니까?"

"살인 사건입니다."

마커스 켄트는 입술을 오므리더니 휘파람을 불었다.

"목가적 사랑의 비극인가요? 농부가 젊은 애인을 죽이기라도 했습니까?"

"아닙니다. 교활하고 냉혹한 미치광이 살인자입니다."

"그 사건에 대한 기사를 못 읽었나 봅니다. 그래, 그자는 언제 체

274

포되었습니까?"

"아직 잡지 못했습니다. 그리고 범인은 여자랍니다!"

"이런! 림스톡은 당신이 요양하기에 그리 적당한 장소가 아니라는 생각이 드는군요."

나는 단호하게 말했다.

"그건 그렇습니다. 하지만 제게 다른 곳으로 옮기라고 하지는 마십시오."

마커스 켄트는 점잖지 못하게 이렇게 물었다.

"그렇다면 알 만하군요! 금발 미녀라도 발견한 겁니까?"

"그런 여자는 없습니다. 그저 범죄 심리에 흥미가 있어서 그런 것뿐이에요."

그렇게 말하고 나니 엘시 홀랜드에게 어쩐지 좀 미안한 마음이 들었다.

"그렇군요. 이제까지는 아무런 해도 입지 않은 것이 분명하지만, 그 미친 살인자가 당신을 앞으로도 해치지 않으리라는 보장은 없지 않습니까?"

"그런 건 무섭지 않습니다."

"오늘 저녁에 식사라도 같이 하시죠. 그렇게 하면 그 끔찍한 살인에 대해 자세히 이야기해 주실 수 있을 것 같은데요."

"죄송합니다. 선약이 있어서요."

"숙녀분과 데이트라도 하시는 겁니까? 잘됐군요. 정말 버턴 씨가 완전히 회복된 모양입니다."

"그렇게 말씀하실 줄 알았습니다."

메건이 데이트 상대라고 생각하자 나는 차라리 웃고 싶은 마음이었다.

미로탱이 공식적으로 문을 닫는 시간은 오후 6시였다. 난 정각에 도착했다. 메리 그레이가 전시실 밖에 있는 계단 위에 선 채 나를 맞이했다. 그녀가 입술에 손가락을 살짝 대었다.

"틀림없이 놀라실 거예요! 제 입으로 말하기는 좀 그렇지만 정말 멋진 작품을 만들었답니다."

내가 커다란 전시실에 들어갔을 때 메건은 긴 거울 앞에 서 있었다. 나는 그녀를 알아보지 못했다. 얼마 후 숨이 멎을 것만 같았다. 버드나무 가지처럼 곧고 가늘게 뻗은 섬세한 종아리에는 얇은 실크 스타킹을, 발에는 적당한 굽의 구두를 신고 있었다. 정말이다. 사랑스러운 발과 손, 날씬한 몸매⋯⋯. 그녀의 몸에 흐르는 모든 곡선이 뛰어나게 아름다웠다. 윤기가 흐르는 밤색 머리카락은 얼굴에 어울리는 모양으로 단정하게 정돈되어 있었다. 그들은 메건의 얼굴에 손을 대지 않을 만큼은 지각이 있는 사람들이었다. 화장은 전혀 하지 않았고, 혹시 했더라도 알아차리지 못할 정도였다. 그녀의 입술은 립스틱조차 바를 필요가 없었다.

더욱이 메건에게서는 이제껏 본 적이 없었던 새롭고 순수한 자신감이 목선을 따라 흐르고 있었다. 그녀는 수줍은 듯 살짝 미소를 지으며, 진지한 눈빛으로 나를 바라보았다.

"이러니까 나도 좀 괜찮아 보이죠?"

"괜찮게 보이냐고 했어요? 괜찮다는 말로는 부족해요! 이리 와요, 저녁 식사를 하러 갑시다. 지나가는 남자 중에 당신을 한 번 더 돌아보지 않을 사람은 없을 거예요. 다른 여자들은 모두 메건의 아름다움에 무릎을 꿇을 테고."

솔직히 메건은 미인이라고 할 수는 없었다. 하지만 독특하게 눈에 띄는 뭔가를 가진 개성이 넘치는 여성이었다. 메건을 앞장세우고 식당으로 들어가자 급사장이 서둘러 우리에게 다가왔다. 나는 그 순간 뭔가 특별한 것을 가지고 있는 사람만이 느낄 수 있는, 그런 바보 같은 자부심을 만끽할 수 있었다.

우리는 먼저 칵테일을 천천히 마신 다음, 저녁 식사를 하고, 춤을 추었다. 메건은 춤을 추고 싶어 했고, 나는 그녀를 실망시키고 싶지 않았다. 어떤 이유인지는 몰라도 나는 메건이 춤을 추는 법을 모를 거라고 생각하고 있었다. 하지만 그녀는 춤을 출 줄 알았다. 그녀는 내 품 안에서 마치 깃털처럼 가볍게 움직이며 완벽하게 리듬을 타고 있었다.

"와! 춤을 줄 줄 아는군요!"

메건은 내 반응에 약간 놀라는 듯 보였다.

"그럼요, 당연히 출 줄 알죠. 학교에 다닐 때 일주일에 한 번씩 춤을 배우는 시간이 있었으니까요."

"무용수를 키우는 전문 무용 학원보다 더 잘 가르쳤나 봐요."

우리는 자리로 되돌아왔다.

"여기 음식 정말 맛있지 않아요? 모든 게 다 근사해요!"

그녀는 기쁨의 한숨을 내쉬었다.

"나도 그렇게 생각했는데."

정말 황홀한 저녁이었다. 나는 제정신이 아니었다. 메건이 불안해하며 이렇게 말하는 것을 듣고 나서야 겨우 제정신으로 돌아올 수 있었다.

"집에 돌아가야 하지 않아요?"

나는 입이 벌어졌다. 그랬다. 틀림없이 나는 잠시 미쳤던 것이다. 완전히 모든 것을 잊어버리고 있었다니! 나는 내가 만들어 낸 창조물에 정신을 잃어 현실 세계와 완전히 동떨어져 있었던 것이다.

"맙소사!"

나는 중얼거렸다.

이미 마지막 기차도 떠난 시간이었다.

"여기 가만히 있어요. 전화 좀 하고 올게요."

나는 루엘린 렌터카 회사에 전화를 걸어 가장 크고 빠른 차를 가능한 한 빨리 보내 달라고 했다. 그런 다음 메건에게 돌아가 말했다.

"마지막 기차도 놓쳤어요. 어쩔 수 없이 차를 빌려서 타고 돌아가야겠어요."

"우리 둘이서요? 재미있을 것 같아요!"

정말 착한 아가씨라는 생각이 들었다. 그녀는 무슨 일이든 기쁘게 받아들이고, 귀찮게 하거나 불평하는 법 없이 내가 하자는 건 무엇이든 그대로 받아들였다.

차가 왔다. 정말 크고 빠른 차였지만, 우리가 림스톡에 도착했을 때 시간이 많이 늦었다는 사실은 변함이 없었다.

갑자기 나는 양심의 가책을 느꼈다.

"사람들이 메건을 여기저기 찾아다녔을 텐데!"

하지만 메건은 아무렇지도 않은지 맥없이 대꾸했다.

"그렇지 않을 거예요. 난 종종 밖에 나가서 점심 식사에 안 들어가는 경우가 많거든요."

"그렇지만 오늘 메건은 점심은 물론이고, 차를 마시는 시간에도, 저녁 식사 때도 안 들어갔잖아요."

그러나 메건의 행운의 별은 아직 밝게 빛나고 있었다. 사이밍턴가는 불이 다 꺼진 채 조용했다. 메건의 말에 따라 우리는 저택의 뒤로 돌아가 로즈의 방 창문에 돌을 던졌다.

로즈가 투덜거리면서 창문을 내다보더니, 이내 터져 나오는 탄성을 참고 두근거리는 가슴을 진정시키며 아래로 내려와 문을 열어주었다.

"전 아가씨가 이미 잠자리에 든 줄 알고 있었어요. 주인님과 홀랜드 양이(홀랜드 양의 이름을 말할 때는 살짝 코웃음을 쳤다.) 저녁 식사를 일찍 끝내고 같이 드라이브를 나갔지 뭐예요. 덕분에 전 도련님들을 돌보느라 한시도 눈을 뗄 수가 없었어요. 계속 놀겠다고 보채는 콜린 도련님을 육아실에서 달래고 있는데 아가씨가 들어오는 소리가 들렸어요. 그런데 아래층에 내려가도 아가씨가 안 보이기에 그냥 곧장 잠자리에 든 줄 알았거든요. 그런 다음에 주인님이 돌아오셔서, 아가씨가 들어왔냐고 물으시기에 그렇다고 대답했죠."

나는 메건이 이제 잠자리에 드는 게 좋겠다고 말하면서 그녀의 말을 끊었다.

"안녕히 가세요. 오늘 정말 너무 고마웠어요. 지금까지 살아오면서 가장 즐거운 날이었던 것 같아요."

메건이 말했다.

나는 그때까지도 마음이 들뜬 채 집으로 돌아갔다. 그리고 운전사에게 팁을 넉넉하게 주면서 자고 가도 좋다고 말했다. 하지만 그는 그날 밤에 그냥 돌아가겠다고 대답했다.

운전사와 이야기를 나누는 동안 홀 문은 열려 있었다. 그가 차를 몰고 떠나고 나자 그 문이 활짝 열리더니 조애너가 나왔다.

"왜 이렇게 늦은 거야?"

"걱정했나 보구나?"

내가 문을 닫으며 물었다.

조애너가 거실로 들어갔고, 나는 그 뒤를 따랐다. 안으로 들어가니 삼발이 위에 커피 주전자가 올려져 있었다. 조애너가 커피를 만드는 동안 난 위스키소다를 만들었다.

"걱정했냐고? 아니, 물론 걱정 같은 건 안 했지. 나야 오빠가 런던에서 하룻밤 자면서 실컷 놀다 오는 모양이라고 생각했으니까."

"나름대로 실컷 놀다 왔어."

나는 싱긋 미소를 지었다가 이내 큰 소리로 웃기 시작했다.

조애너가 왜 그렇게 웃느냐고 묻자 나는 그날 있었던 일을 모두 이야기해 주었다.

"오빠, 제정신이 아니지? 정말 단단히 미쳤어!"

"나도 그런 것 같다."

"어쨌든 오빠는 그런 일을 해서는 안 되는 거였어, 그것도 이런 시골에서는. 날이 밝으면 림스톡 사람 모두가 이 일을 알게 될 거라고."

"나도 그럴 거라고 생각은 해. 하지만 메건은 아직 어리잖아."

"그렇지 않아. 메건은 스무 살이야. 그런 아가씨를 런던에 데리고 가서 옷을 사 주고도 별다른 소문이 나지 않을 거라고 생각한다는 거야? 맙소사, 오빠는 어쩌면 메건하고 결혼해야 할지도 몰라."

조애너의 말은 반은 진담이고 반은 농담이었다.

그 순간 나는 아주 중요한 사실을 알게 되었다.

"이럴 수가. 설사 메건과 결혼해야 한다고 해도 상관없어. 아니, 어쩌면 그렇게 되기를 바라고 있는 것 같아."

조애너의 얼굴에 기묘한 표정이 떠올랐다. 그 애는 자리에서 일어나 문 쪽으로 가면서 냉담하게 말했다.

"그래, 이렇게 될 줄 이미 알고 있었어……."

조애너는 그대로 나가 버렸다, 이 새로운 사실을 깨닫고 너무 놀라 한 손에 술잔을 든 채로 멍하니 서 있는 나를 내버려 두고.

제12장

1

나는 청혼을 마음먹은 남자의 반응이 평상시와 전혀 다르지 않다는 건 미처 몰랐다.

보통 소설에 등장하는 남자들은 이럴 경우 목이 바짝 타고, 칼라가 조여드는 듯한 기분을 느끼며, 불쌍할 정도로 초조해한다.

하지만 그런 기분이 전혀 느껴지지 않았다. 일단 마음을 먹자, 가능한 한 빨리 그 일을 끝내고 싶을 뿐이었다. 난처한 순간에 대비해 특별히 마음의 준비를 할 필요도 못 느꼈다.

11시 무렵, 사이밍턴 가에 도착했다. 초인종을 울리자 로즈가 나왔다. 메건 양이 집에 있느냐고 묻자, 로즈는 알 만하다는 표정으로 나를 쳐다보았다. 그녀의 그런 표정과 마주치자 처음으로 쑥스러운 생각이 들었다.

로즈가 나를 작은 응접실로 안내했다. 메건을 기다리는 동안 나는 집안 식구들이 메건을 많이 혼낸 건 아닌지 걱정했다.

문이 열리고 방으로 들어오는 그녀의 모습을 보자 나는 마음이 놓였다. 메건은 전혀 수줍어한다거나, 어려워하는 것 같지 않았다. 머리카락은 여전히 윤기가 흘렀고, 어제 몸에 익힌 자부심과 당당한 분위기도 그대로였다. 다시 예전에 입던 낡은 옷을 입고 있었지만, 이전과는 전혀 다르게 보이도록 하는 법을 알고 있었다. 자신의 매력을 깨닫는 것만으로도 여자가 보여 주는 변화는 정말 놀라운 것이었다. 문득 메건이 한층 성숙했다는 사실을 알아차릴 수 있었다.

나는 그제야 정말 초조한 기분을 느끼기 시작했다. 도저히 그녀에게 다정한 말을 꺼낼 수가 없다는 것을 깨달았기 때문이다.

"안녕, 메기!"

이렇게 인사를 건네 보았지만 연인 같은 분위기와는 거리가 멀었다. 그건 메건도 마찬가지인 모양이었다. 그녀는 싱긋 미소를 지으며 말했다.

"오셨군요!"

"그래, 어제 일 때문에 혼나지는 않았어요?"

메건은 나를 안심시키려는 듯 먼저 이렇게 대답했다.

"아, 아니에요."

그러고는 눈을 깜박이며 애매하게 말을 이었다.

"사실 좀 그렇긴 했어요. 그러니까 내 말은…… 모두 어제 일이 아주 이상하게 생각되었나 봐요. 그래서 자꾸 물어보는 바람에 좀 번거로웠다는 뜻이에요. 사람들이 아무것도 아닌 일에 얼마나 난리를 치는지 당신도 아시잖아요."

나는 어떤 꾸지람도 메건에게는 대수롭지 않다는 사실을 알아차리고 안도했다.

"오늘 여기 온 건 하고 싶은 말이 있어서에요. 난 메건을 많이 좋아해요. 아마 알고 있을 거야. 그리고 메건도 나를 좋아한다고 생각하는데……."

"굉장히 좋아하죠."

메건이 지나치다 싶게 열정적으로 대답했다.

"우린 아주 잘 지낼 수 있을 거예요. 그래서 난 우리가 결혼하면 좋겠다는 생각을 했어요."

"오."

메건은 놀란 듯이 보였다.

그냥 그뿐이었다. 깜짝 놀란 것도 아니고, 충격을 받은 것도 아니었다. 그저 조금 놀란 정도로 보일 뿐이었다.

"정말 나하고 결혼하고 싶다는 말이에요?"

메건은 그 말이 사실인지 확인하고 싶은 모양이었다.

"이 세상 그 무엇보다도 절실히 바라는 일이에요."

내가 대답했다. 그건 진심이었다.

"그럼 날 사랑한다는 말인가요?"

"난 당신을 사랑해요."

그녀의 시선은 확고하고 진지했다.

"난 당신이 이 세상에서 가장 좋은 사람이라고 생각해요. 하지만 사랑하지는 않아요."

"날 사랑하게 만들 거예요."

"그럴 수 없어요. 난 그렇게 되는 걸 원하지 않아요."

메건은 잠시 입을 다물었다가 진지하게 말했다.

"난 당신 아내로 어울리는 여자가 아니에요. 사랑받는 것보다는 미움받는 편이 더 편하니까요."

이상할 정도로 격한 말투였다.

"미움은 오래 가지 않아요. 사랑은 영원하지만."

"정말요?"

"내 말을 믿어요."

다시 침묵이 찾아왔다.

"그럼 대답은 거절인가요?"

"예, 거절이에요."

"일말의 희망도 남겨 주지 않을 거예요?"

"그래서 좋을 게 뭐가 있어요?"

"아무것도 없겠지."

난 일단 그녀의 말에 동의했다가 말을 이었다.

"하지만 사실은 아주 많아요. 난 당신이 뭐라고 해도 희망을 버리지 않을 거니까."

II

그 일은 그렇게 끝났다. 나는 다소 멍한 기분으로 그 집에서 나왔다. 다만 로즈의 호기심 어린 시선이 계속 쫓아오는 것이 거슬렸다.

내가 그 집을 나오기 전까지 로즈는 내게 할 말이 무척 많은 것 같았다. 그 끔찍한 일이 있은 날부터 마음이 편하지 않았고, 사이밍턴 씨와 아이들이 불쌍하지만 않았어도 그 집에서 나왔을 것이며, 다른 하녀를 빨리 구하지 않는다면 자신도 더는 머무를 수 없다는 얘기였다. 하지만 살인 사건이 일어난 집에 사람을 구하는 일이 쉬울 턱이 없었다! 홀랜드 양이 시간 날 때마다 집안일을 도와주는 것은 고마운 일이었다. 그녀는 아주 착하고 친절하지만, 이 집의 안주인 자리를 꿈꾸고 있는 건 틀림없는 사실이다! 사이밍턴 씨, 불쌍한 그 남자는 아무것도 모르고 있지만, 홀아비란 사람들이 흑심이 있는 여자들의 먹이가 될 수밖에 없는 무기력한 존재에 불과하다는 것은 누구나 다 아는 사실이다. 만일 홀랜드 양이 죽은 안주인의 자리를 대신 차지하지 못한다 해도 노력이 부족해서 그런 건 절대로 아닐 것이다!

나는 거의 기계적으로 그녀의 말에 맞장구를 쳐 주었다. 그 자리를 벗어나고 싶은 마음이 간절했지만, 로즈가 그 심술궂은 말들을 늘어놓는 동안 내 모자를 꼭 붙잡고 놔주지 않았다.

그녀의 말이 사실인지 의심스러웠다. 정말로 엘시 홀랜드가 두 번째 사이밍턴 부인이 될 가능성을 꿈꾸고 있는 것일까? 아니면 그 아가씨가 착하고 친절한 마음으로 슬퍼하는 가족들을 최선을 다해 보살피고 있는 것뿐일까?

어찌 되었든 결과는 마찬가지일 것이다. 사이밍턴 가의 어린아이들은 어머니가 필요하다. 엘시는 착한 여자고, 뛰어난 미모까지 지니고 있다. 남자라면 그녀가 아름답다는 것은 누구나 알고 있다. 사이밍턴처럼 아무리 점잖은 척하는 사람일지라도!

나는 열심히 이 문제에 대해 생각했다. 메건에 대한 생각을 억지로라도 떨쳐 버리고 싶었기 때문이다.

다른 사람들은 내가 지나치게 자아도취된 상태에서 메건에게 청혼했으니 거절당해 마땅하다고 할지 모른다. 하지만 그건 그렇지 않다. 내게는 메건이 내게 속한 사람이라는, 그녀의 일은 바로 내 일이고, 그녀는 내가 보살펴 주어야 할 여자이자 내가 행복하게 해 주고 위험에서 지켜 주어야 할 사람이라는 확신이 있었다. 그녀 역시 나에 대해 그렇게 생각하리라는 것을 나는 안다. 메건과 나는 서로에게 속한 사람이기 때문이다.

그래서 난 포기하지 않았다. 아니, 포기할 수가 없었다! 메건은 내 여자고 꼭 아내로 삼고 말 것이다.

잠시 생각해 본 뒤, 나는 사이밍턴의 사무실로 갔다. 메건은 어젯밤 일로 혼난 것에 별로 신경 쓰지 않을지도 몰랐지만 나는 모든 것을 확실하게 해 두고 싶었다.

사이밍턴 씨는 마침 일이 없었다. 내가 찾아가자 그는 나를 자기 방에서 맞아 주었다. 하지만 입술을 굳게 다문 채 다소 뻣뻣한 태도로 나를 대하는 걸로 봐서는 그다지 좋은 시간에 찾아간 것 같지는 않았다.

내가 입을 열었다.

"안녕하셨습니까. 오늘은 사무적인 문제가 아니라 개인적인 일로 찾아왔습니다. 폐를 끼치는 건 아닌지 모르겠습니다. 간단하게 말씀 드리도록 하지요. 이런 말씀 어떨지 모르겠지만, 제가 메건을 사랑 하고 있다는 건 사이밍턴 씨도 알고 계실 겁니다. 전 오늘 그녀에게 청혼했다가 거절당했습니다. 하지만 결코 이대로 물러설 생각은 없 습니다."

사이밍턴의 표정이 변했다. 그가 무슨 생각을 하고 있는지 너무 쉽게 알 수 있었다. 메건은 그의 집에 어울리지 않는 존재였다. 그럼 에도 사이밍턴은 친절한 사람이라서 죽은 아내의 딸을 집에서 내쫓 는다는 건 생각도 못했을 것이다. 하지만 메건이 결혼을 하면 그 문 제는 자연스럽게 해결된다. 얼어붙은 넙치가 녹아 내리듯 그의 굳은 표정도 풀렸다. 사이밍턴은 나를 보며 조심스럽게 미소를 지었다.

"솔직히 말씀드리면, 버턴 씨가 그렇게 생각하고 계신 줄은 몰랐 습니다. 물론 그 아이에 대해서 많이 신경 써 주신다는 것은 알았지 만, 우리는 그 애를 아직 어린아이로 생각하고 있었으니까요."

"메건은 어린아이가 아닙니다."

내가 무뚝뚝하게 대꾸했다.

"아니죠, 아니고말고요. 나이로 보면 다 컸죠."

나는 여전히 화가 풀리지 않은 채로 말을 이었다.

"메건은 언제라도 나이에 맞게 처신할 수 있습니다. 그녀가 아직 성인이 되지 않은 건 알고 있습니다. 아마 한두 달 안에는 스물한 살 생일을 맞아 정식으로 어른이 되겠죠. 사이밍턴 씨가 원하신다면 저에 대해 모든 것을 말씀드릴 수도 있습니다. 전 상당한 재산도 있고, 이제까지 건전하게 살아왔습니다. 메건을 보살펴 주고 행복하게 해 줄 자신이 있습니다."

"그럼요, 물론 그러실 겁니다. 그러나 이건 그 애에게 달린 문제입니다."

"메건도 때가 되면 마음을 돌릴 겁니다. 다만 이 일을 사이밍턴 씨께 확실하게 알려 드리고 싶었을 뿐입니다."

그는 잘 알아들었다고 대답했다. 우리는 우호적으로 헤어졌다.

III

사이밍턴의 사무실에서 나오다가 나는 에밀리 바턴 양과 마주쳤다. 그녀는 장바구니를 팔에 걸치고 있었다.

"안녕하세요, 버턴 씨. 어제 런던에 다녀오셨다면서요?"

에밀리는 이미 모든 것을 알고 있었다. 나는 그녀의 시선이 따뜻하지만 호기심이 가득 어려 있다고 생각했다.

"의사에게 검진을 받으러 갔습니다."

에밀리 바턴이 미소를 지었다. 그 미소에서 웬일인지 마커스 켄트가 연상되었다. 그녀가 중얼거리듯 말했다.

"메건이 어제 기차를 놓칠 뻔했다고 들었는데. 기차가 막 출발했을 때 간신히 뛰어올랐다고 하더군요."

"제가 도와주었습니다. 메건을 끌어올려 주었지요."

"마침 당신이 거기 있어서 다행이었군요. 그렇지 않았으면 사고가 날 뻔했어요."

그토록 얌전하고 호기심 많은 노부인이 멀쩡한 남자 하나를 완전히 바보가 된 기분이 들게 만들다니 정말 흔한 일은 아니었다.

그때 마침 데인 캘드로프 부인이 나타나 다행히 더 곤혹스러워하지 않아도 되었다. 제인 마플 양과 함께 나타난 그녀는 나를 보더니 더 직접적으로 이야기했다.

"안녕하세요? 어제 버턴 씨가 메건에게 옷을 사 줬다는 이야기가 들리더군요. 정말 분별 있는 분이세요. 남자들도 그렇게 실질적인 일들을 생각할 줄 알아야 하는 법이라니까요. 난 그 아가씨에 대해 오래전부터 걱정하고 있었어요. 머리가 좋은 아가씨들은 종종 멍청하다고 오해받는 경우가 있으니까요, 안 그래요?"

아주 인상적인 말을 남기고 데인 캘드로프 부인은 생선 가게로 들어가 버렸다.

마플 양은 내 옆에 남아 눈을 반짝이며 이렇게 말했다.

"아시겠지만, 데인 캘드로프 부인은 정말 대단한 여자예요. 대부분 그녀의 이야기가 옳으니까 말이에요."

"그래서 부인이 두려울 때도 있답니다."

내가 대꾸했다.

"정직함의 결과라고 할 수 있지요."

마플 양이 말했다.

데인 캘드로프 부인이 생선 가게에서 나와 우리 옆으로 다가왔다. 그녀는 커다랗고 붉은 가재를 들고 이렇게 말했다.

"이렇게 파이 씨와 정반대로 생긴 걸 본 적 있어요? 이 가재, 정말 씩씩하고 잘생겼죠?"

IV

나는 조애너를 만나야 할 일이 걱정스러웠다. 하지만 집에 돌아와 보니, 그런 걱정은 할 필요가 없었다. 그 애는 외출 중이었고, 점심 식사 시간까지도 돌아오지 않았기 때문이다. 그래서 반면에 파트리지는 불만이 가득했다. 그녀는 앙트레용 접시에 허릿살로 만든 갈비 요리 2인분을 담으면서 심통이 난 듯 말했다.

"버턴 양은 점심 시간까지는 꼭 돌아오겠다고 하셨어요."

나는 조애너가 식사 시간에 돌아오지 않은 덕분에 그 애의 몫까지 2인분을 먹어야만 했다. 동생이 대체 어디에 갔는지 무척 궁금했다. 하지만 조애너가 늦게 돌아온 이유는 나름대로 엄청난 일을 겪었기 때문이었다.

3시 30분이 지나 조애너가 거실로 들이닥치듯 들어왔다. 밖에서 자동차 소리가 나기에 그리피스도 같이 들어오지 않을까 생각했지만, 차는 그대로 떠나고 조애너 혼자서 들어왔다.

그 애의 얼굴은 빨갛게 상기되어 있었고, 몹시 흥분한 것처럼 보였다. 나는 무슨 일이 일어났다는 것을 알아차렸다.

"무슨 일이 생긴 거니?"

내가 물었다.

조애너는 입을 열었다가 다시 다물고 한숨을 내쉬었다. 그러다가는 또 의자에 털썩 주저앉아 멍하니 앞만 쳐다보았다.

그 애가 말했다.

"정말 엄청난 날이었어."

"무슨 일인데?"

"도저히 믿을 수 없는 일을 했어. 무섭기도 했고……."

"도대체 무슨 일이야?"

"난 산책을 나갔어. 평상시와 똑같이 말이야. 언덕을 넘어서 황무지까지 걸어갔지. 한참을 걸었어. 좀 걷고 싶은 기분이었거든. 그러다 계곡 아래로 내려가 보았어. 그런데 그곳에 농가가 한 채 있는 거야. 외따로 떨어진 곳이었지. 난 목이 말라서 우유든 뭐든 마실 걸 좀 얻으려고 그쪽으로 가 봤어. 그런데 농가의 마당에 들어가니까, 갑자기 문이 열리면서 안에서 오웬이 나오지 않겠어?"

"그래서?"

"그 사람은 간호사가 온 줄 알았다는 거야. 그 집에 사는 여자가 아기를 낳고 있었는데, 다른 의사를 불러 오라고 간호사를 보냈다더라고. 뭔가 일이 잘못된 것 같았어."

"그래서?"

"그런데 그때 오웬이 나한테 이렇게 말하는 거야. '이리 들어와요. 당신이 도와줘야겠어요. 아무도 없는 것보다는 나을 테니.' 나는 못한다고 대답했지. 그랬더니 그가 왜 못하느냐는 거야. 그래서 난 그런 일은 한 번도 해 본 적도 없고, 아무것도 모른다고 말했어…….

그랬더니 오웬은 그게 무슨 상관이냐는 거야. 그때 그 사람 정말 무서웠어. 그리고 나를 돌아보더니 이렇게 말하는 거야. '당신은 여자잖아요, 안 그래요? 그러니 충분히 다른 여자를 도와줄 수 있을 거예요.' 그러면서 내가 의학에 관심 있다고 했고, 간호사가 되고 싶다는 말도 하지 않았냐고 따지는 거야. '그건 전부 그냥 해 본 소리였군! 그때는 아무 의미 없이 한 말이었다고 해도, 지금 이 상황은 현실이에요. 쓸모 없는 멍청이처럼 굴지 말고 제대로 된 사람처럼 행동해야 해요.'

오빠, 그건 정말 도저히 믿을 수 없는 일이었어. 의료 기구들을 챙기고, 물을 끓여 날랐지. 그러다 보니 서 있기조차 힘들 정도로 완전히 지쳐 버렸지 뭐야. 정말 힘들었어. 하지만 오웬은 그 여자와 아기를 살려냈어. 아기가 무사히 태어난 거야. 그 사람도 한때는 아기를 구하지 못할 거라는 생각이 들었다고 했는데. 오, 세상에!"

조애너는 손으로 얼굴을 덮었다.

나는 그 애를 흐뭇한 마음으로 바라보며, 마음속으로 오웬 그리피스에게 경의를 표했다. 그는 이번 일로 조애너에게 현실을 일깨워 주었던 것이다.

"홀에 너한테 온 편지가 있더라. 폴이 보낸 것 같던데."

"응?"

조애너는 잠시 아무 말도 않다가 다시 입을 열었다.

"난 정말 몰랐어, 오빠, 의사들이 어떤 일을 하는지. 그 사람들은 정말 용감해야 할 거야."

나는 홀로 나가 조애너에게 온 편지를 가져다 주었다. 그 애는 편지를 뜯어 대충 훑어본 뒤 그냥 내던져 버렸다.

"그 사람…… 정말…… 대단했어. 그걸 투쟁이라고 본다면, 절대로 물러서지 않았으니까 말이야! 오웬은 나를 아주 무례하고 끔찍하게 대했어. 하지만 그 사람은 훌륭한 사람이야."

나는 바닥에 버려진 폴의 편지를 보며 안도감을 느꼈다. 조애너가 폴에게서 완전히 벗어난 것이 분명했다.

제13장

I

무슨 일이든 예상대로 되지는 않는 법이다.

그때 조애너와 나는 각자 개인적인 문제 때문에 정신이 없었다.

그런데 다음 날 아침, 내시 총경의 전화가 왔다.

"드디어 그 여자가 누군지 알아냈습니다, 버턴 씨!"

나는 깜짝 놀라 수화기를 떨어뜨릴 뻔했다.

"그렇다면……."

그가 내 말을 가로막았다.

"주위에 혹시 엿듣고 있는 사람이 있습니까?"

"아니요, 그렇진 않은 것 같습니다만, 글쎄, 어쩌면……."

부엌 문에 걸린 차양이 약간 흔들리는 것 같기도 했다.

"시간 괜찮으시면, 경찰서로 와 주시겠습니까?"

"예, 곧장 가겠습니다."

나는 조금도 지체하지 않고 경찰서로 갔다. 안쪽 사무실에 내시와 파킨스 경사가 함께 있었다. 내시는 만면에 미소를 띤 채 말했다.

"정말 오랜 추적이었죠. 하지만 마침내 우리는 이 사건의 범인을 잡았습니다."

그가 탁자 위에 놓인 편지를 가볍게 흔들었다. 이번에는 내용까지 모두 타자로 친 편지로, 상당히 부드러운 표현으로 씌어 있었다.

죽은 사이밍턴 부인의 자리를 대신할 생각은 하지 않는 게 좋을 거다. 모든 사람들이 당신을 비웃고 있어. 즉시 그 집에서 나가. 지금 나가지 않으면 후회하게 될 거다. 분명히 경고했다. 그 집 하녀에게 무슨 일이 있었는지를 잊지 마라. 더 이상 머무르지 말고 빨리 그 집을 나가는 게 좋을 것이다.

편지는 아주 부드러운 협박으로 끝을 맺고 있었다.

"이 편지는 홀랜드 양이 오늘 아침 받은 겁니다."

내시가 말했다.

"그 동안 홀랜드 양이 익명의 편지를 한 통도 받지 않았다는 것은 아무래도 거짓말인 듯싶습니다."

파킨스 경사가 말했다.

"이 편지를 쓴 사람은 누구입니까?"

내가 물었다.

내시의 얼굴에서 의기양양한 표정이 사라졌다. 피곤해 보였으며 근심이 있는 것 같았다. 그가 침착하게 말했다.

"정말 유감스러운 일입니다. 그 점잖은 분이 힘들어할 것을 생각하면 말이죠. 어쩌면 그분도 이미 의심하고 있었는지도 모릅니다."

"누구입니까?"

내가 다시 물었다.

"에이미 그리피스 양입니다."

II

그날 오후, 내시와 파킨스는 체포 영장을 들고 그리피스의 집으로 향했다. 내시의 요청으로 나도 그 자리에 동행하기로 했다.

"의사 선생은 당신을 좋아합니다. 그리피스 씨는 이곳에 친구도 별로 없습니다. 괜찮으시면 의사 선생이 이 일로 너무 충격받지 않도록 옆에서 힘이 되어 주셨으면 좋겠습니다, 버턴 씨."

나는 그 제안에 응했다. 그리 내키지 않는 일이었지만, 내가 조금이라도 도움이 될 수 있으면 좋겠다고 생각했기 때문이다.

우리가 초인종을 누르고, 그리피스 양을 찾아왔다고 하자 우리는 거실로 안내되었다. 엘시 홀랜드와 메건, 사이밍턴이 함께 앉아 차를 마시고 있었다.

내시는 아주 신중하게 행동했다.

그는 에이미에게 조용히 이야기를 나누고 싶다고 말했다.

그녀는 그 자리에서 일어나 우리 쪽으로 다가왔다. 순간 그녀의 눈동자가 희미하게 불안에 떠는 것이 보였다. 그러나 그녀는 이내 완전히 평정을 되찾고 큰 소리로 말했다.

"절 보자고 하셨나요? 또 자동차 전조등에 문제라도 생긴 건가?"

에이미는 거실 밖으로 나와 홀 옆에 있는 작은 서재로 우리를 안내했다.

거실 문을 닫을 때, 난 사이밍턴이 갑자기 고개를 치켜드는 것을 보았다. 경찰 사건과 관계된 법률적인 직감으로 내시의 태도를 보고 뭔가를 알아차린 모양이었다. 그는 자리에서 반쯤 일어났다.

거기까지가 문이 닫히기 전에 본 장면이다. 나는 문을 닫고 다른 사람들을 따라갔다.

내시가 찾아온 이유를 말하고 있었다. 그는 아주 차분하고 정중한 태도를 보여 주었다. 에이미에게 지금부터 하는 모든 말은 법정에서 증거로 채택될지도 모른다는 사실을 통보하고, 경찰서로 동행해 줄 것을 요구했다. 그리고 체포 영장을 보여 주며 그 내용을 읽어 주었다.

그때 그 영장에 적힌 법률 용어가 정확히 어떤 것이었는지는 잊어버렸다. 익명의 편지 사건의 범인으로 체포한다는 말만 있었던 것 같다. 살인 사건에 관한 이야기는 없었다.

에이미 그리피스는 고개를 치켜들고는 큰 소리로 웃음을 터뜨렸다. 그리고 우렁찬 목소리로 말했다.

"이렇게 기가 막혔던 적은 생전 처음이에요! 정말 내가 그 지저분한 편지들을 썼다는 건가요? 당신은 제정신이 아니에요. 난 그런 편지를 쓴 적이 없어요."

내시는 엘시 홀랜드가 받은 편지를 꺼내며 말했다.

"이 편지를 쓴 사람이 당신이 아니라고 부인하시겠습니까, 그리피스 양?"

잠시 그녀는 머뭇거렸다.

"물론 내가 한 짓이 아니에요. 난 그런 편지를 한 번도 본 적이 없어요."

내시가 조용히 말했다.

"그렇다면 분명히 말씀드리죠, 그리피스 양. 당신이 그저께 밤 11시에서 11시 30분 사이에 여성 회관에 있는 타자기로 이 편지를 쓰는 장면이 목격되었습니다. 그리고 어제 당신은 편지 한 꾸러미를 들고 우체국에 들어가……."

"난 이 편지를 부친 적이 없어요."

"맞습니다. 부치지 않았죠. 당신은 우표를 사기 위해 기다리는 동안, 아무도 모르게 이 편지를 바닥에 떨어뜨렸습니다. 누군가가 그 편지를 집어서 아무 생각 없이 우체통에 집어넣었을 거고요."

"나는 절대로……."

그때 문이 열리고 사이밍턴이 안으로 들어왔다. 그가 날카롭게 말했다.

"대체 어떻게 된 일입니까? 에이미, 당신이 뭔가 잘못을 저질렀다면 법적인 보호가 필요해요. 내 도움을 원한다면……."

그 순간 그녀는 무너져 버렸다. 그녀는 양손으로 얼굴을 가리고 의자에 털썩 주저앉았다.

"그만 가세요, 딕. 어서 나가요. 당신은 안 돼요! 당신은 안 돼요!"

"당신은 지금 변호사가 필요해요."

"당신은 안 돼요. 난, 나는, 그건 견딜 수 없어요. 당신이 이 모든 일을…… 아는 걸 바라지 않아요."

사이밍턴은 그때 알아차렸을 것이다. 그가 조용히 말했다.

"마일드메이나 익스햄프턴에 있는 변호사들에게 연락을 해 볼게요. 그건 괜찮겠어요?"

에이미가 고개를 끄덕였다. 이제 그녀는 흐느끼고 있었다.

사이밍턴은 그곳에서 나가다가 문 앞에서 오웬 그리피스와 마주쳤다.

"대체 무슨 일입니까? 누님이……."

오웬이 격한 목소리로 물었다.

"유감입니다. 그리피스 선생님. 정말 유감스럽습니다. 하지만 우리로서도 어쩔 수가 없는 일입니다."

"총경님은 지금…… 누님이 그 편지들을 쓴 범인이라는 겁니까?"

"그 점에는 의심의 여지가 없습니다."

내시는 이렇게 대답하고는 에이미를 돌아보았다.

"이제 같이 가 주셔야겠습니다. 그리피스 양. 당신은 변호사를 선임할 권리가 있습니다."

오웬이 외쳤다.

"누님?"

그녀는 그를 쳐다보지도 못하고 스쳐 지나갔다.

"내게 말하지 마. 아무 말도 하지 마. 그리고 제발 날 쳐다보지 말아 줘!"

그들은 밖으로 나갔다. 오웬은 넋을 잃고 멍하니 서 있었다. 나는 잠시 기다렸다가 그에게 다가갔다.

"내가 해 줄 일이 있다면, 뭐든 말해 봐요."

그가 꿈을 꾸고 있는 것처럼 말했다.

"누이가? 도저히 믿을 수 없어요."

"뭔가 착오가 일어난 것일 수도 있어요."

내가 자신 없는 목소리로 말했다.

오웬은 천천히 말했다.

"설령 누이가 했다고 하더라도 그런 식으로 하지는 않았을 겁니다. 절대로 믿을 수 없어요. 도저히 믿을 수 없단 말입니다."

그는 의자에 주저앉았다. 나는 그가 마음을 가라앉히도록 술을 한 잔 가져다 주었다. 단숨에 술잔을 비우고 나자 오웬은 좀 나아 보였다.

그가 말했다.

"처음에는 이 사실을 도저히 받아들일 수 없었습니다. 하지만 이제는 괜찮아요. 고맙습니다, 버턴. 하지만 더 이상 당신이 해 줄 일이 없어요. 누구도 더 해 줄 일이 없습니다."

그때 문이 열리고 조애너가 들어왔다. 그녀는 얼굴이 창백해져 있었다.

조애너는 오웬 옆으로 다가오더니 나를 쳐다보았다.

"오빠는 이제 그만 가 봐. 내가 있을게."

나는 밖으로 나갔다. 나오면서 보니 조애너는 오웬이 앉은 의자 옆에 무릎을 꿇고 앉아 있었다.

III

그 뒤로 24시간 동안 일어났던 일들에 대해서는 조리 있게 이야기할 자신이 없다. 여기저기에서 아무 관계도 없어 보이는 사건들이 일어났기 때문이다.

조애너가 몹시 창백하고 일그러진 표정으로 집에 돌아왔다. 기운을 돋워 주고 싶어서 나는 이렇게 말했다.

"이제 구원의 천사는 누구지?"

그러자 조애너는 억지로 미소를 지으려 애쓰며 대답했다.

"그 사람, 내가 필요 없다고 했어. 오빠. 정말 쓸데없이 자존심만 센 데다 고집불통인 남자라니까!"

"내가 사랑하는 아가씨도 내가 필요 없다고 한단다……."

우리는 잠시 가만히 앉아 있었다.

마침내 조애너가 이렇게 말했다.

"버턴 가족은 아무에게도 필요가 없나 보지!"

"걱정하지 마라, 내 귀여운 동생. 그나마 우리는 서로를 필요로 하잖니."

"왜 그런지는 몰라도 지금은 그걸로도 위로가 안 되네……."

IV

다음 날 오웬이 찾아와 지나칠 정도로 조애너에 대한 칭찬을 늘어놓았다. 그녀는 정말 대단히 훌륭한 여자다! 자기를 찾아와서는 자기만 좋다면 결혼해도 좋다고 말했다는 것이다. 하지만 자기는 그렇게 할 수 없다고 했단다. 그녀는 너무 착하고, 좋은 여자이기 때문에 가능한 한 신문에서 요란스럽게 떠들어 댈 것이 분명한 이 사건에 연루시키고 싶지 않다는 것이었다.

나는 조애너를 무척 아꼈다. 동생이 그런 고난을 얼마든지 이겨낼 수 있는 아이라는 것을 잘 알고 있었지만, 나 역시 그런 추문에 조애너가 오르내리는 것은 싫었다. 나는 오웬에게 지나치게 고상한 척하지 말라고 짜증을 내고 말았다.

하이 스트리트로 나가자 사람들이 모두 쉴 새 없이 그 일을 두고 떠들어 대고 있었다. 에밀리 바턴은 에이미 그리피스를 진심으로 믿었던 적은 한 번도 없었다고 했고, 식료품점 주인 여자는 언제나 그리피스 양의 눈빛이 이상하다고 생각했다고 했다.

나는 내시를 통해 에이미 그리피스 사건이 완전히 종결되었다는 것은 알게 되었다. 그녀의 집을 수색해 본 결과 에밀리 바턴의 책에서 잘려 나간 부분이 나왔다고 했다. 낡은 벽지로 싸인 채 다른 곳도 아닌, 계단 아래 있는 벽장에 숨겨져 있었다는 것이다.

내시가 감탄하듯 말했다.

"사실 그곳은 뭔가를 숨기기에 더할 나위 없는 장소라고 할 수 있죠. 여기저기 엿보기를 좋아하는 하인이 책상이나, 자물쇠로 채워 놓은 서랍을 열어 보지 않으리라는 보장이 없으니까요. 하지만 작년에 쓰던 테니스 공이나, 낡은 벽지 같은 폐품들을 넣어 두는 벽장은 뭔가를 더 집어넣을 때가 아닌 다음에는 열어 보는 일이 없으니까 말입니다."

"그리피스 양은 무엇이든 벽장에 숨겨 놓는 것을 좋아하는 모양이군요."

내가 말했다.

"그렇습니다. 사실 범죄자의 심리란 거의 비슷하게 마련이니까요. 말이 나왔으니 말이지만, 그 살해당한 아가씨에 대해서도 알아낸 사실이 있습니다. 그리피스 선생의 조제실에서 약을 만들 때 쓰는 커다랗고 무거운 절굿공이가 사라졌습니다. 아그네스의 머리를 내리칠 때 그것을 흉기로 사용했을 거라고 짐작하고 있습니다."

"가지고 다니기에는 좀 이상한 물건 아닙니까?"

내가 이의를 제기했다.

"그리피스 양의 경우는 그렇지 않습니다. 그녀는 그날 오후 소녀단에 가기로 되어 있었지만, 도중에 적십자사에서 주관하는 공판장에 꽃과 야채를 기증하기 위해 아주 커다란 바구니를 가지고 나갔으니까요."

"그렇다면 식칼도 찾아냈습니까?"

"아니요, 아직 찾지 못했습니다. 안타깝게도 제정신이 아닌 상태에서 그런 범행을 저질렀는지는 몰라도 쉽게 발각되도록 피가 묻은 칼을 그대로 내버려 둘 정도로 미치지는 않았을 테니까요. 아마 범행에 사용한 칼은 핏자국을 씻어낸 다음 찬장에 다시 넣어 놓았을 겁니다."

"그렇게 했다면 도저히 찾아낼 수 없겠군요."

목사관은 그 사건에 관련된 이야기를 들을 수 있는 마지막 장소였다. 마플 양은 이번 일 때문에 몹시 실망한 듯했다. 그녀는 나를 보더니 그 문제에 대해 진지하게 이야기했다.

"이건 사실이 아니에요, 버턴 씨. 난 확신할 수 있어요."

"안타까운 일이기는 하지만, 사실인 것 같습니다. 경찰들은 오래전부터 여성 회관에 잠복한 채 기다리고 있었고, 그리피스 양이 타자기를 이용하는 것을 실제로 보았으니까요."

"그래요, 그랬겠죠. 경찰들은 그랬을 거예요. 나도 그 부분은 이해할 수 있어요."

"그리고 편지를 쓸 때 이용했던 책의 잘린 부분들을 숨겨 놓은 걸 그 집에서 찾아냈다고 합니다."

마플 양은 나를 가만히 쳐다보더니 아주 나지막한 목소리로 이렇게 말했다.

"그게 바로 끔찍하고 사악한 음모예요."

그때 데인 캘드로프 부인이 우리 앞으로 급히 다가왔다.

"무슨 일이에요, 제인?"

마플 양은 힘없이 중얼거리고 있었다.

"이런, 어떡하지. 도대체 어떻게 해야 하는 걸까?"

"뭘 그렇게 걱정하는 거예요, 제인?"

"틀림없이 뭔가가 있어요. 하지만 난 너무 늙었고, 무지한 데다가 이렇게 어리석으니 정말 걱정이에요."

나는 그녀의 그런 모습에 적잖이 당혹스러웠다. 그래서 데인 캘드로프 부인이 마플 양을 데리고 안으로 들어가자 다행이라는 생각이 들었다.

그날 오후, 나는 마플 양을 다시 만났다. 집에 돌아가는 길이었는데 무척 늦은 시간이었다.

그녀는 마을 끝 쪽에 있는 작은 다리 옆에 서 있었다. 근처에는 클리트 부인의 오두막이 있었다. 마플 양은 많은 사람들 중에서 하필이면 메건과 이야기를 나누고 있었다.

나도 메건을 만나고 싶었다. 하루 종일 그녀를 보고 싶었다. 나는 걸음을 빨리 했다. 하지만 내가 두 사람 곁으로 다가가자, 메건은 발길을 돌려 다른 방향으로 가 버리고 말았다.

그 모습에 나는 화가 났다. 서둘러 그녀를 쫓아가려 했지만 마플 양이 나를 가로막았다.

"마침 버턴 씨하고 이야기를 나누고 싶었는데 잘됐군요. 아니요, 지금은 메건을 쫓아가시면 안 돼요. 그건 현명하지 못한 일이에요."

내가 날카롭게 항의하려고 하는 순간 마플 양이 다시 이렇게 말했다.

"저 아가씨는 대단한 용기를 가지고 있어요. 그것도 한 차원 높은 단계의 용기를."

그래도 나는 여전히 메건을 따라가고 싶었다. 하지만 마플 양이 말했다.

"지금은 저 아가씨를 만나려고 애쓰지 마요. 내가 무슨 말을 하고 있는지는 잘 알고 있어요. 메건은 반드시 지금의 그 용기를 고스란히 간직해야만 해요."

노부인의 이 말 속에 담긴 뭔가가 나를 소름 끼치게 만들었다. 내가 모르는 뭔가를 그녀는 알고 있는 듯했다.

나는 두려웠다. 하지만 왜 두려운지 그 이유를 알지 못했다.

나는 집으로 돌아가지 않고, 다시 하이 스트리트로 돌아와 목적도 없이 헤매 다니기 시작했다. 내가 무엇을 기다리고 있는지, 무슨 생각을 하고 있는지 알 수 없었다…….

그러다가 나는 지긋지긋한 애플턴 대령과 마주치고 말았다. 그는 평상시처럼 예쁜 내 동생이 잘 있는지 물어보고는 이렇게 말했다.

"그리피스의 누나가 완전히 미쳤다고 하던데, 대체 어떻게 된 일입니까? 사람들 말로는 그녀가 모두를 그토록 끔찍하게 만들었던 익명의 편지를 쓴 범인이라던데. 처음에는 믿을 수 없었지만 모두들 사실이라고 하더군요."

나도 사실이라고 말해 주었다.

"그래요, 그래……. 우리 경찰들도 그런대로 일을 잘하고 있다고 해야겠군요. 경찰들에게 시간을 줘야 해요. 그렇게만 하면 되는 거예요, 시간만 주면 이렇게 일을 해결하잖습니까. 이번 익명의 편지 사건에서 재미있는 점은, 이런 일은 언제나 매력 없는 노처녀들이 저지른다는 거지. 물론 에이미 그리피스야 나이가 좀 많다는 것만 빼면 그렇게 보기 싫은 외모는 아니지만 말이죠. 아무튼 이 지역에서는 봐 줄 만한 얼굴을 가진 여자가 없어요. 사이밍턴 가에 있는 그 가정교사만 빼고. 그녀는 정말 괜찮은 얼굴이지 않습니까? 보기만 해도 기분이 좋아지지. 게다가 별 일 아닌 일을 도와줘도 얼마나 고마워하는지 몰라. 얼마 전에 소풍을 나온 건지, 어쨌는지 하여튼 아이들을 데리고 가던 그 아가씨와 우연히 마주쳤지 않겠습니까? 아이들은 히스 나무 아래서 뛰어놀고 있었고 그녀는 뜨개질을 하고 있었는데, 그때 털실이 다 떨어졌는지 안절부절못하고 있었지요. 그래서 이렇게 말했죠. '이봐요, 림스톡까지 태워다 줄까요? 나도 지팡이를 가지러 가야 하니까 말입니다. 지팡이를 가지고 오는데 10분 이상은 걸리지 않을 거예요. 그런 다음 여기까지 다시 태워다 주리다.' 그 아가씨는 아이들만 남겨 놓고 가는 걸 걱정하더군요. 그래서 '아이들은 괜찮을 겁니다. 누가 애들을 해치기라도 할까 봐요?' 이렇게 아이들을 남겨 놓고 가는 걸 걱정할 필요가 없다고 말해 줬죠! 결국 그 아가씨를 털실 가게에 내려다 준 다음, 잠시 뒤 다시 그녀를 여기까지 태워다 주었지. 그랬더니 정말 고맙다고 인사하더군요. 진심인 것 같았어. 정말 착한 아가씨예요."

나는 간신히 그에게서 벗어날 수 있었다.

잠시 후, 나는 마플 양과 세 번째로 마주쳤다. 그녀는 막 경찰서를 나오고 있었다.

V

공포란 대체 어디에서 오는 것일까? 어디에서 형성되어 나타나는 것일까? 그리고 모습을 드러내기 전에는 어디에 숨어 있는 것일까?

그건 그저 한 마디 짧은 말에 불과했다. 그 말은 한번 들은 뒤로 는 결코 잊혀지지 않았다.

"날 데려가 주세요. 여긴 너무 무서워요. 도저히 견딜 수가 없어 요……."

왜 메건은 그런 말을 했을까? 무엇이 그토록 견디기 어려웠던 것 일까?

사이밍턴 부인의 일 때문만은 아니었다.

어째서 그녀는 그토록 불안에 떨어야만 했을까? 왜? 도대체 왜?

어떤 일인지 몰라도 죄책감을 느낄 만한 일을 저지른 것일까?

메건이? 있을 수 없는 일이다! 메건이 그런 편지, 그토록 지저분 한 편지들과 관련되어 있을 리가 없다.

오웬 그리피스는 북쪽 지역에서 있었던 비슷한 사건을 알고 있었 다. 여학생이 저질렀다는…….

그레이브스 경위는 또 뭐라고 했더라?

불안정한 정신 상태를 가진 사람에 대해 뭐라고 했던 것 같은 데…….

수술대 위에서는 순진할 것 같은 중년의 숙녀들이 도저히 알아서
는 안 될 것 같은 말을 중얼거린다고 한다. 어린 사내아이들은 벽에
다 낙서로 안 좋은 말들을 써 놓곤 한다.

아니, 아니다. 메건이 그랬을 리는 없다.

유전적인 요소? 나쁜 혈통? 자기도 모르는 사이에 비정상적인 무
언가를 이어받은 것일까? 메건의 불행은 그녀 탓이 아니지 않을까?
조상들로부터 물려받은 것이니 어쩔 수 없지 않을까?

"난 당신 아내로 어울리는 여자가 아니에요. 사랑받는 것보다는
미움받는 편이 더 편하니까."

오, 메건, 사랑스런 나의 아가씨. 아니야, 절대로 그런 일을 했을
리가 없어. 그 노처녀가 메건에게 주의를 기울이는 것도 이상하다.
마플 양은 메건이 용기를 가지고 있다고 말했다. 그건 대체 무엇을
하는 데 필요한 용기일까?

이건 모두 잠깐 사이에 든 미친 생각일 뿐이었다. 이런 생각들은
금세 사라졌다. 하지만 난 메건을 보고 싶었다. 그녀를 만나고 싶어
도저히 견딜 수가 없었다.

결국 밤 9시 30분쯤에 나는 집을 나섰고, 마을로 내려가 사이밍턴
가를 향해 걸었다.

완전히 새로운 생각이 머릿속에 떠오른 건 바로 그 순간이었다.
한순간도 누구에게 의심받은 적이 없던 여자에 대한 생각이었다.

(어쩌면 내시도 그녀를 의심하지 않았을까?)

전혀 그렇게 보이지 않고, 도저히 있을 수 없을 것 같은 일이다.

나 역시 오늘까지도 그건 불가능한 일이라고 말했을 것이다. 하지만 그렇지 않을 수도 있다. 아니, 가능한 일일 수도 있다.

나는 걸음을 재촉했다. 이제는 메건을 더욱 빨리 만나야 하는 이유가 있었다.

마침내 사이밍턴 가에 도착하자 나는 대문을 지나 집 앞으로 다가갔다. 어둠이 짙게 내린 밤이었다. 비도 조금씩 내리기 시작했다. 아무것도 보이지 않을 정도로 깜깜했다.

그때 창문에서 흘러나오는 한 줄기 빛이 보였다. 작은 응접실 쪽인가?

나는 잠시 머뭇거리다 현관으로 가는 대신, 몸을 숙이고 조용히 그 창문 밑으로 다가갔다. 커다란 관목이 내 몸을 가려 주었다.

그 불빛은 커튼이 완전히 쳐지지 않은 틈으로 흘러나오고 있었다. 그 사이로 쉽게 방 안을 들여다볼 수 있었다.

아주 평화롭고 가정적인 광경이었다. 사이밍턴은 커다란 안락의자에 앉아 있었고, 엘시 홀랜드는 고개를 숙인 채 찢어진 아이들의 셔츠를 부지런히 꿰매고 있었다. 창문이 조금 열려 있어서 두 사람의 대화도 잘 들렸다.

엘시 홀랜드가 말했다.

"그렇지만 아이들은 이미 기숙 학교에 보내도 될 만큼 충분히 자랐다고 생각해요. 물론 그 애들이 이 집을 떠나게 되면 몹시 섭섭할 거예요. 전 아이들을 아주 사랑하니까요."

사이밍턴이 대답했다.

"브라이언에 대해서는 당신 말이 옳다고 생각해요. 그래서 그 애는 다음 학기에 윈헤이즈로 보내기로 마음먹었어요. 내가 예전에 다녔던 곳이지. 하지만 콜린은 아직 어려요. 그 애는 1년 후에 보내는 편이 나을 것 같군요."

"물론 저도 사이밍턴 씨가 무슨 말씀을 하시는지는 잘 알아요. 콜린은 또래에 비해 좀 어리기도 하고요……."

아주 가정적인 대화였고 또 가정적인 분위기였다. 엘시 홀랜드는 금발 머리를 숙이고 다시 바느질에 열중하기 시작했다.

그때 방문이 열리고 메건이 들어왔다. 그녀는 문가에 아주 꼿꼿한 자세로 서 있었는데, 메건의 얼굴이 잔뜩 긴장해서 굳어진 상태라는 것을 금세 알아볼 수 있었다. 그녀의 얼굴은 딱딱하게 굳었고, 눈동자는 결의에 차서 빛나고 있었다. 오늘 밤 메건에게선 평상시의 아이 같은 모습은 전혀 찾아볼 수 없었다.

그녀는 사이밍턴에게 말을 걸었다. 하지만 호칭은 부르지 않았다.(문득 메건이 이제까지 한 번도 사이밍턴을 부르는 소리를 들어 본 적이 없다는 걸 깨달았다. 그녀는 그를 아버지라고 부를까? 아니면 딕? 뭐라고 부를까?)

"얘기하고 싶은 게 있어요. 단둘이서만 말이에요."

사이밍턴이 깜짝 놀란 표정으로 메건을 쳐다보았다. 난 그가 그 상황을 그다지 달가워하지 않을 거라는 생각이 들었다. 사이밍턴이 얼굴을 찡그렸지만, 메건은 평소와는 달리 완강히 그 자리를 떠나지 않았다.

그녀가 엘시 홀랜드를 돌아보며 말했다.

"자리 좀 비켜 줄 수 있죠, 엘시?"

"오, 물론이야."

엘시 홀랜드가 자리에서 일어났다. 그녀도 메건의 행동에 놀라 당황하는 듯했다.

엘시 홀랜드가 문 쪽으로 다가오자, 메건은 그녀가 지나가게 자리를 비켜 주었다.

엘시는 잠시 문가에 가만히 서서 어깨 너머로 메건을 보았다. 그녀는 입술을 굳게 다문 채 한 손은 앞으로 내밀고, 다른 한 손은 바느질감을 꽉 움켜쥔 채로 가만히 그 자리에 서 있었다.

난 엘시의 아름다운 모습에 압도되어 숨이 막힐 것 같았다.

이제 와서 그녀를 생각하면 항상 그때의 모습이 떠오른다. 모든 움직임이 정지된, 그 무엇과도 비교할 수 없는 불멸의 그리스 조각상 같던 그 모습.

마침내 엘시는 조용히 나가며 문을 닫았다.

사이밍턴이 짜증난 목소리로 말했다.

"메건, 대체 무슨 일이냐? 원하는 게 뭐지?"

메건이 탁자 앞으로 다가왔다. 그녀는 가만히 그 자리에 선 채로 사이밍턴을 내려다보았다. 나는 메건의 얼굴에서 확고한 결의와 이전에는 보지 못했던 생소한 무언가를 느낄 수 있었다.

마침내 그녀가 입을 열었다. 그 말에 나는 순간 멍해질 정도로 깜짝 놀라고 말았다.

"돈이 필요해요."

사이밍턴은 그녀의 요구에 기분이 더욱 상했는지 날카롭게 대꾸했다.

"그런 말이라면 내일 아침까지 기다렸다가 해도 되잖아? 대체 뭐가 문제지? 용돈이 부족하다는 거냐?"

비록 마음에 썩 드는 사람은 아니었지만, 그 순간에는 사이밍턴이 합리적이고 공정한 사람이라는 생각이 들었다.

메건이 말했다.

"그 정도가 아니라 훨씬 많은 돈을 말하는 거예요."

사이밍턴이 자세를 고쳐 앉으며 냉정하게 말했다.

"몇 달만 지나면 너도 성인이야. 그때가 되면 네 할머니가 남긴 유산을 공인 수탁자가 네게 넘겨 줄 거다."

메건이 말했다.

"내 말뜻을 잘못 이해하고 있군요. 난 당신한테 돈을 요구하는 거예요."

그녀가 좀 더 빠르게 말하기 시작했다.

"아무도 내게 아버지에 대해서 이야기해 준 사람이 없어요. 모두들 내가 아버지에 대해 아는 것을 원하지 않았으니까요. 하지만 난 아버지가 감옥에 있다는 걸 알아요. 무슨 죄로 들어갔는지도요. 공갈 협박죄였죠!"

그녀는 잠시 말을 멈추었다.

"그래요, 난 그분의 딸이에요. 아마 아버지를 닮았겠죠. 어쨌든 난 당신에게 돈을 달라고 요구했어요. 왜냐하면…… 만일 당신이 돈을 주지 않으면…….”

메건은 말을 멈추었다. 그리고 이번에는 아주 천천히 또박또박 말했다.

“당신이 돈을 주지 않으면…… 난 그날 당신이 어머니 방에서 약 캡슐에 무슨 짓을 했는지 본 대로 다 말할 거예요.”

잠시 정적이 흘렀다. 이윽고 사이밍턴은 아무런 감정이 담기지 않은 목소리로 이렇게 말했다.

“무슨 소리를 하는 건지 모르겠구나.”

“알고 계실 텐데요.”

메건은 미소를 지었다. 기분 좋은 미소는 아니었다.

사이밍턴은 자리에서 일어나 책상 앞으로 걸어갔다. 그리고 수표 책을 꺼내 수표에 액수를 기입하기 시작했다. 조심스럽게 서명을 마친 그는 다시 자리로 돌아왔다. 그리고 메건에게 수표를 내밀었다.

“이제 너도 다 자랐으니 옷이나 이런저런 것들을 많이 사고 싶을 거라는 걸 충분히 이해한다. 사실 네가 무슨 뜻으로 그런 말을 하는지는 잘 모르겠지만, 난 신경 쓰지 않겠다. 어쨌든 돈은 주도록 하마.”

메건은 수표 액수를 확인한 뒤 이렇게 말했다.

“고맙습니다. 이 정도면 괜찮은 것 같네요.”

그녀는 돌아서서 방에서 나갔다. 사이밍턴은 그녀의 뒷모습을 쳐다보고 있었다. 문이 닫히자 그는 고개를 돌렸다. 그 순간 보인 사이밍턴의 얼굴은 나로 하여금 저절로 한 발 앞으로 내딛게 만들었다.

그렇지만 그런 내 행동은 가장 이상한 방식으로 제지당했다. 나를 멈추게 만든 건 내가 나무라고 생각했던 큰 관목이었다. 그 속에서 내시 총경의 팔이 쑥 나와 나를 붙잡더니 내 귀에 대고 조용히 속삭였다.

"좀 가만히 있어요, 제발."

그런 다음 그는 나를 이끌고 무척 주의를 기울이며 조심스럽게 뒤로 물러나기 시작했다.

저택의 모퉁이를 돌아 나오자 그는 몸을 일으키고는 이마에 흐르는 땀을 훔쳤다.

"하마터면 버턴 씨 때문에 모든 것을 다 망칠 뻔했어요!"

내가 다급히 말했다.

"메건이 위험해요. 총경님도 사이밍턴의 표정을 보셨죠? 어서 들어가서 메건을 데리고 나와야 해요."

내시가 내 팔을 꽉 붙잡았다.

"버턴 씨, 일단 제 말을 좀 들어 보시죠."

VI

그의 설명을 듣고 나자 내키지는 않았지만 받아들이는 수밖에 없었다. 하지만 나는 계속 그 자리에 같이 있겠다고 고집을 부렸다. 대신 시키는 대로 하겠다고 맹세했다.

316

그렇게 해서 나는 내시와 파킨스와 함께 미리 열어 놓았던 뒷문을 통해 집 안으로 잠입했다.

그리고 나는 내시와 함께 2층에 있는 창문 반침 위에 쳐 놓은 벨벳 커튼 뒤에서 가만히 기다리기 시작했다. 시계가 새벽 2시를 알리자, 사이밍턴의 방문이 열렸고, 그는 메건의 방으로 조용히 들어갔다.

파킨스 경사가 이미 메건의 방에 숨어 있다는 것을 알고 있었기 때문에 나는 그다지 긴장하지 않았다. 파킨스는 유능한 경찰이었고, 자신이 해야 할 일이 무엇인지 잘 알고 있는 사람이었다.

그리고 나는 경사처럼 조용히 움직일 수 없다는 것을 잘 알고 있었기 때문에 가만히 그 자리를 지킬 수밖에 없었다.

가슴을 두근거리며 기다리는데 사이밍턴이 메건을 안고 방에서 나와 층계를 내려오는 모습이 보였다. 내시와 나는 일정한 간격을 두고 그의 뒤를 따라갔다.

사이밍턴은 메건을 안고 부엌으로 가서는 그녀의 머리가 가스 오븐 쪽으로 오게 눕힌 다음, 가스를 틀었다. 그 순간 내시와 내가 부엌 문을 열고 들어가 환하게 전등을 켰다.

그것이 리처드 사이밍턴의 마지막이었다. 그는 그대로 무너져 내렸다.

나는 가스를 끄고 메건을 안아 올리며 그의 몰락을 지켜보았다. 사이밍턴은 저항할 생각조차 하지 않았다. 그는 모든 것이 끝났다는 것을 이미 알고 있었다.

VII

2층에서 나는 침대 옆에 앉아 메건의 의식이 돌아오기를 기다리며 이따금 내시를 원망하고 있었다.

"메건에게 아무 이상이 없다는 걸 어떻게 압니까? 이건 너무 위험한 일이었어요."

내시는 나를 진정시키려고 했다.

"이 아가씨가 항상 침대 옆에 두고 마시는 우유에 수면제를 조금 넣었을 뿐입니다. 다른 건 아무것도 들어 있지 않았어요. 우리가 사이밍턴이 메건 양을 독살하지 않을 거라고 믿었던 데는 그만한 이유가 있었습니다. 그자는 이제까지 일어났던 모든 일들이 그리피스 양이 체포된 것으로 마무리된 것이라고 믿고 있었어요. 더 이상 세인의 의혹을 불러일으킬 살인을 저지르고 싶지 않았을 겁니다. 따라서 폭행이나 독살은 할 수 없었습니다. 하지만 불쌍한 처지의 아가씨가 어머니의 자살에 상심하여 자기 머리를 가스 오븐에 집어넣고 죽었다고 한다면, 사람들이 아마도 그 아가씨는 정상이 아니었고, 어머니의 죽음에 따른 충격을 끝내 이기지 못해서 죽은 것으로 받아들일 거라고 생각한 거죠."

나는 메건을 쳐다보며 말했다.

"의식이 돌아오는 데 너무 오래 걸리는 게 아닙니까?"

"버턴 씨도 그리피스 선생의 말을 듣지 않았습니까? 심장도 맥박도 정상이니 한숨 푹 자고 나면 아무 일 없이 일어날 거라는 얘기 말입니다. 의사 선생의 말로는 환자들에게 많이 처방했던 약이라

별 이상은 없을 거라고 하더군요."

그때 메건이 몸을 뒤척이더니 뭐라고 중얼거렸다. 내시 총경은 조심스럽게 방에서 나갔다.

잠시 후 메건이 눈을 떴다.

"제리."

"잘 잤어요, 귀여운 아가씨?"

"내가 잘한 거예요?"

"공갈 협박에 타고난 재주가 있는 사람 같았어요!"

메건이 다시 눈을 감으며 중얼거렸다.

"어젯밤에 당신한테 편지를 썼어요. 일이 혹시라도…… 잘못될 경우에 대비해서요. 너무 졸려서 끝까지 쓰지는 못했지만. 저쪽에 있어요."

나는 책상 앞으로 갔다. 작고 낡아 빠진 압지 밑에서 메건이 쓰다 만 편지를 찾을 수 있었다.

편지는 이렇게 시작되었다.

사랑하는 제리

이 편지를 학생 시절에 읽었던 셰익스피어의 소네트로 시작하고 싶어요. '나의 상념에 대하여 그대는 생명에 대한 음식과 같고, 또 대지에 대한 단비와 같습니다.'

나도 당신을 사랑하고 있다는 걸 알았어요. 이 시가 내 마음과 같은…….

제14장

"결국 전문가를 불러야 한다는 내 말이 맞았잖아요."

데인 캘드로프 부인이 말했다.

나는 그녀를 쳐다보았다. 우리는 모두 목사관에 모여 있었다. 밖에서는 비가 쏟아지고 있었고, 안에서는 난롯불이 기분 좋은 소리를 내며 타고 있었다. 데인 캘드로프 부인은 소파 위에 있는 쿠션을 톡톡 내리치기도 하고, 이유는 알 수 없었지만 그랜드 피아노 위에 걸터앉기도 하며 방 안을 이리저리 돌아다니고 있었다.

"그래서 어떻게 된 겁니까? 누가 전문가죠? 그 남자가 여기 와서 뭔가를 했습니까?"

나는 깜짝 놀라 물었다.

"그 남자가 아니에요."

데인 캘드로프 부인은 이렇게 말하고는 커다란 동작으로 마플 양을 가리켰다. 마플 양은 막 방금까지 털실로 뜨개질하던 것을 완성하고, 크로셰 뜨개질 바늘과 무명실 뭉치를 꺼내 뭔가를 새로 뜨려던 참이었다.

"저분이 내가 불러온 전문가예요. 제인 마플 양. 여러분, 모두 잘 보세요. 내가 아는 누구보다도 인간의 오만 가지 사악함에 대해 잘 알고 있는 사람이랍니다."

"부인 말처럼 그렇게 대단한 건 아니에요."

마플 양이 중얼거렸다.

"하지만 제인은 정말 대단한걸요."

"누구라도 한 마을에서 1년 내내 살다 보면 인간의 본성에 대해 많은 것을 알게 되는 법이랍니다."

마플 양이 차분하게 말했다. 그러고는 사람들이 그녀의 설명을 듣고 싶어 한다는 것을 느꼈는지, 뜨개바늘을 내려놓고 부드러운 목소리로 차근차근 살인 사건을 해결하게 된 과정을 이야기하기 시작했다.

"이런 사건에서 가장 중요한 건 절대로 고정 관념을 가져서는 안 된다는 거예요. 대부분의 범죄들은 알고 보면 아주 간단하답니다. 이번 일도 그랬어요. 아주 정상적이고, 간단할 뿐 아니라 충분히 이해할 수 있는 그런 사건이었죠. 물론 상당히 불쾌한 방법으로 저질러진 범행이라는 건 말할 필요도 없지만 말이에요."

"정말 불쾌했어요!"

"진실은 아주 명백했죠. 버턴 씨도 이미 그 사실을 분명히 알고 있었어요."

"전 몰랐습니다."

"아니요, 알고 있었어요. 버턴 씨는 전체적인 것들을 제게 알려 주었어요. 각각의 일들이 어떻게 연관되어 있는지 벌써 알고 있었죠. 하지만 버턴 씨는 그 알고 있는 사실들의 의미를 파악하기에는 자신감이 모자랐어요. 제일 먼저 '아니 땐 굴뚝에 연기 나랴.'라는 고리타분한 말이 있었죠. 그 말이 귀찮을 정도로 자꾸만 맴돌자, 당신은 그것에 대해 아주 정확하게 이름을 붙였어요. 연막이라고 말이에요. 그릇된 방향. 당신은 사람들이 모두 엉뚱한 방향만 보고 있다는 것을 알고 있었던 거예요. 익명의 편지 말이죠. 그러나 이 사건 전체에서 중요한 건 익명의 편지가 아니었어요!"

"하지만 저도 그때는 분명히 그렇게 생각했습니다. 저 역시 그 편지를 받았으니까요."

"오, 그래요. 하지만 그 편지들에 적힌 내용은 사실이 아니었죠. 여기 있는 모드도 그 사실을 알아차렸어요. 림스톡처럼 평화로운 곳이라고 할지라도 원래 쓸데없는 소문은 많게 마련이랍니다. 이런 곳에 살고 있는 여자들은 누구든지 잘 알고 있고, 누구나 겪는 일이기도 하죠. 하지만 남자들은 그런 소문에는 관심이 없어요. 특히 사이밍턴 씨처럼 논리적인 사람의 경우는 더 그랬을 거예요. 만일 정말 여자가 그런 편지를 써서 보내기로 마음먹었다면 원래 있던 소문을 더욱 파고들었을 거예요.

따라서 연기를 무시해 버리고, 당신이 있는 곳에서 불이 난 것이라는 사실만 깨달았다면 진상을 밝힐 수 있었을 거예요. 버턴 씨는 진실에 가까이 다가가 있었어요. 편지들을 무시해 버리면, 한 가지 사실만이 남게 되죠. 그건 바로 사이밍턴 부인의 죽음이에요.

그러자 자연스럽게 사이밍턴 부인이 죽기를 원하는 사람이 누구인지 생각하게 되었어요. 이런 경우 대개 남편이 가장 먼저 떠오르는 법이죠. 그러면 그 다음에는 이런 것들이 궁금해질 거예요. 그가 아내를 죽인 이유는 뭘까? 어떤 동기가 있을까? 혹시 다른 여자가 생겼나?

내가 이곳에 와서 제일 먼저 들은 이야기는 그 집에 아주 매력적인 가정교사가 있다는 거였어요. 모든 것이 아주 확실해지죠, 그렇지 않나요? 사이밍턴 씨는 냉정하고 평소에 감정을 잘 드러내지 않는 성격인데 반해 아내는 사사건건 불만이 많고 신경질적인 여자였죠. 그런데 어느 날 갑자기 젊고 매력적인 여자가 나타난 거예요.

아시겠지만, 그 나이의 남자들이 사랑에 빠지게 되면, 도저히 걷잡을 수 없는 열정에 휩싸이게 되는 법이랍니다. 거의 제정신이 아닐 정도로 말이에요. 내가 보기에 사이밍턴 씨는 처음부터 그다지 좋은 사람이 아니었던 것 같아요. 친절하거나 다정하거나 동정심이 많은 편은 아니었죠. 원래 모든 면에서 부정적인 시각을 가진 사람이었어요. 더군다나 그는 그런 자신의 광기와 맞서 싸울 수 있는 힘도 없었어요. 사이밍턴 씨의 입장에서는 아내만 죽어 주면 모든 문제가 해결될 판이었죠. 그 사람은 그 아가씨와 결혼하고 싶어 했어요. 그 아가씨는 아주 착실한 편이었고, 그건 그도 마찬가지였죠. 게

다가 사이밍턴 씨는 자식들에게 헌신적인 아버지였기에 아이들도 포기하고 싶지 않았어요. 그는 모든 것을 다 가지기를 원했죠. 가정, 아이들, 사회적인 위신에 엘시까지. 그 대가로 살인을 저지른 거였어요.

내가 생각해도 그 사람은 아주 영리한 방법을 택했어요. 사이밍턴 씨는 그때까지 범죄 사건들을 다뤄 본 경험으로 아내가 갑자기 죽게 되면 가장 먼저 남편이 의심받는다는 사실을 잘 알고 있었어요. 그리고 독살 사건에서는 보통 부검을 하게 될 가능성이 높다는 것도요. 그래서 그는 우연히 일어난 것처럼 보이는 죽음을 연출하기로 한 거예요. 우선 존재하지도 않는 익명의 편지 주인공을 만들어 냈죠. 경찰들로 하여금 여자가 범인이라고 믿게끔 만든 것을 보면 그가 얼마나 영리하게 일을 해 나갔는지 알 수 있어요. 사실 경찰 입장에서 보면 그럴 수밖에 없는 상황이었어요. 그는 편지들을 여자 문체로 썼으니까요. 그리피스 선생이 이야기해 준 북쪽 지역에서 있었던 익명의 편지 사건과 작년에 이 근방에서 있었던 사건을 토대로 똑같이 편지를 쓴 거예요. 아니, 그가 그런 편지들을 그대로 베낀다거나 줄인다거나 하는 식으로 일을 조잡하게 했다는 뜻이 아니에요. 사이밍턴 씨는 그 구절과 표현들을 빌려와 더욱 새롭게 반쯤 미친 여자의 억압된 정신 상태를 제대로 그려냈어요.

그 사람은 경찰들이 수사를 어떻게 하는지 다 알고 있었죠. 필적 감정, 타자기 검사 등등. 사이밍턴 씨는 이미 그 전부터 이번 범죄를 위해 준비를 해 왔어요. 여성 회관에 타자기를 기증하기 전에 이미 그 타자기로 봉투 주소를 다 쳐 놓았을 거예요. 그리고 언젠가 리틀 퍼즈에 갔을 때 거실에서 기다리면서 편지에 쓸 책장들을 뜯어 갔겠죠. 사람들은 설교집 같은 건 잘 펼쳐 보지 않는 법이니까요!

그리고 마침내 익명의 편지 사건이 생각대로 잘 진행되어 가자 진짜 범죄를 실행했던 거예요. 날씨가 화창했던 그날 오후, 아이들과 가정교사, 의붓딸은 모두 외출하고, 하녀들도 쉬는 날이었죠. 단 한 가지 그가 예측하지 못했던 사실은 하녀인 아그네스가 남자 친구와 싸우고 바로 집에 돌아온 것이었어요."

"그렇다면 아그네스가 뭔가를 본 걸까요? 마플 양께서는 그게 뭔지 아시겠어요?"

조애너가 물었다.

"아니요. 하지만 짐작은 할 수 있죠. 내 생각에 그 하녀는 아무것도 보지 못했을 거예요."

"아무것도 아니라고 생각한 것이 사실은 결정적인 장면이었나 보군요?"

"아니, 아니에요. 그러니까 그 아가씨는 오후 내내 식품 저장실 창문을 내다보며 남자 친구가 찾아오기를 기다리면서, 문자 그대로 아무것도 보지 못했어요. 집에 찾아온 사람은 아무도 없었던 거죠. 우체부도, 어느 누구도.

나중에야 아그네스는 그게 아주 이상한 일이었다는 걸 깨닫게 되죠. 사이밍턴 부인은 분명히 그날 오후 익명의 편지를 받았는데, 찾아온 사람이 아무도 없었으니까 말이에요."

"그렇다면 사이밍턴 부인은 편지를 받지 않았다는 말입니까?"

내가 어리둥절해하며 물었다.

"그거야 물론이지요! 아까도 말했다시피, 이번 사건은 아주 간단한 거예요. 그날 오후, 사이밍턴 씨는 아내가 점심 식사 후 좌골 신경통 때문에 먹을 약에 청산가리를 집어넣었던 거예요. 그런 다음 사이밍턴 씨가 한 일이라고는 엘시 홀랜드가 집에 돌아올 시간에 맞춰서, 아니면 그보다 조금 일찍 돌아와 아내 이름을 부르고, 대답이 없다며 침실로 올라가 아내가 약을 먹을 때 사용했던 물 잔에 청산가리를 조금 떨어뜨린 다음 손에 '난 안 돼요.'라고 적힌 종이 조각을 쥐어 준 것뿐이랍니다."

마플 양은 나를 돌아보았다.

"그 점은 버턴 씨는 이미 알아차리고 있었죠. '종이 조각'은 말이 안 되는 거였으니까요. 자살하는 사람들은 유서를 쓸 때 종이 조각에 쓰지 않아요. 그들은 모두 제대로 된 종이를 사용할 뿐 아니라, 봉투를 준비하는 경우도 많아요. 그래요, 종이 조각은 잘못된 것이었고, 당신은 그 사실을 알아차렸던 거죠."

"저를 너무 높이 평가해 주시는군요. 사실 저는 아무것도 몰랐습니다."

"그렇지 않아요. 버턴 씨는 제대로 알고 있었던 거예요. 그렇지 않았다면 어째서 동생이 전화 받침대에 남겨 놓은 메모에 그렇게 깊은 인상을 받았겠어요?"

나는 천천히 되뇌어 보았다.

"'금요일에는 난 안 돼요.' 알았다! 그럼 '안 돼요'라는 그 글귀가?"(앞에서는 '화요일이면 난 안 돼요.'라고 나왔다. 이 부분은 제리 버턴의 착각이거나 작가의 실수로 보인다──옮긴이)

마플 양이 환한 얼굴로 나를 바라보았다.

"맞아요. 사이밍턴 씨는 우연히 그 메모를 발견하고는 이용할 수 있겠다고 생각했어요. 그래서 아내가 직접 쓴 메모에서 그 부분만 찢어 두었다가 범행 당일 사용했던 거죠."

"제가 조금이라도 도움이 되었다는 말씀이신가요?"

마플 양이 나를 보며 눈을 깜박였다.

"당신은 내게 방향을 제시해 주었어요. 일어났던 일들을 모두 모아 차례대로 알려 주었어요. 그리고 다른 무엇보다도 가장 중요한 사실을 내게 알려 주었죠. 엘시 홀랜드가 익명의 편지를 받지 않았다는 걸요."

"전 어젯밤에 홀랜드 양이 편지를 받지 않은 이유는 그녀가 범인이기 때문이라는 생각까지 했습니다."

"오, 그건 아니에요……. 익명의 편지를 쓰는 사람들은 언제나 자기 자신에게도 편지를 보내는 법이니까요. 그 부분이…… 그래요, 정말 흥분되는 일이었죠. 아니, 아니, 그 사실에 흥미를 가진 데는 조금 다른 이유가 있었어요. 사실은 그게 사이밍턴 씨의 약점이었던 거예요. 그 사람은 사랑하는 여자에게는 그런 지저분한 편지를 보낼 수 없었던 거죠. 인간의 본성 중에서도 아주 재미있는 부분이라고 할 수 있겠죠. 그는 자신의 마음에 충실했지만, 결국은 그것 때문에 자신의 정체를 드러내게 됐으니까요."

"그렇다면 사이밍턴 씨가 아그네스를 죽인 건가요? 아무 소용 없는 짓이었잖아요?"

조애너가 말했다.

"그럴 수도 있었겠죠. 하지만 아가씨가 알지 못하는 게 있어요. 사실 살인을 저지르지 않은 사람은 알 수 없는 일이죠. 그런 일을 한번 저지르고 나면, 시간이 갈수록 판단력은 흐려지고 모든 일들이 잘못되어 가는 느낌이 들게 마련이랍니다. 사이밍턴 씨는 아그네스가 파트리지에게 전화하는 내용을 들었을 거예요. 그녀는 전화로 파트리지에게 사이밍턴 부인이 죽은 뒤로 계속 고민되는 일이 있는데 그게 정확하게 뭔지 모르겠다고 말했죠. 그런 말을 들었으니, 그 사람으로서는 선택의 여지가 없었을 거예요. 그 바보 같고 멍청한 하녀가 뭔가를 봤거나, 뭔가를 알고 있을지도 모르는 일이잖아요."

"하지만 사이밍턴 씨는 분명히 그날 오후 사무실에 있었는데요?"

"아마 그 사람이 집을 나서기 전에 죽였을 거예요. 홀랜드 양은 식당이나 부엌에 있었을 테죠. 그는 밖에 나가는 것처럼 현관문을 소리 내어 여닫고는 옆에 있는 작은 보관실에 들어가 있었을 거예요. 그리고 집에 아그네스만 남게 되자 살짝 빠져나와 초인종을 울리고는 다시 보관실에 숨어 있다가 문을 열러 나온 아그네스의 머리를 뒤에서 내리친 거예요. 그런 다음 시체를 벽장 속에 집어넣고, 서둘러 사무실에 나왔겠죠. 평상시보다 조금 늦게 도착했겠지만, 다른 사람들은 그 사실을 눈치 채지 못했을 거예요. 혹시 알아차렸다고 해도 아무도 신경 쓰지 않았겠죠. 이번 사건에서 범인을 남자라고 의심하는 사람은 아무도 없었으니까요."

"정말 끔찍한 일이지 뭐예요."

데인 캘드로프 부인이 말했다.

"그 사람을 동정하지 않으십니까, 데인 캘드로프 부인?"

내가 물었다.

"전혀요. 왜요?"

"그 말씀을 들으니 반가워서요."

"그렇다면 에이미 그리피스 양은 어떻게 된 거죠? 경찰이 말하기를, 오웬의 조제실에서 없어졌던 절굿공이와 식칼도 발견되었다고 하더군요. 아무래도 남자들이 부엌에서 쓰는 물건들을 제자리에 갖다 놓는 일은 쉬운 일이 아닌가 봐요. 전부 어디에서 발견됐는지 아세요? 여기 오다가 내시 총경님을 만났는데 사이밍턴이 사용한 그 흉기들은 사무실에 있는 낡은 서류 상자들 중 하나에 들어 있었다고 하더군요. 돌아가신 재스퍼 해링턴웨스트 경의 재산 관련 서류가 들어 있던 상자에서 발견했대요."

조애너가 말했다.

"불쌍한 재스퍼, 그분은 내 사촌이었어요. 아주 올곧은 양반이었는데. 이 사실을 안다면 하늘에서도 난리가 날 거예요."

데인 캘드로프 부인이 말했다.

"그걸 계속 보관하는 건 어리석은 짓이 아닙니까?"

내가 물었다.

"아마 그걸 어딘가에 버리는 것이 더 어리석은 짓이었을 거예요. 아무도 사이밍턴을 의심하는 사람은 없었잖아요."

데인 캘드로프 부인이 대답했다.

"사이밍턴 씨는 절굿공이로 아그네스의 머리를 내리친 게 아니었어요. 그 상자 안에서 머리카락과 피가 묻은 무거운 시계가 나왔다더군요. 경찰들 말로는 에이미 그리피스가 체포되었던 날, 사이밍턴이 절굿공이를 훔치고 잘라낸 책장들도 그녀의 집에 숨겨 놓은 것 같다고 하더군요. 참, 아까 물어봤던 질문 말이에요. 에이미 그리피스 양은 어떻게 된 거죠? 그녀가 편지를 쓰는 걸 경찰이 봤다고 했잖아요."

조애너가 말했다.

"그건 사실이에요. 그녀도 편지를 쓰긴 썼죠."

마플 양이 대답했다.

"왜요?"

"오, 그리피스 양이 오랫동안 사이밍턴 씨를 사랑했다는 걸 모르고 있었나 보군요?"

"가엾은 사람!"

데인 캘드로프 부인이 무덤덤하게 말했다.

"그들은 언제나 좋은 친구 사이였어요. 하지만 사이밍턴 부인이 죽은 뒤, 그녀는 자기가 그 자리를 차지할 수도 있겠다는 생각을 했던 것 같아요."

마플 양이 미묘하게 헛기침을 했다.

"그런데 엘시 홀랜드에 대한 소문이 돌기 시작하자 그리피스 양은 몹시 당혹스러웠을 거예요. 그녀는 그 아가씨가 사이밍턴 씨의 애정을 얻기 위해 온갖 비열한 수단과 방법들을 동원했을 거라고 생각한 거죠. 내 생각이지만, 그리피스 양은 그 상황에 이르자 유혹을 이기지 못했을 거예요. 익명의 편지를 자기라고 못 보낼 것도 없었고, 그렇게 겁을 줘서 그 아가씨를 내보내면 안 될 이유가 없다고 느꼈던 거죠. 그건 정말 안전한 방법이었으니 조심하면 괜찮을 거라고 생각했을 거예요."

"그래서요? 어서 끝까지 이야기해 주세요."

조애너가 재촉했다.

마플 양이 천천히 말했다.

"홀랜드 양이 그 편지를 사이밍턴 씨에게 보여 주자, 그 사람은 누가 그 편지를 보냈는지 금세 알아차렸을 거예요. 그리고 이 사건을 안전하게 마무리할 절호의 기회라고 생각했을 테죠. 아주 좋지 못한 방법이지만…… 아니, 너무 비열한 방법이었지만 그자도 역시 두려움에 떨고 있었기 때문에 어쩔 수 없었을 거예요. 경찰도 익명의 편지를 쓴 범인을 잡을 때까지는 절대로 포기하지 않을 테니 말이에요. 그 편지를 경찰에 가져다 주면서 사이밍턴 씨는 경찰이 에이미가 그 편지를 쓰는 것을 봤다는 것을 알게 되었고, 이 일을 완전히 끝낼 좋은 기회라고 생각을 했겠죠.

그날 오후, 사이밍턴 씨는 가족들과 함께 그리피스의 집으로 차를 마시러 가기로 되어 있었죠. 그래서 그는 사무실에서 나올 때 서류 가방에 그 책에서 뜯어낸 부분들을 넣어 가지고 간 거예요. 그리고 그걸 계단 아래 벽장에 숨겼죠. 그건 정말 괜찮은 생각이었어요. 아그네스의 시체를 숨겼던 경험도 있었으니 그 사람에게는 아주 쉬운 일이었죠. 에이미와 경찰을 따라 거실에서 나와 홀을 지나는 사이 일이 분 안에 충분히 해낼 수 있었을 거예요."

"그렇다고 해도 이번 일에서 당신을 용서할 수 없는 일이 하나 있습니다, 마플 양. 메건을 이번 사건에 끌어들이다니요."

마플 양은 다시 시작하려던 뜨개질을 멈추고 바늘을 내렸다. 안경 위로 나를 쳐다보는 그녀의 눈빛은 단호했다.

"이봐요, 젊은 양반. 일이 해결되려면 무슨 일이든 해야 했어요. 그 영악하고 사악한 남자를 잡을 수 있는 증거가 아무것도 없었으니까요. 그래서 나는 용감하고 머리가 좋은 누군가의 도움이 필요했어요. 그리고 그런 사람을 찾아냈지요."

"메건에게 너무 위험한 일이었습니다."

"그래요, 아주 위험한 일이었죠. 하지만 버턴 씨, 무고한 사람들의 생명이 달려 있는데도, 자신의 안전만을 생각해 위험을 회피한 채 이 세상을 살아서는 안 되는 거예요. 이해하겠어요?"

나는 충분히 이해했다.

제15장

I

아침에 나는 하이 스트리트에 있었다.

에밀리 바턴 양이 장바구니를 들고 식품점에서 나오고 있었다. 그녀의 뺨은 붉게 달아올라 있었고, 흥분한 듯 눈이 빛나고 있었다.

"오, 버턴 씨. 가슴이 설레서 말을 안 할 수가 없네요. 드디어 크루즈 여행을 가기로 했답니다."

"즐거운 여행이 되시길 빌겠습니다."

"틀림없이 즐거울 거예요. 정말 내가 여행을 가게 될 거라고는 꿈에도 생각하지 못했답니다. 이렇게 된 것도 모두 하느님의 뜻인 것 같아요. 오래전부터 리틀 퍼즈를 내놓아야 한다는 건 알고 있었지만, 낯선 사람들이 그곳에서 살게 된다는 걸 생각만 해도 참을 수가 없었어요. 하지만 당신이 그 집을 사서 메건과 결혼해서 살 거라고 하면, 그건 전혀 다른 문제지요. 에이미는 그 끔찍한 일을 겪은 뒤에 뭘 해야 할지 모르고 있다가 동생이 결혼을 한다고 하자(남매 분이 모두 우리와 함께 살게 돼서 정말 기뻐요.) 나와 함께 여행을 떠나기로 했답니다. 우린 아주 오래 여행을 하고 올 거예요. 가능하다면……."

에밀리 양이 갑자기 목소리를 낮추었다.

"세계 일주를 할 생각이에요! 에이미는 아는 것도 많고, 경험도 풍부하답니다. 정말 모든 일이 다 잘 풀렸다는 생각이 들어요. 안 그런가요?"

잠시 나는 교회 묘지에 누워 있는 사이밍턴 부인과 아그네스 워델도 그 말에 동의할지 생각해 보았다. 하지만 곧 아그네스의 남자 친구는 그녀를 별로 좋아하지 않았고, 사이밍턴 부인은 메건에게 잘해 주지 않았다는 사실이 떠올랐다. 어차피 인간은 죽게 마련인 것을! 하지만 모든 일이 잘 풀렸다는 에밀리 양의 말에는 동의할 수밖에 없었다.

내가 하이 스트리트를 지나 사이밍턴 가에 도착하자 대문 앞에 메건이 마중 나와 있었다.

그건 그다지 낭만적인 만남은 아니었는데, 그 이유는 메건과 함께 있던 엄청나게 큰 늙은 영국산 양치기 개가 나를 덮치려고 했기 때문이다.

"정말 근사하지 않아요?"

메건이 물었다.

"좀 무서운 것 같은데. 우리 개인가요?"

"예. 조애너가 결혼 선물로 줬어요. 정말 좋은 걸 받았죠, 안 그래요? 마플 양은 뭔지는 잘 모르겠지만 폭신폭신한 편물을 주셨고, 파이 씨는 정말 멋진 크라운 더비 찻잔 세트를 주셨어요. 그리고 엘시는 토스터를……."

"전형적이군요."

그녀가 말하는 중간에 내가 끼어들었다.

"엘시는 치과에서 새로 일자리를 얻어서 아주 좋대요. 그리고…… 내가 어디까지 얘기했죠?"

"결혼 선물 받은 걸 나열하던 중이었어요. 혹시라도 메건의 마음이 변하면 선물받은 것 모두 돌려줘야 한다는 걸 잊지 마요."

"내 마음은 변하지 않아요. 또 뭘 받았더라? 아, 맞아요. 데인 캘드로프 부인이 이집트 갑충석을 주셨어요."

"정말 특이한 분이라니까."

"오! 오! 가장 좋은 선물을 말하지 않았어요. 파트리지가 선물을 보냈지 뭐예요. 아마 당신이 본 것 중에서 가장 흉측한 탁자보일 거예요. 그렇지만 그런 건 문제가 아니에요. 파트리지가 이제 나를 좋아하게 됐다는 게 중요한 거죠. 거기에 자기가 직접 수를 놓았다고 했거든요."

"신포도나 엉겅퀴 같은 게 수놓여 있지 않던가요?"

"아니요, 연인의 매듭이 새겨져 있었어요."

"이런, 저기 파트리지가 오는데."

그때 메건이 나를 집 쪽으로 끌어당기며 말했다.

"그런데 한 가지 이해할 수 없는 게 있어요. 개한테 쓸 개 목걸이와 줄이 있는데도, 조애너가 목걸이와 줄을 하나씩 더 보내 주었거든요? 어디에 쓰는 건지 알아요?"

"그건 조애너 식의 가벼운 장난이에요."

〈끝〉

작품 해설

이 작품의 화자인 제리 버턴과 그의 동생 조애너 버턴은 평온한 시골 생활을 기대하는 마음과 너무 지루해지면 어쩌나 하는 우려를 동시에 안고 림스톡이라는 작은 마을에 도착한다. 그러나 어느 날 악의적인 내용을 담은 익명의 편지가 날아들면서 조용한 시골 생활에 대한 기대는 산산이 부서지고 만다.

그러다 급기야 그 편지 때문에 마을에서 자살 사건이 일어나고 뒤이어 살인 사건까지 일어나게 되자, 제리는 더 이상 이 편지를 불쾌한 장난으로만 치부해 버릴 수 없음을 알게 된다.

하지만 사건의 진상은 깜깜한 어둠 속에서 모습을 드러내지 않은 채 소문만 점점 무성해지고 애써 숨겨 왔던 수치스러운 비밀들이 하나 둘 수면 위로 떠오르기 시작한다.

이쯤에서 우리는 다시 한 번 시골 생활의 복잡하면서도 감춰진

속내들을 밝혀내는 마플 양의 지혜를 간절히 필요로 하게 된다. 마플 양이 등장하는 다른 소설들과 달리 이 작품에서는 이야기가 4분의 3 정도 진행된 다음에야 추리의 달인인 이 노부인이 등장한다. 목사의 부인인 모드 데인 캘드로프가 절망에 찬 심정으로 이런 사건의 전문가이자 오래된 친구인 마플 양에게 도움을 구하기로 결단을 내리는 것이 계기가 된다.

이 작품은 특이하게도 마을에 새로 들어온 젊은 두 사람의 시각에서 사건이 진행된다. 비행기 사고를 당한 후, 요양을 위해 시골 마을을 찾은 젊은 조종사 제리와 고집 센 동생 조애너가 바로 그들이다.

제리는 시골에서 일어난 이 극적인 사건에 무모하게 뛰어들어 아마추어 수사관으로서 사건을 해결하고 싶어 한다. 한편으로는 이 사건으로 어머니를 잃은 감수성이 예민한 소녀 메건 사이밍턴 앞에서 빛나는 갑옷을 입은 기사가 되고 싶은 마음도 품고 있다.

새로운 화자의 도입은 마플 양이 등장하는 전형적인 작품으로 흐를 수도 있었던 이 소설을 더욱 흥미로운 시각으로 볼 수 있게 해준다. 마플 양과 그녀의 활약에만 치중하지 않음으로써 다른 인물들에게 좀 더 많은 시선을 주게 만들기 때문이다.

할머니는 언제나 설득력 있게 이야기를 전개시켜 나가는 재능을 가지고 계셨는데, 이 작품에서는 사고로 부상을 입고 시골에 내려온 젊은이가 자신의 의지와는 상관없이 자꾸 악화되어만 가는 상황을 지켜보면서 느끼는 혼란과 좌절을 잘 전달하고 있다.

할머니가 만들어낸 다른 등장인물들도 마플 양처럼 강하다. 그리고 흥미롭게도 다양한 연령에 걸쳐 분포되어 있으며 각자 독특한 개성을 가졌다. 메건의 어설프고 볼품없는 사춘기 소녀의 모습은 나이 많은 노처녀의 모습과 극명하게 대조를 이루고 있다.

그리고 다른 한편에서는 마을의 참견하기 좋아하는 사람들이 제리와 메건의 관계가 어떻게 진전되는지 관심을 가지고 지켜본다.

마플 양이 가진 모순은 외모는 연약해 보이지만 강인한 마음과 단호한 결단력, 올곧은 용기를 가지고 있다는 것이다.

이 작품 『움직이는 손가락』은 마플 양이 등장하는 다른 작품 『살인을 예고합니다』과 함께 등장인물 중 특히 여성을 강조하고 있으며, 사건의 중심에는 항상 여성이 있다.

사건을 보는 통찰력과 타고난 영리함, 강한 카리스마를 가진 모드 데인 캘드로프에서부터 고집 세고 용감한 메건, 그리고 아무도 흉내 낼 수 없는 지혜를 가진 마플 양에 이르기까지, 이 작품에 나오는 여성들은 마을 사람들의 이해 관계와 위선, 기만이 얽혀 있는 복잡한 거미줄을 성공적으로 헤쳐 나간다.

이와 반대로 남성들은 섬세한 파이 씨와 수줍음이 많은 그리피스 박사는 물론 심지어 우리의 화자인 제리조차도 사건을 해결하기 위해 앞으로 나아가기보다는 뒤로 물러서는 모습을 보인다.

이 작품은 훌륭한 관찰자 관점의 소설로 지역 사회에 대한 자세한 묘사와 냉혈한 살인자의 범죄, 그리고 개개인의 사연들이 정밀한 구성을 통해 훌륭하게 조화를 이루고 있다. 그래서 할머니는 언제나 이 작품 『움직이는 손가락』을 특히 성공한 작품으로 여기셨다.

나 역시 이 작품이 최고의 범죄 소설이라고 생각한다.

매튜 프리처드

옮긴이 | 권도희

서울 출생. 건국대학교 국어국문학과, 건국대학교 국어국문학과 대학원 졸업. 성균관대학교 영한 번역
과정 수료. 영문 소설과 인문 교양서들의 번역 작업을 해 왔다.

애거서 크리스티 전집

움직이는 손가락

2판 1쇄 펴냄 2017년 1월 18일
2판 3쇄 펴냄 2022년 5월 2일

지은이 | 애거서 크리스티
옮긴이 | 권도희
발행인 | 박근섭
편집인 | 김준혁
펴낸곳 | 황금가지

출판등록 | 2009. 10. 8 (제2009-000273호)
주소 | 135-887 서울 강남구 신사동 506 강남출판문화센터 5층
전화 | 영업부 515-2000 **편집부** 3446-8774 **팩시밀리** 515-2007
홈페이지 | www.goldenbough.co.kr

도서 파본 등의 이유로 반송이 필요할 경우에는 구매처에서 교환하시고
출판사 교환이 필요할 경우에는 아래 주소로 반송 사유를 적어 도서와 함께 보내주세요.
06027 서울 강남구 도산대로 1길 62 강남출판문화센터 6층 민음인 마케팅부

ⓒ ㈜민음인, 2013. Printed in Seoul, Korea
ISBN 978-89-8273-710-7 04840
ISBN 978-89-6017-956-1 04840 (set)

㈜민음인은 민음사 출판 그룹의 자회사입니다.
황금가지는 ㈜민음인의 픽션 전문 출간 브랜드입니다.